问答青春

徐川 著

人民出版社

目 录

引 言   001

青春与选择

1. 新生你好，我们聊聊   003
2. 如果大学只做一件事儿   010
3. 要不要加入学生组织   019
4. 考完四六级，我们一起聊英语   026
5. 聊聊找工作   033
6. 实现一个梦想要多久   045
7. 你不需要讨好任何人   051
8. 成就你的独一无二   056
9. 人生没有白走的路   062
10. 说说支教那些事儿   067
11. 如果你也想过当老师   072

青春与成长

1. 聊聊读书	087
2. 生活中的那些挫败	095
3. 从军训的耳光说起	101
4. 如果你还是单身	106
5. 谈谈谈恋爱	113
6. 如何面对挽不回的感情	124
7. 说说微信，谈谈尊重	127
8. 凭什么所有人都要给你鼓掌	132
9. 会道歉，应该才算高情商	140
10. 其实，我们都已不在原处	145
11. 我们究竟该怎样学诗词	152
12. 聊聊内向这个事儿	160
13. 感慨人情凉薄，不如强大自我	163

青春与追求

1. 是时候谈谈独立思考了	173
2. 青年节里谈中国	179
3. 道理你都懂，不是真的懂	185
4. 静水流深，不妨认真	190
5. 相信，所有的善行都有意义	200
6. 谈谈怎么学党史	206
7. 今天再谈马克思	213
8. 马克思的朋友圈	219
9. 如何评价马克思	226
10. 我为什么加入中国共产党	234
11. 我们是合格的共产党员吗	243
12. 我们一起谈信仰	253
13. 百年五四谈青年	261

青春与陪伴

1. 我们需要什么样的父母　　　　275
2. 三观、父母以及儿童节　　　　284
3. 孩子，我想做你最好的朋友　　　　294
4. 你也需要一个好朋友　　　　297
5. 不要尝试和全世界讲道理　　　　305
6. 高铁扒门、闯红灯以及规则　　　　312
7. 说说传销，谈谈防骗　　　　320
8. 寒假，不妨用心做好一件事　　　　325
9. 我依然坚信这个世界的美好　　　　330
10. 我们来到这个世界的意义　　　　336

后记：想把我说给你听　　　　344

引　言

一

时间经不起细算,人生经不起细看。

寒来暑往,已经工作15年。

15年,说长不长,说短不短,刚好够一个故事慢慢发生,刚好书写一段坚守,刚好兑现一份承诺。

这个15年,时间见证了我们,我们见证了时代。

这个15年,时间在变,生活在变,想法和阅历也在变。

但有一点没变,就是我和青年一直在一起。

二

我们说,陪伴是最长情的告白。

陪伴的底色是时间,陪伴的方式是文字、故事,是彼此交流的点点滴滴。

在这样一个节点,简单总结过去15年我和青年的对话,重新梳理我对青春话题的回答,竟然也有上百万字。

这个数字大约能说明两个问题,一是我确实很喜欢跟学生交流,二是我确实话比较多。

说起来,这也是一次正式的回望和严肃的裁剪。

回望过去15年相伴的路,聚焦那些我们常说常新又一直面对的青春话题。

　　裁剪过去那些年的细枝末节，裁剪那些不够厚重的主题和不够满意的文字。

　　回望和裁剪的结果，就是面前的这本书，20万字的体量。

　　敝帚自珍，从百万字里面选取20万字，竟然也费了些周章，用了些心思，花了些时间。

　　所以，对没有选入的每一篇其实也都有些不舍，带一点遗憾。

　　不只是因为那是成长和青春的扎实痕迹，更因为回到当时的语境中，那些都是彼时学生反映最多最强烈和最想问的话题，也都是我当年面对这些问题能给出的用力用情的心里话。

　　不过，一本书就应该像一本书，我们也留不住那么多回忆，那就记住那些更好的吧。

三

　　留下来的这些文字，总体上分了四个篇章。

　　仔细推敲，也谈不上科学或者合理。

　　因为青春有很多主题，怎么分类似乎都有些道理。

　　当然，青春也可以就归结为一个主题，那就是成长。

　　之所以有所谓的分类和篇章，最主要的用意还是希望多些模块和层次，希望大家能够根据自己的兴趣和需要有所选择，有所聚焦。当然也是希望大家读起来不会太累，能够保持阅读时的心情愉悦，在忙忙碌碌的生活洪流中能够直奔主题，不至于一贯到底满眼的文章。

　　保留下的文章里，有个主题是写变化，叫"我们都已不在原处"。

　　情感是这样，人生是这样，写文章也是这样。

　　时移世易，变动不居。就像我们看自己青春时说的话、留的字、写的信、发的誓、攒的诗，难免会觉得幼稚，甚至好笑，但是就在我们摇头的同时，往往也会下意识地感慨，那时候的字里行间的情感是那么真诚那么浓。

所以，有些话题让我重新来说，重新来写，也许结论一样，但是过程不会一样，文字不会一样。也许会更理性，却也可能少了很多真性情。此时此刻，已然多了很多斟酌，很多纠结，很多顾虑，反而不如彼时的直抒胸臆和干脆利索。

四

有些以前写过的话题，这次也从头到尾做了些修改，更多是文字的微调，没有大动，原因也是感觉那些酣畅淋漓的表达，动的地方太大会影响了一气呵成的舒爽。

改动的地方主要是确认不够好的细节。毕竟，一晃也过去了很多年，还是能明显看到过去的直率、过去的简单，也能看到过去的自以为是，看到过去的简单粗暴，看到过去的言之凿凿。岁月会对每一个人不断进行修剪和打磨，也许年轻的时候以为这是棱角，这是风骨，这是血性，年长一点才明白这也可能是不够成熟、不够理智，甚至可能是伤害别人的地方。

也因此，整理文稿的过程，也相当于自己又过了一次人生，走了一遍青春。

五

还是要说感谢。

感谢所有在我过去15年时光里出现的你们。

感谢所有跟我对话的年轻人。

没有这些青年，没有我所知道的你们的青春，就没有出现在这本书里的那么多问题，没有问题当然也就没有话题，也就不会有跟话题相伴相生的答案。

陪伴是相互的，我在陪伴你们，你们也在陪伴我，我的青春小鸟也一定在你们的美好年华里有过最骄傲的飞翔，就像我也这样用力地镌刻属于你们的风景。我相信也许在某一天，你们中的某个人会在某一刻拉住我说：你还记得当年……

真的，也许我不记得了，但是你会让我记得，会在出现的那个瞬间就记得，就像我也会记住你的那些细节和片段，记住你的喜悦与忧伤。文字也会让我们从彼此的回忆中，看到那些青春和生命在以另一种方式记录和生长。

感谢所有的朋友们。

感谢所有一起经历过这十五年的同事、朋友、亲人、师长。没有人能够回答所有问题，就像我们不能经历所有生活。你们让我的人生之路变得宽阔、变得深刻。没有你们，就没有那么多同行路上的交流和陪伴，就没有那么多的点拨和指导，当然也就没有当时那些对青年有底气的回答。所以，在这20万字的字里行间，都是我们一起走过的故事，都有你们给予的智慧和启发。这是我们共同送给青年的礼物，而我只是做了个幸运的使者。

把我变成我们，一直是我的追求。任何一项事业的欣欣向荣，都不可能靠一个人的单打独斗和孤军奋战，所有花朵的共同绽放才会呈现一个姹紫嫣红的春天。

谢谢你们，让梦想照进现实。

六

期待，我们从这里出发，遇见更美的青春，看见更大的世界。

青春与选择

青春与教育

1.
新生你好，我们聊聊

一

不管是晴是雨，我们都迎来一个伟大的季节。

全国新生陆续入学。

然而，大家的心情并不一样。

有的很欣喜，有的很期待，有的很焦虑，有的很忐忑，有的很沮丧，不一而足，各个不同。

有的人第一次走进一个陌生的城市，在车站的人潮中可能会有短暂的茫然和迷失，就像接下来的一段旅途，充满未知；有的人迫不及待向往新的探索，那些令人期待的舍友，那些充满想象的生活，那些在别人口中拥有各种形状的校园体验，都等待新主人提供新的注解……

不过，不一样的心情并不影响同样的伟大，更不影响在几年以后，我们会带着共同的留恋和不舍，回望此时青春的面庞和青葱的年华。

站在大学的门槛，我们一起聊聊天。

二

先送上迟到的祝贺，一扇大门訇然中开，独立之路从今启程。

难忘那些年的寒窗苦读和砥砺求索，难忘那些年的荆棘满怀和风霜雪雨。

不管一路走来是跌跌撞撞、惊心动魄还是水到渠成、波澜不惊，都值得祝贺。

想问：快乐吗？幸福吗？

人生开启新的篇章，当然快乐，当然幸福。

然而，这快乐其实不够彻底，这幸福其实不够纯粹。

今天的快乐只是因为取得了为世俗所称道的成绩，只是用一个大众的标准证明了自己；今天的幸福只是因为取得了"千军万马过独木桥"之后的暂时胜利；今天的幸福只是因为父母脸上有光，只是因为亲朋口中有赞，只是因为同学心里有羡……

今天的幸福，只是因为你终于成为了"别人家的孩子"，成为了街坊邻居嘴里的榜样。

问题在于，这一切的评价都是别人的，虚荣的满足肯定是快乐的，但通常也是短暂的，持续的快乐应该是不断追逐内心的梦想。

那么，这一切都是你自己想要的吗？大学究竟意味着什么？

上大学是奋斗的开始还是终结？你为何要上大学？

你想在大学里得到什么？你又如何得到这些？

你，想好了么？

三

衷心祝贺你。

从今天开始的这四年，你终于可以心无旁骛地成长，你终于可以专心致志追求想要的生活，你终于可以把自己酿成一杯香醇的美酒，开始散发属于你的魅力和光彩，终于可以独立而自由地生长。

独立而自由，我们先说独立。

独立必然是不容易的，无论是经济独立、思想独立，又或者是金鸡独立。

大学的基本目标之一就是成人。

成人似乎是一个虚假命题，但是在我们完成法律和生理上的成人礼以后，还必须检视自己在心理上以及思想上和成人世界的距离。

成人意味着成熟，意味着责任、奉献和担当。

独立不容易，现实不乐观。

新生们一定有人会把脏衣服留到寒暑假带回家让父母给洗，也一定会有人因为在车站和父母走散而彷徨四顾，手足无措，也一定会有人因为找不到银行、找不到教室甚至找不到食堂不断去找辅导员，也一定会有人无数次地思考在大学里自己能做什么，现在身在何处，将来去往何方。其实也正常，所有的精英和天之骄子，都必须经历看起来微不足道却无处不在的挫折和阵痛，才能成为未来的脊梁。

新生报到，有的同学是自己来的，有的同学是父母陪着来的，有的同学是亲友陪着来的；有的同学是从农村来的，有的同学是从城市来的，有的同学是从大山深处费尽周折赶来的……

不管是怎么来的，都不重要，重要的是接下来都要一个人走。

因为这是你自己的大学。

四

再说自由。

自由的定义之一，就是成为你可以成为并且想成为的人。

其实每个人都是镶嵌着美玉的石头，这块美玉就是你的天分，我们在这个世界行走，终极目标就是找到这块美玉并且把它发扬光大。

问题来了，什么是天分？

天分就是你的潜质，天分就是你生命更多美好的可能性，天分就是你不必费太多力气就能找到的存在感以及竞争力。

天分并不意味着你是举世无双，却可以让你行走得更快乐、更从容，可以让你发出更多的光和热，有更大的作为。

有的人特别幸运，在很小的时候，他们的天分就被家长发现了，于是出现了丁俊晖或者郎朗；有的人也很幸运，天分后来被老师发现了，于是出现了各种竞赛冠军和特长生。

但是，更多的人并不会如此幸运，天分和特长需要靠我们自己去摸索和寻找，去尝试和犯错，这个过程也许并不顺利，却充满惊喜，令人期待。

不断寻找，不断试错，不断确定，不断坚信。

这是大学的任务，也是生命的意义。

五

再说说大学。

大学的根本任务就是培养和发现人才，只不过人才衡量的标准不再唯一。

大学的目标一定不是批量生产，制造几千个一模一样的技术工人，那是制造，不是教育；那是产业，不是事业。

所以，我们应该活成自己的模样，活成自己最美好的姿态，活成自己最光彩的定格。

我们不应该像一棵竹子一样直线生长，而应该像一棵树，除了明晰的主干，还有横生的枝桠，郁郁葱葱，全面发展。

所以，每一个大学生都是人才，都可以成为人才，关键是要找到支点，找到天分。

有创新能力是人才，有科研能力是人才，有组织能力、人际交往能力、文体特长统统都是人才。

总之，一枝独放不是春，百花齐放春满园。

六

还是忍不住说三点提醒。

一是千万不要认为进入大学就轻松了。

进入大学就轻松了,这是很多中学老师都会使用的一个固定句型。

事实上我一直迷惑不解,因为很多中学老师都上过大学,甚至受过良好的大学教育,而且大部分当年在大学里都是上进用功的好学生。

他们当年绝对不是轻轻松松过了四年甚至混了四年,然后就成为了一名优秀的中学教师。

所以我不太理解他们是如何克服内心的斗争,把一句充满了欺骗和不负责任的谎言当做"强心剂"和"速效救心丸"。

大学当然可以很轻松,但是轻松之后一定很麻烦。

因为大学不是终点,大学之后接着的是职场,是事业,是人生。

哪一个肩负国家民族育人使命的大学会让学生轻轻松松混四年?哪个国家能靠混了四年、享受了四年的青年铸就光辉的复兴之路,支撑民族的万里长空?

你信么?

但是,就算是谎言,说的人多了,很多人就信了。

所以很多人放松了,很多人自由了,很多人甚至开始报复性补救,拼命找回当年失去的欢乐时光。

于是,很多人挂科了,很多人留级了,很多人退学了。

总之,你一定要清醒。

七

二是大学要学会荣誉归零和重新开始。

过去你们承受了很多褒奖,有人说你们是天之骄子,有人说你们是学生中的精英。

其实也是,经过"狭路相逢勇者胜"的拼搏考入大学的学生肯定都是英雄、精英和骄子。

不过，当很多精英聚在一起的时候，我们大家又都成了普通人。

所以，请忘记过去有多么辉煌，也千万不要在暂时遇到挫折的时候自怨自艾，或者顾影自怜地怀念过去所谓的众星捧月。

时过境迁，优秀的人绝对不只是曾经拥有辉煌，而是能够不断创造和延续辉煌，这就是所谓生命不息，奋斗不止。

八

三是不要因为不喜欢而轻易放弃专业上的努力。

我们可能都会遇到不开心的时候，专业选择也是。

如果你进入了一个自己并不喜欢的学校，读了一个并不喜欢的专业，千万不要沮丧，更不要因为不喜欢而给自己找很多逃避的理由。

无论是选择了哪个专业，无论你是否真心喜欢，你都应该明白大学只是给你一个平台，让你培养一种思维，接受一种训练，建立一个原点；你都应该明白，无论你喜欢不喜欢，你都不可能轻轻松松地混四年。一个连及格都做不到、连毕业证都拿不到的学生如何在职场中证明自己具备最基本的学习能力？

要相信，真正的强者，即使遇到不适合自己的土壤，也可以开出倔强而灿烂的花朵。

有人说大学是象牙塔，有人说大学是天堂，有人说大学很开心，有人说大学很郁闷。大学在别人的谈论中和文字里有着千姿百态的绚丽和令人莫衷一是的答案。

其实，真实的大学只有一种，就是你选择以及你定义的那一种。

九

九九归一，说这么多也足够了。

恺撒有言："我来了，我看见，我征服。"（Veni! Vidi! Vici!）。

其实，大学不过是人生里一段普通的旅程，之所以更值得用心，之所以能赢得关注，不过是因为这里的风景更多，这里的风景更好。

一个独立而自由的灵魂，注定会拥有更多的光彩。

大学欢迎你！

精彩属于你！

我在大学陪你。

2.
如果大学只做一件事儿

一

新生你好,我们聊一个话题。
如果大学只做一件事儿,选什么?
我认为就是三个字:找自己。

二

找自己,找什么?为何找?如何找?
找自己就是认识自己。
具体找什么?
找自己的性格、爱好、能力、天分、潜质。
找自己的长处、短处、优点、缺点、弱点、盲点。
找自己适合什么,不适合什么,能干什么,能干好什么。
找自己喜欢什么,不喜欢什么,擅长什么,不擅长什么。
找自己是喜欢热闹还是安静,自控力强还是弱,性格急躁还是温和。
找自己的价值观念,找自己的生活习惯,找自己的脾气秉性,找自己的理想信念……

三

为什么要找自己？

因为不找不行，不找会迷茫，会迷路，会迷惑。

大学以前，走路有方向，行动有目标，学习有安排。

小学的目标是中学，中学的目标是大学。

但是大学不一样，在大学以及大学之后我们逐步开始面临很多个方向，有很多个选择，评价也有了很多个标准。

如果不找，或者没有好好找，就会有很多症状，还有后遗症。

人生会有越来越多的选项，去哪儿，怎么去，要什么，怎么拿，选什么，怎么选。

其实，这所有选项的起点都是自己，你是什么样，你想怎么样，你能怎么样。

比如去吃饭，最怕的选项是随便。

知道自己喜欢吃什么并且知道这个店里特色是什么，更容易享用到美味。

不知道喜欢吃什么，只好随便点，不知道饭店特色是什么，只好胡乱选。

随机的人生，快乐的指数会低很多。

比如谈恋爱，最怕的选项是随缘。

不知道自己喜欢什么样的，只能都好，不知道对方是什么类型，只好凑合。

凑合的姻缘，幸福的可能性会低很多。

比如找工作，最怕的回答是都行。

不知道想去哪个城市，只好海投，不知道对方单位的底细，只好现编。

盲目的工作，匹配的可能性会低很多。

道理是一样的,我们要从找自己开始。

如果你知道要去哪儿,全世界都会为你让路。

如果你不知道去哪儿,那什么风都不是顺风。

四

目标是找自己,那该怎么找?

怎么找?试探。

不管对的错的好的坏的,试了才知道,找了才知道。

想,都是问题;试,才有结论。

举个例子。比如说,专业问题。

有的同学不喜欢自己的专业。

其实说起来,除了一些被动的调剂,更多的人不喜欢自己的专业是因为当初没有好好选。当初报考的时候没有找到自己的兴趣,不知道自己喜欢不喜欢,不了解一个专业将来学什么,毕业后干什么。那时候没有好好选,现在就要好好找。

不喜欢自己的专业怎么办?

找。找接受的方法,找改变的可能。

我当年也不喜欢自己的专业,那时的专业是调剂的,高考时最差的是英语,然后被调剂的专业就是英语。

你看,人生就是这么跌宕起伏,不然哪来这么多故事。

不过我有一个基本的认识:不喜欢也要努力做,确实不喜欢并且做不到优秀,那就做到合格。如果因为不喜欢就一蹶不振一塌糊涂,除了证明自己学习能力差和意志力弱,还能证明什么呢?

有了这个基本态度,那就开始把英语拆成听说读写译,各个击破,然后找英语学习中有兴趣的部分,比如看电影听歌曲,这也能学英文,这就是找方法。

当然,说起来简单,如果你不喜欢这个专业,一定会痛苦而缓慢地成长。

这种痛苦的过程很重要，能让你在未来面对同样的痛苦时不会感到茫然无措。

后来，我研究生时又被调剂了。

从翻译方向调剂到中国古代文学方向，说起来八竿子打不着，但是偏偏就打着了。不过我并不灰心丧气，我有丰富的面对痛苦的经验，我知道该怎么面对。

其实，更重要的不是你不喜欢自己的专业，而是你要知道自己喜欢什么专业。

很多人往往只是强调不喜欢自己的专业，但你问他喜欢什么，结果又答不上来。

这才是真正的迷茫。

所以你还是要找，你要去听课，去看书，去判断，找到真正喜欢的专业。

我曾经带过一个学生，不喜欢自己理工科的专业，一路学得跌跌撞撞，但是他发现自己特别喜欢经管类的专业，于是跨校区旁听完经管学院的很多专业课程，很辛苦很执着，后来经管学院大部分的授课老师都愿意给他写推荐信，支持他转专业或者考研到经管学院。我想打动各位老师的不是他的天分，而是他的勤奋。

天分没这么容易显现，但是热情和执着很容易被发现。

他从学校毕业后也没有选择本科专业相关的工作，而是投身经济领域，事业蓬勃。

我还有一个学生，机电学院的理工男，没有任何基础，找来找去准备考北师大心理学的硕士，想想都知道难度有多大。当时也没什么人支持他，我也不支持，因为觉得希望太渺茫。后来我们一起吃了顿饭，其间我问了他很多问题，比如北师大考什么科目，用什么教材，教材有什么内容等等，他对答如流。你看，他找了，也找到了，也愿意坚持。然后，我就坚决支持他报考北师大。然后，就找各种材料、信息、笔记……

然后,他没考上。

其实,这才是生活的真相,全国一流的专业,说考就考上太过励志太过玄幻。

当然,这不是结局,两年后的夏天,我在北师大的一次培训会上见到了已经在读研的他。

如果你进入了一个自己并不喜欢的学校,读了一个并不喜欢的专业,千万不要沮丧,更不要因为不喜欢而给自己找很多逃避的理由。

毕竟,真正的强者,即使遇到不适合自己的土壤,也可以开出倔强而灿烂的花朵。

五

寻找的过程中,我们会有很多体验,比如成功,比如失败,比如打击。

每一种都很重要,每一种都很宝贵。

包括那些不开心的体验和极度挫败的体验。

这个世界不会按照我们的喜好安排未来。

我们都会遇到不喜欢的工作,不喜欢的人,不喜欢的事儿。

学会跟自己不喜欢的相处,本身就是一种学习,一种寻找。

寻找解决之道,寻找相处之道,处理好了就是超越,处理不好也是修炼。

比如说舍友、同学以及出现在你大学生活中的所有人。

喜欢不喜欢,往往也就四年,然后天各一方。

这个世界上不会只有我们喜欢的人,与不喜欢的人友好相处也是必修课。

面对自己不愿意过的生活时往往最容易磨炼心性。

把大学当成一次旅行,通过旅途中的人和事雕琢一个更好的自己。

所有的体验都是值得的，所有的体验都是宝贵的。

要想着大学里的一切都是为将来埋下的伏笔，都是将来的预演，都是未来的彩排。

你要去尝试对的，你要去尝试错的，你要去尝试好的，你要去尝试坏的。

成功的经验很重要，让你未来知道如何延续成功，打下基础。

失败的教训很重要，让你未来知道如何少走弯路，多点谨慎。

挫折的体验很重要，让你未来知道如何面对未知，学会坚强。

总之，所有体验都重要，大学没有白走的路。

六

大学里必须抓紧机会好好试探、好好体验、好好尝试。

因为进入社会后，这个世界对你的尝试没有多少耐心，你过去应该完成的任务没有完成，上课的时候不好好听，那就只好补课。

而补课一定是有代价的，要么浪费了时间，要么提高了门槛。

大学里不一样，大学里的寻找只有收获，没有代价。

举个例子。你为了试探自己有没有组织能力和协调沟通能力，于是勇敢地坚决地选择主办一个晚会的任务。

结果，一塌糊涂。

席卡摆错了，气球炸了，灯不亮了，话筒不响了，状况频出……

糟糕透顶。请问，有没有什么代价？

其实，没有什么代价，收获了刻骨铭心的记忆，收获了成长、反思和总结。

全是财富，有什么代价呢？

顶多就是批评、嘲笑或者抱怨。

这不是代价，这是经验、历练和成长。

下一次主办活动你还有没有机会？

有，因为你搞过，你有丰富的搞砸的经验，你知道下一次如何避免。

如果不是在学校呢？如果你进了公司、企业，如果你来这么一出……

那你的第一次，很可能就是你的最后一次。

说说挫败。那些挫败的体验，其实非常宝贵。

我们都不喜欢挫败，不喜欢挫败带来的消极颓废情绪不振。

但是对于人生而言，挫败是我们成长的壮骨粉和镇定剂。

而且，越早体会挫败的感觉，越早夯实心里的底线，越容易面对未来的同类情景。

举个例子。挂科了、失败了，甚至搞了个倒数第一，也是有成长和收获的。

比如你能有同理心。你懂得换位思考，感同身受，你知道别人在挫败失意时的感受。如果你自己一直春风得意，那么，自动地了解别人，理解别人，说别人想听能听得进的话，能走进别人内心，成为别人的知心朋友，就挺难。

比如你能有同情心。因为经历过同样的场景，所以你不会在别人疗伤难过的时候说一些不痛不痒尖酸刻薄的话，你会说话体贴，你会言行得当，你会更受欢迎。

我们每个人都有个情绪体验库，我们经历过的喜怒哀乐在未来还是会轮番上演，只是程度和场景不同。

如果你在青春的时候一切都是顺的，都是好的，都是美的，都是亮的，未见得是好事。

因为这并不是世界的常态，这也不是人生的真相。不然也就不存在什么"人生不如意之事十之八九"，不存在我们为什么老是祝福别人"一帆风顺""一路平安""一马平川"，这些能成为祝福就说明不是常态，不容易实现，或者本来就实现不了。

大学只是彩排，荣誉满身固然挺好，挫折满路照样丰富，走出校园，身外之物都会清零，唯有长在你身体里的、骨骼里的、气质里的、思想里的，才会真正伴随你一生，而这些无一不是体验的结果。

所以有些人能保研挺好，免考挺好，有近路挺好，有车接车送挺好，但是我们没有这些，路也不会白走。因为必须要考试，所以多准备了一遍，更扎实了一些；因为没有车接车送，所以我们只能走路，所以就奔波了一路，锻炼了一路，健康了一路。

人生没有白走的路，每一步都算数。

七

寻找的体验就像在手上攒了很多个积木，经历越多，积木越多，可以拼出的图形就越多，未来的可能就会越多。

如果你把大学当做是体验的过程，就不会在乎一时一地的得失，就不会纠结于走过的道路，因为寻找本身就是意义，沿途所见就是风景。

如果你知道了你的目标在于发现，在于寻找，在于找自己，你就不会忙碌而无所得，你就不会在疲惫不堪的时候问自己这么折腾干什么。因为折腾就是目的，折腾就是成长，过程就是答案。

有人觉得，到了大学就很好了，为什么还要这么辛苦寻找？

其实不辛苦不寻找也是一种寻找，也会找到一个未来的自己。

有人说：15岁觉得游泳难，放弃游泳，到18岁遇到一个你喜欢的人约你去游泳，你只好说"我不行"。18岁觉得英文难，放弃英文，28岁出现一个很棒但要会英文的工作，你只好说"我不行"。28岁觉得学习难，放弃学习，38岁工作遭遇波折需要重新开始，你只好说"我不行"……

这其实不是心灵鸡汤，这是生活的真相。

有个地方撤了一批路桥收费站,面对重新安置的现实,有个36岁的小姐姐说"我除了收费啥也不会干",一时间引来诸多讨论、各种感慨。如果一个地方让你安逸到可以什么都不用学不用干也能混日子,你自己要当心,因为这无法持续,我们要有本领恐慌,要有前行的动力。

时代的洪流滚滚向前,最好的同频共振一定是与大潮一起进步,活到老学到老。

人生确实有变得轻松的方式,只不过不应该在青春的时候,不应该在路还没有走远的时候。如果最开始就选择绕过障碍、跳过坑洼,而不是铲平障碍、填平坑洼,又如何能在未来的道路上静静地看风景?

现在舍不得为难自己,未来就可能让自己为难。

八

祝你找到一个光辉灿烂的自己。

3.
要不要加入学生组织

一

进入大学,校园里的很多学生组织都会招新。

这里的学生组织包括学生会、社团联合会、各类协会等等。

其实对于大学小鲜肉们来说,扑面而来的第一个问题还未必是加入哪个学生组织,而应该是究竟要不要加入学生组织。

这还有疑问么?

有。

因为一定有人说不要。

至少有两种反对声音。

二

第一种反对声音是"加入学生组织一无所获"。这种论调多半是以过来人的身份讲述自己在学生组织的种种经历,配上一种阅尽天下事的淡定沧桑,介绍一段轻描淡写的看似辉煌,得出一个红尘看破的重要结论——千万不要加入学生组织,因为在这里"什么也学不到"。立论依据主要是自己疲于应付的现身说法,全是各种任务,缺少自由空间,当然还可以再加一些"一回头已百年身"的往事,比如因为学生工作而辜负了爱情、耽误了学业等等。

第二种反对声音是"学生组织乱七八糟"。这种文章和观点的持有人也许从来没有加入过社团和学生组织，却可以言之凿凿地讲述学生组织的种种内幕和黑暗，比如拉关系，比如立山头，比如形式主义，比如阿谀奉承，比如沆瀣一气，等等，不一而足，然后得出一个拯救学子于水火的结论——千万不要加入学生组织，因为在这里"人会变得市侩、庸俗、官僚气"。

这个问题最后再说。

回到主题，究竟如何作答？

不要讲道理，我们还是讲故事。

三

遥想当年，我其实走了不少弯路。

我曾经坚定地认为进入大学之后学习不再那么重要，最重要的是锻炼能力。

想锻炼能力，那最好就找一个平台提升和试探自己，寻找自己的优势，发现自己的不足，很自然的选择就是加入学生组织。

于是，我一口气加入了八个学生组织。

校学生会、清风演讲社、诗社、书法协会、院学生会……

然后，我在所有的学生组织里拥有同样的身份：干事。

那时候我感觉特别荣耀，觉得每一个身份都代表一份经历，代表一种锻炼，代表一种能力，如果再虚荣一点介绍自己，我恨不得把这些内容罗列一遍，比如校学生会干事、清风演讲社干事……

一个月以后，我陷入了深深的思考。

什么叫干事？就是什么事儿都干。

几乎在所有的学生组织里，干事的基本业务都是相同的。

比如搬桌子、抬椅子、贴海报、撕海报、吹气球、吐泡泡……

问题来了：既然工种和业务都一样，那我为什么要干八份？

我的目标又不是在一年以后变成学校里吹气球吹得最好的选手。

于是，在学业受到重创的激励之下，我根据自己的兴趣，慢慢辞去了绝大多数没那么喜欢的学生组织，最后只保留了一个身份：院学生会宣传部干事。

哦，但是你注意到没有，其实这也算不上什么弯路。

因为这就是试探和发现，这就是选择和判断。

所以，大一在学生组织里要学会一个词：选择。

四

再说说搬桌子、吹气球。

这些事儿似乎没有什么含金量，似乎有把子力气就能干，似乎肺活量大就能干，其实也不见得。

如果你接到一个任务："去找几个人，把晚会现场的桌子布置好"，你会想到什么呢？

有的人想到的是"为啥？""别人怎么不干？""我来了就是干这个的？"

有的人想到的就是让我干啥就干啥呗，有什么好想的。

有的人想到的是从哪里搬？搬到哪里？搬到之后怎么摆？用完之后怎么收？

同样是吹气球，有的人想到的就是吹。

有的人想到的是为什么要用气球？有什么用途？有没有更好的装饰办法？气球从哪里买？买什么颜色？摆什么造型？活动结束谁来收？

你有没有见过活动结束以后孤孤单单的桌子？

你有没有见过活动结束以后漫天飞舞的气球？

其实，你应该追问，这些事儿都是谁干的，怎么干成了这样？

另外，搬桌子不可能是自己搬，你需要找人帮忙，叫谁呢？

叫自己协会的？万一人家不愿意来呢？万一别人有事呢？那叫自己宿舍的？舍友如果不愿意来呢？喊老乡？要不喊搬家公司？

于是，你要寻找战友，寻找合伙人，于是你要开口说话，你要交际沟通，你要分工协作。

这些全都是细节，但我们的生命就是无数的细节生长起来的。

当然，也确实有人因为搬桌子退出了学生组织，然后将来他还可以用过来人的身份谆谆告诫学弟学妹，千万不要加入学生组织，因为进去就是搬桌子。

对了，其实不主动选择，你可能还真的没有什么搬桌子的机会。

你可以独来独往，你可以沉默寡言，你可以尽量地减少跟别人的交流，你应该也能做到不开口向人求助，你甚至并不需要好朋友，反正怎么都可以过四年。

然后呢？

五

大二的时候，如果你留下来，应该就成为了一个负责人，比如组长、部长或者副部长。

至于什么称谓，其实倒不重要，你千万不要计较，不要当回事，也千万不要把这个称号看得太重，因为这就是一个平台，一个试探自己和展示自己的平台。

我也是，我在大二的时候成为了学院宣传部的负责人。

那时候我的业务范围主要包含三部分：海报、横幅和新闻稿。

比如给学院的重大活动写海报，我需要泼墨挥毫写好以后放到学校显眼的地方进行宣传，比如撰写各类标语和悬挂横幅，比如在重大活动结束以后撰写新闻稿然后投递给报社。

你看到的仅仅是枯燥乏味的工作么？

不是，这些工作背后其实锤炼和敲打的全是你的能力。

比如写海报需要书法功底；写文稿需要文字功底；写标语需要凝练能力；悬挂横幅需要爬树技能……

是的，你没看错，爬树。

在我上大学的年代，横幅的悬挂没有专人负责，更没有专门设备，就是借助小梯子，分两次爬到主干道路两旁的大树上，把横幅挂上去，如果运气不好，你可能需要调整三四次。

如果你做了负责人，具体业务你必须熟悉，当然你还有更重要的任务，比如上传下达，计划总结，开会发言，分工协作，组织活动。比如策划方案怎么写？工作经费怎么筹集？活动创意如何体现？突发事件怎么应急？当然也包括，那张桌子到底搬过去了没有……

在学生组织里最大的收获其实是那些受挫的时刻，比如你把活动办砸了，那些印象深刻的反思才真正是你的成长。因为我们所有的成长都是需要阶梯和基石的，正是一个个让你警醒的小纰漏甚至大跟头才让你越做越好，越走越顺。

20岁的时候你不烦恼不思考不跌跟头，40岁你大概还会从头体验。

但是，大学里的挫折和烦恼基本上没什么代价，顶多就是挨批一顿，你还有的是反省和改正的机会——但是如果你走向社会后把事情办砸了，你的第一次很容易成为你的最后一次。

所以，大二在学生组织里要学会一个词：组织。

六

到了大三，留在学生组织里的就不多了，当年的部门负责人基本都解甲归田，当年搬桌子的小鲜肉接替了你的工作职责。下有部门负责人管理具体工作，上有老师指导布置任务，此时的你，应该轻松一些了。

然而，好像并不是。

因为很多人都不知道自己该干些什么了。

这时候你需要思考自己为什么要继续留在学生组织，以及你想在这个平台上锻炼什么能力，形成什么核心竞争力。

我经常问自己能做什么，而不是问自己想要什么？

大三的时候，学生会改选，我拿到了最高票，老师也希望我做学生会主席。

我跟老师表达了感谢，然后选择了做副主席，分管宣传工作。

我想的是如何把自己的特点和优势发挥到极致，我需要的是拳头，不是指头。

我一直坚信，请你也一定要相信，现在你能做到极致的工作，你能做到优秀的特质，将来你大致就可以依靠这个优势安身立命。因为大学本就是优秀者的集合，相比而言的优势本就是一种选择的标准。

于是，在接下来的一年里，我创办了学院的新闻中心，然后招兵买马让宣传工作有梯队有传承，学院的宣传工作连续几年做到历史最好水平；

于是，我创办了学校第一份英文杂志，创办了学院第一份中文报纸……

于是，我拿了学院历史上第一个特殊贡献奖。

打个比方，如果说大二指挥的是一场冲锋，那么大三考虑的就是一场战役。

谋划环节是学生组织工作的灵魂，如果说一个优秀的部门负责人可以做到独当一面的话，那么一个优秀的学生会主席就可以做到自由自觉地开展工作。谋划的能力会陪伴你的一生，让你不管身处任何地方，都会明白自己想要的是什么，应该做的是什么，如何去做以及如何做得更好。

所以，大三在学生组织里要学会一个词：谋划。

七

最后，还是要说说那些学生组织里存在的不良习气。

我想那些不良习气肯定存在，毕竟全国那么多高校，那么多学生组织，那么多学生。

我的态度非常简单，坚决反对也特别反感那些不良习气，包括那些括号里的正部长级、副部长级以及主持工作等的身份确定，这些幼稚模仿背后体现的就是思想问题和认识问题，既有自我定位的偏差，更有指导教师的缺位，是需要反思和改进的。

如果一个学生干部心中认定和强化自己是所谓"干部"、强调所谓"级别"的时候，认为"我们不一样"的时候，他就已经失败了，已经忘本了，已经自我隔离了，已经失去根基了，因为学生不需要也不会认同这样的服务者。

如果非要说学生干部"不一样"，那也应该是自我要求上的"不一样"，要更加的努力、更加的上进、更加的勤勉、更加的谦和、更加的务实，学生组织的存在感和认同度一定是在服务同学中体现出来的，一定是在为同学付出和奉献中体现出来的。

但是，我们不能把有些乌七八糟的东西认为是学生组织的本质属性，更不能认为就应该是这个样子，也不能认为以后还可以是这个样子。

其实，除去学生组织里的短暂身份，我们面对的就是一个个鲜活的青春，一个个身边的舍友，一个个兄弟姐妹，生活永远没有那么复杂，真相永远没有那么扑朔。

这个世界并不虚幻，我们每个人都是见证者和参与者。

你是什么样的人，就会创造什么样的氛围。

你们是什么样的人，就会形成什么样的传统。

我们就是在寻找一群志同道合的人，用我们的青春、激情和汗水书写一段共同的生命交响曲。

准备好了么？

祝你找到合适的组织，遇见更好的自己。

4.
考完四六级，我们一起聊英语

一、说在前面

刚刚考完四六级，肯定不想聊英语。

因为，逃避肯定也是有效果的。

据说，每一次四六级考试都有人在考场上狠狠地羞辱老师。

比如有人把"上山朝拜"翻译成了：let your head duang duang duang on the ground，估计老师心里尘土飞扬，恨不得让你的头在地上 duang 几下！

比如有人把"缆车"翻译成了 fly car，"会飞的车"好歹还算挣扎了一下，有的人直接翻译成 lazy car，嗯，估计精通中文的阅卷老师大概能发出会心的微笑。

比如有人把"温水"翻译成了 50℃ water 以及 hot water。比如有人翻译完泰山的 Mountain Tai，然后就浑身颤抖唱了起来：Mountain Tai，就跟着一起来，没有什么阻挡着未来……

祝福英语老师都能挺过去，尤其是阅卷老师。

书到用时方恨少，其实英语很重要。

据说，有人因为英语，丢了爱情……

追一姑娘很多年，那天姑娘发他一句英语，他没看懂，于是请他朋友帮忙翻译。

朋友看了看说，放弃吧，这句英语很简单：离我远点，否则我就死给你看。

英语是：If you do not leave me, I will be by your side until the life ends.

不想出人命，于是他伤心欲绝，再也没联系那姑娘。

后来，英语过了六级，才知道那句话是"你若不离不弃，我必生死相依"！

后来，那姑娘跟他朋友在一起了。

啊，多么痛的领悟。

二、你的痛算什么？

英语是很多人心中的痛，三句话总结：学习时间旷日持久，学习过程痛不欲生，学习效果十分羞涩。

其实，说起痛苦，你的痛苦基本不算什么。

因为你不了解我，以及我的痛苦。

我是英语专业，听起来很专业，但我是被强迫调剂去学英语的。

为什么被调剂？因为我高考时有一门功课严重拖了后腿，影响了总体成绩。

拖我后腿的功课，就是英语。

因为英语不好，所以被调剂去学英语。

啊，多么痛的领悟。

在读书时我一直是学校老师的心病和隐痛，因为我长期牢牢霸占学业"琅琊榜"的最后一位，地位稳固，无可撼动。

在我毕业的时候，学院和老师都在拼命控制和压抑内心的激动，恨不能锣鼓喧天鞭炮齐鸣给我送行，然后宣布断绝师生关系，从此老死不相往来。

所以我十分理解大家学习英语的痛苦，因为你们的痛苦只是我的痛苦的一小部分。

你的英语很差，只是一门功课，只有一个标志，就是你的英语成绩。

我的英语很差,却有六门功课,有六个标志,有六门成绩,听说读写译,读还要分成精读和泛读,所以你们的痛苦我要放大成六倍来慢慢体会。

生活往往就是如此充满黑色幽默,不停地制造新的情况。

当你本来以为很绝望的时候,突然发现前面是个更大的绝望。

于是你明白,之前的绝望一点都不绝望。

不过,绝望的次数多了,往往也就习惯了。

所以,当所有窗户都关上的时候,千万不要悲伤和彷徨,因为你忘了还有一扇门。

你只需要轻轻地推一下,就会发现:

那扇门可能也是锁着的。

但是,生活中所有的挫折并不是为了照见你我内心的孱弱,而是为了发现一个强大的自己,所以,我们要学会自己开门,开窗户。

三、英语是否就这么讨厌

是的。

这是个很弱的问题,因为不言自明、不言而喻。

尤其是对愿意花时间和花精力阅读这篇文章的读者来说。

尤其是对刚刚考完四六级还忍不住偶尔恶心的读者来说。

但是面对选择,很多时候我们没有选择。

没有选择的时候,我们就剩下全力以赴思考如何走眼前的路。

大家基本都会玩扑克,打牌的经验告诉我们,有一手烂牌不一定会输。

当然,我不会打牌。

所以我知道有一手好牌也可能会输。

所以,摸到什么牌不重要,关键看怎么排列组合怎么打。

回到英语。

如果英语不是英语,而是父母给你订好的娃娃亲,是个伴侣,既成事实,无法逃避。

那我们只有重新思考:英语就真的一无是处?

应该也不是,娃娃亲也有幸福的,媒妁之言的祖祖辈辈也都诠释了各种各样的恩爱。

那我们就想想,如何爱上英语。

或者说,如果英语就是你的意中人……

四、如何爱上英语

没有无缘无故的恨,也没有无缘无故的爱,任何感情的建立都一定有出现和存续的原因。一定是对方的一些特质或者举手投足的细节让你动心动情,不能自已,并逐步认定这就是自己的菜,进而一步步确定感情。

感情如此,英语亦然。

有人说对于学习英语没有兴趣,这大概就是缺少发现的眼睛,没有找到语言的魅力,没有体会到英语的美好。

我们这么多年英语教育的问题之一,就是让我们对英语失去了兴趣。

但英语的学习不是只有枯燥的教材或者刻板的课堂,英语代表的是一个大大的世界,里面有好听的英文歌曲,也有剧情吸睛的美剧,这都是让我们动心的地方。

比如你肯定会觉得有些英文歌曲很好听,这就是对英语动心的关键。

无论你对歌曲的兴趣是流行、乡村、爵士、摇滚还是蓝调,总有一款适合你或者打动你。

以流行音乐而言,我们可以选择西城男孩(Westlife)、后街男孩（Backstreet Boys）、小甜甜（Britney Jean Spears）、小红莓（The Cranberries）、野人花园（Savage Garden）等，个个甜美帅气，首首朗朗上口。

如果你不喜欢歌曲，电影喜欢看吧？各类大片或者欧美剧就是建立兴趣的桥梁。

生活剧可以看《老友记》，家庭剧可以看《绝望的主妇》，时尚剧可以看《绯闻女孩》，政治剧可以选择《纸牌屋》，等等。

有人喜欢《越狱》或者《肖申克的救赎》，也挺好，不过学完了使用是个问题。

五、如何学习英语

很多人有动力，没方法，也喜欢歌曲，也喜欢大片，但是不知道怎么利用。

感情的升华和突破是需要花心思琢磨的。比如给女孩子送礼物，如果只是硬邦邦塞给对方，对方未必会接受，或者接受也未必最动心。一份礼物的恰到好处还可以有很多的佐料，比如一个独具匠心的包装，一个恰如其分的场合，一个无懈可击的理由，一段感人肺腑的表白，这样的一份礼物送出去当然容易赢得对方的心，也会被储存很久。

感情如此，英语亦然。

如果说已经有了学好英语的想法，或者已经爱上了英语，那么更重要的就是攻克英语的方法。

怎么练口语？怎么练发音？怎么背单词？怎么写作文？

有人说我也听了不少歌曲啊，我也看了不少美剧啊，最后还是在原点啊。

那是因为你没有掌握方法，没有把歌曲和美剧变成你自己的东西。

看懂是骗人的，听懂是骗人的，只有说出来，才是自己的。

你可以跟着哼唱英文歌，但是记住你要唱出来！歌曲听多了不仅自己能够模仿发音口型，更可以记住优美的句子，为提高口语和写作储备素材。

你可以看美剧《老友记》，其实只要认认真真把其中一集从头到尾模仿一遍，口语就可以出师了。

再比如单词，有的同学喜欢背诵专门的单词书，这是事倍功半的做法，单词脱离具体的语境会忘记得很快，就好像散落一地的珍珠，很难捡起来。最好的方法应当是把单词还原到台词或者文章中，通过在美剧或者文章中朗读上下文的方法来记住单词。

另外，同样是单词，也有个重点的问题。我们知道单词词性不同，有名词、副词、介词、动词等，这其中以动词最为重要，也最容易影响句意的判断，所以应当是学习的重中之重。

有了好的发音，敢于开口表达；有了足够的词汇，能够开口表达，这就解决了爱上英语的关键问题。一旦登堂入室，发现英语的魅力和提振信心也就不过是个时间问题。

六、如何养成耐心

这里的耐心有两层含义，第一层是在求之不得、辗转反侧时，不要轻易放弃；第二层是在成功携手、顺风顺水时，不要轻易放手。

英语的学习立竿见影，但是需要持之以恒。

比如前面提到只要好好模仿一集《老友记》，就可以练好口语，这么简单的一句话，需要的是你20分钟反反复复的模仿和背诵，有的人就坚持不住，放弃了，甚至5遍都没有坚持下来就放弃了。

遭遇一份感情也许只需要一次动心或者一个细节，升华一段感情也许只需要一点勇气或者一段表白，然而维持和经营一份感情，则必须依靠一份耐心和一种体贴，如果对意中人不够体贴，不够包容，不够心疼，那么即使打开了爱情之门，能够走多远和走多久也是一种考验。

在两个人心意相通，彼此认定以后，要保持感情的新鲜和魅力，要维持感情的持久和长远，还需要不断调整和持之以恒。

即使英语学习的方法掌握了，见效了，也还要寻求新的突破，再上新的台阶。

英语学习也要不断拓展自己学习的方式和范围，比如歌曲听烦了可以看美剧，比如美剧看完可以看美文，散文看完可以看幽默，等等。在听说读写都不错以后，还可以去尝试提升翻译水平。

总之，学无止境，爱无止境，需要的都是一份坚持。

七、不是结语

天下大事必作于细，天下难事必作于易。

这句话来自《道德经·第六十三章》。

拥有学习的想法，掌握学习的方法，养成坚持的习惯，学好英语不过是个时间问题（just a matter of time）。

但是道理只是道理，道路才是道路，从嘴到脚只有几尺，从说到做却有万丈，你能走多远不仅取决于你能看多远，更取决于你能走几步。

实践出真知，练习出气质（practice makes perfect）。

你坚持的效果如何，让我们拭目以待，也需要时间来检验（time will tell）！

5.
聊聊找工作

一

环球同此凉热,今天聊聊找工作。

青年一茬接一茬,就业不会过时。

而且,找工作也没有那么简单,有同学咨询,跟同学聊天,发现很多人还有些茫然,那就一起聊一聊。

找工作有没有秘诀?

我以为有,总结起来八个字:知己知彼,有章有法。

先说知己知彼。

似乎不复杂,其实不容易。

很多人不了解自己,也不了解单位。

你问他想去哪个城市工作?都行。

你问他想要什么样的工作?随便。

你问他适合什么样的工作?都好。

你问他哪些单位今年招人?不知道。

你问他都投递过哪些单位?一大把。

你问他哪个单位最有希望?看缘分。

然后,他迷茫。

二

所以，要懂自己。

这些问题里有逻辑，也有方法。

我们先看城市，怎么可能哪个城市都行？

每个城市有每个城市的文化和气质。

你不了解一个城市怎么爱上它融入它？

有人会说好男儿志在四方，大丈夫四海为家，城市其实不重要。

确实，人生何处不青山，埋骨无须桑梓地。

但城市也是地理，也是环境，也是氛围，也是文化。

我们走走停停，不也是为了遇到更美好的风景？

这里有海鲜啤酒，那里有粉丝肉圆。

这里有羊肉泡馍，那里有烤肉铁板。

这里有大漠孤烟，那里有万里长天。

这里有四季如春，那里有碧水潺潺。

这里有工业制造，那里有生物医药。

这里有网络小镇，那里有航空航天。

我们选择一个城市，可能因为风土人情，可能因为语言习惯，可能因为饮食风味，可能因为专业背景，也可能只因为一个人。

总之，你要选好你的城市。

三

说完了城市，再说工作。

这个城市里有很多单位，有很多岗位，有很多工作。

什么样的工作都可以？

你符合不符合？你喜欢不喜欢？

你擅长不擅长？你热爱不热爱？

随便。

怎么可能随便。

随便的选择，只能成就随机的人生。

没有方向的前行谈不上什么顺风。

很多行业都挺好，但是很多从业人员面无表情、得过且过、痛不欲生。

不见得是岗位不好，不见得是个人不行，不见得是环境不棒。

核心的问题是自己不喜欢！

任何一个行业做到领军人物的都必然是对事业充满了热爱和兴趣的。

所以，你喜欢和适合什么样的工作，要清晰，躲不过去。

如果你自己的专业已经匹配了明确的就业方向，很好，有选择。

如果你自己的专业就业范围广泛适用性强，也好，你自己选择。

四

谈到工作的选择，就要回到你自己。

你是什么性格？

不知道。

怎么可能不知道？

你好静还是好动，什么擅长什么不行，心里应该有点数。

有人说，这个真没有。

没有是你没想，想有肯定有。

列一个清单，把你自己喜欢的、擅长的和不喜欢的、不擅长的写得越详细越好。

你会发现，你写的是具体习惯和爱好，背后就是某项能力。

比如你发现不知不觉间写下了自己擅长的篮球足球跑步街舞……

你没发现这背后都指向一个关键词：运动。

我们生活中的很多兴趣爱好背后都是一类性格、能力和倾向。

当然，你也可以直接去网上做个职业能力或者职业性格的测评。

按照别人设计的测试量表把题目做一遍也能有个大体结论出来。

这些倾向都指向了很多具体的工作种类。

什么方法都行，关键是你要想着这个事儿，你要想着认识你自己。

五

长大以后干什么，我们从小就在回答。

可能答案会变，小时候"想当科学家"，长大了"想当主播"。

但变与不变的中间，我们都是在比较，在观察，在代入，在思考。

我也是到大学以后才开始想着认识自己，开始思考未来。

我大学专业是英语，属于适用性比较宽泛的专业，似乎很多工作都沾边。

我也确实有过一段时间，见公司就投，见机会就上，看看谁要我，结果是疲惫而无所得。

回头认认真真把自己的性格和工作可能罗列一遍，越来越清晰地发现选择指向教师这个职业。

性格上好为人师，喜欢读书，喜欢聊天，喜欢分享。

实践上也在尝试，也申请了机会在大学里当实习的老师。

一旦有了方向，就会反复琢磨这个选择，明确这个选择，巩固这个选择。

暑假我在青岛找了一家英语培训学校，开始经受面临竞争的淘汰和实际的历练。

一共 20 天。也就是这 20 天，让我进一步明确自己适合做老师，不仅因为我享受这20天的教学时间,也因为学生同样认可这20天。因为学生跟我在一起时的互动和笑脸,因为离别的时候孩子们跟着车跑不想让我走的不舍,当然也因为培训学校临时决定追加的课酬。

2005年,我开始在师范大学读研,记住了"求实创造,为人师表",开始了更多的实习。我还曾经有一段在新东方做教师的经历,也就有了更加充裕的机会登上讲台,跟成千上万的学生朝夕相处。

每一次的教学过程都让我激动不已,觉得自己的价值就体现在课堂里,自己的未来就是在讲台上。

于是,我对自己说,我要成为一名人民教师。

六

再说有章有法。

经过前面的考虑,你应该有一份求职清单。

因为你已经考虑了大致要去哪里工作,因为你已经考虑了你的兴趣和专业可能适合的岗位。

有了地点,有了岗位,有了定位,就应该有了清单。

举个例子:

比如说我,我想在南京工作,我想当老师。

那么清单就有了。

南京所有的学校名单我就应该全部梳理出来。

接下来要做的,就是分门别类开始确定具体信息。

学校分成大学中学小学,有公办民办职业技术特殊学校;

每一个种类也有不同层次,也有不同要求,也有不同门槛;

哪些必须是博士,哪些是硕士也可以,哪些本科也有希望;

哪些上半年招人,哪些下半年有希望,哪些全年都可以投递;

哪些在招聘,哪些要招聘,哪些有邮箱,哪些有电话,哪些有网页……

如此确定一圈下来,无效信息会慢慢删减,清单上的范围会越来越小,目标会越来越明晰。

不管你找什么工作,道理逻辑是相通的,方法流程是可以参照的。

七

多说两句。

人生不易,不过用长远的眼光看人生,是一个总体公平的分布。
有的人选择前面辛苦,辛苦选择,辛苦纠结,辛苦寻找。
有的人选择后面辛苦,辛苦选择,辛苦纠结,辛苦寻找。
当然,也有人说,为什么也有人好像从来不辛苦?
应该也是,肯定也有。
但你怎么知道别人过去就一直没有辛苦?
你怎么知道他未来就永远不会再辛苦?
你怎么知道他不是从上一代就已经开始辛苦?
辛苦去考虑别人的问题,并不会让我们的人生变得幸福。
我们活的是概率,更是规律。
看概率只会忧心忡忡,有规律才能好好规划。

八

再说几个问题。
工资重要不重要?重要,当然重要,但不是唯一重要。
因为一个成熟的行业和岗位已经被很多人挑选和体验过。
同样的地区同样的行业同样的类别,也会有大差不差的待遇。
如果待遇差别很大,说明其他方面也有差别,比如录取门槛、比如工作强度、比如薪酬的计算方法等等。

在我求职的工作中，工资并不是我关注的重点和选项。

我面试过富士康集团、深圳发展银行、新东方教育集团和若干高校。

给过我面试机会的，我都没有问过待遇。

因为待遇是你求职那一刻别人对你评估的一种计算尺度。

你大概也不知道你能值多少钱，你大概也不清楚别人应该给你多少钱。

但是你早晚会知道也会证明你值多少钱，如果你工资和能力不匹配，调整就会发生。

如果你能把自己的才华、天分展示得非常充分和淋漓尽致，或者说你能向公司和单位证明你能够创造很多的成绩或者贡献，你要相信这个公司一定会给你相匹配的待遇。

如果它不给你，其他的公司也会给你。

所以是你的付出你的能力决定了未来的道路。

所以纠结待遇的高低不如思考成长的可能。

不要指望钱多事少离家近、压力不大、任务不重、要求不高、工资不低的工作在等着你。

不要说这样的工作不好找，真给你也要万分谨慎。

因为你还年轻，压力不大、任务不重、要求不高、工资不低意味着是个人都能干、都想干。

如果随便哪个人都能干，请问这个岗位能带来什么成长、什么收获、什么核心竞争力？

还记得头两年，撤掉一批收费站，那些过去很吃香的岗位突然裁撤让收费员心态崩溃。

听听那令人啼笑皆非却是实事求是的控诉："我今年36，我的青春都交给收费了，你们现在不要我了，我能干啥，我除了收费啥也不会干啊。我现在啥也不会，也没人喜欢我，我也学不了什么东西了。"

其实她应该庆幸，她才 36 而不是 46。

你自己混吃混喝没有成长，时代抛弃你的时候是不会打招呼的。

还是那句话，用一个较长的区间来审视人生，可能会更加平和客观。

九

专业重要不重要？重要，当然重要，但也不是唯一标准。

如果抽象，举个例子：如果你想去银行，发现银行招的专业是金融和会计，但是你学的是甲骨文或者考古。

你会投递简历么？你会有机会么？

很多人的答案是不会投递简历，当然也就没有机会。

这不是个模拟题，这就是实战题。

给大家讲个故事，时间回到 2007 年 11 月。

深圳发展银行发布了招聘信息，招聘专业：金融、会计。

我的专业呢？中国古代文学。

要不要投递简历？有没有机会？

我的答案：只要我想去，我就会投递简历，因为投了简历才会有机会。

投递完简历，其实我也清楚，我不符合条件，但是人生就是尝试和体验。

我当年还勇敢地把这个明知不会成功的尝试写了博客，发给大家看。

结果，文章发布的同时，邮箱里收到一封邮件：恭喜过审，欢迎来参加笔试！

惊喜不惊喜？刺激不刺激？神奇不神奇？

我迅速删了博客文章，开始好好准备笔试，准备啥？你先猜。

2007 年 11 月 20 日 10 点，上海某酒店香江厅。

门外人头攒动，神情肃穆，不敢高声语，气氛很压抑。

门口贴了笔试人员的座号、顺序和专业，百来号人，清一色的金融或会计专业。

我的那个中国古代文学专业出现在最后一行显得特别长、特别扎眼、特别醒目、特别诡异。

于是我一脸微笑，这一笑，缘于对反差强烈的羞涩；这一笑，缘于知道肯定没戏的自信；这一笑，缘于重在参与的豁达；这一笑，缘于别无选择的坦然。

鱼贯而入，依次就坐。试卷发下来，首先填写职业意向，有三个选项：个人业务、金融业务和会计业务，思考半天，把它们都划掉，在后面写上了"培训业务"四个大字。

其实到这里，要说人职匹配，我已经失败了一半。

选择题就是职业能力测验，比如数列推理、逻辑归纳等等。

问答题有三道，第一题是谈谈对深圳发展银行的认识；第二题是谈银行汇率变化；第三题比较亲民，手上有五个小球，代表着智慧、权力、真理、金钱、健康等，但是你不可能都拿稳，问你如何取舍。

我本来选的是第三题，因为好歹有很多话可以讲。

写了一半，我就感觉没戏了。因为选这个的人会很多，我的答案很难成为最好的。

于是，我转身选择了第一题：谈谈对深圳发展银行的认识。

"1987年12月22日，深圳发展银行成立，它秉承敢为天下先的奉献精神，从6家信合发展到18个中心和230个分支……公司的企业文化是诚信、专业、服务、效率。公司的用人理念是人尽其才，岗适其人。员工是银行的第一财富，是银行的取胜之石。银行提倡'成功、尊重、关注'的人本文化……"

所以，前面我说好好准备笔试，你现在知道我准备什么了。

知己知彼，如果你真的热爱一个公司，请你证明！

十

笔试之后,我就非常满足地结束了我的银行求职之旅。

因为我相信自己确实未必适合银行,我也只是想去尝试一下各种不可能。

于是,第二天我又写了一篇博客文章,眉飞色舞地讲述了整个笔试过程。

同时,邮箱又收到一封邮件。

邮件标题是:深圳发展银行面试邀请信 尊敬的徐川(个人编号*******)

恭喜您!您已经凭借个人优异表现顺利通过了深圳发展银行日前组织的笔试,现邀请您参加面试。

时间地点安排请留意您的手机短信;如果能够参加,请回复确认,可点击确认按钮对本通知信进行确认;或者短信确认:请直接对该短信回复姓名即可!

……

落款:深圳发展银行人力资源部

写到这里,我要隔空喊话:深圳发展银行,要不要把广告费结算一下?

不过想想算了,毕竟深圳发展银行这个名字已经不用了,它现在叫平安银行。

你看,就在落下这些文字的时候,我还是要再了解一下深圳发展银行。

这就是知己知彼,这就是有章有法。

也许有人会关心我有没有参加面试,以及结果。

我当然去参加了面试,因为我要尝试各种不可能。

面试环节几个问题我对答如流,最后的问题还有掌声。

他们问：你为什么会选择深圳发展银行？

我说：因为深圳发展银行有前途，有希望，有未来。因为你们给了我一个面试的机会，因为你们明明知道我专业不符合，你们仍然愿意给我一次机会；因为你们看重一个人的过去和现在，但是你们更看重一个人的未来；一个如此重视员工未来的公司一定会有前途、有未来、有希望……

我得到了录用机会，但最后选择了放弃。

放弃的理由不复杂，银行有未来，但是我想不出我在银行的未来，我没有基础，也不懂核心业务，想到的都是瓶颈和天花板。

这也是知己知彼。

十一

出身重要不重要？重要，当然重要，但是也不是唯一重要。

这里所谓出身，主要是学历，是不是重点大学，是不是本科等等。

我曾经参加过一次面试，2004年，富士康集团。

彼时招聘现场放了一块牌子，引发了一些争议。

牌子内容是建议专升本的同学不要投递简历。

结果很多慕名而来的专升本的同学愤而离席。

但是，也有一个专升本的女孩留下来投递简历。

面试的时候，她就在我前面一个，距离不远，对话也听得清楚。

人力资源部的主管看了简历，很敏锐地问了一句：你应该是专升本的吧？

女孩说：是的，我是专升本的，但是我觉得我不比别人差，我想试试。

主管翻了翻简历，说了这么一句：行吧，那就试试吧。

你看，很多人选择了抱怨，也有人选择了改变。

很多时候改变就是从自己开始的，你变了，世界就变了。

面试的结果，我认为也还算美好。

语言类培训生就一个指标，当场录用了两个人，一个是我，一个是她。

我没有显赫的出身，没考上985，也没考上211，连本科一批都不是。

我知道这个世界是有不公和歧视存在的，但我更加相信确实很多窗户关了，也一定有很多窗户开着。

所以，我从未放弃，不停寻找。

所以，我也会被人拒绝，遭遇不公，但是也签了富士康，去过新东方，做过英格兰国家队的翻译官，成功面试过银行报社电视台、世界500强企业、八所重点大学……

人生没有统一的格式和模板，就业也是。

没有人可以无往而不利，没有人可以解决所有问题。

但可以确信的是，世界很大，机会很多。

只要你用心寻找。

祝福大家。

6.
实现一个梦想要多久

一

今天讲一个故事。
关于梦想,也关于时间。
梦想实现的时间,是十二年。

二

在历史的长河中,十二年短暂也漫长。
在我们的人生中,十二年特别也平常。
历史并不常在某个特定的时刻让一切发生改变。
生命的每一天对每个人来说也是同等的重要。
毕竟,人生是一场有去无回的旅行,好的坏的都是风景。
但是,仍然忍不住聊聊,因为这是十二年。

三

2008年,我到高校工作,那是梦想的起点。
刚到学校,总是希望自己的工作能够有点特色,毕竟,日复一日的基础工作和大同小异的发展轨迹,让我们看起来千人一面。于是就在琢磨如何打造自己的核心竞争力和专业化方向。亮点也好,特色也罢，每个人都应该有些与众不同的积累，有些能够让人印象深刻或者能够记得住的不一样。

可以选择的方向很多，比如生涯规划，比如心理健康，比如思政教育，比如军事理论，等等。

那时候，我选择了传统文化。

理由有三个。

有基础，有信心，有需求。

先说有基础。因为我也算是学这个的。我研究生读的是中国古代文学，也大致学习过几十本先秦诸子的经典和古代文化的知识。水平肯定不高，基础应该算有，所以不是另起炉灶，也不是从零开始。

再说有信心。这个信心不是对自己的信心，而是对国家和民族的信心。国家正以我们看得见和看不见的速度在发展前行。一个并不复杂的逻辑是，在国家越来越好之后，人民会自然地有精神层面的追求，会自然地有文化的依归，何况我们还确实是底蕴深厚。

再说有需求。这个需求是双向的。青年有需求，他们并不排斥传统文化的内容，所以一些文化类通识内容往往也很受欢迎。对于国家和民族来说，也需要青年在手中继续传递文化传承的接力棒，因为抓不住青年，肯定也就抓不住未来。

四

当然，有机缘，也有困难，路走得并不顺利。

在彼时，选择传统文化其实并不讨巧，传统文化本身并不具有轰轰烈烈的属性，而对传统文化的兴趣和重视形成共识也需要时间，需要基础。

所以，我也前前后后做了不少尝试。

曾经设计了一些"知听读赏说行"的系列活动，简单说就是带着学生一起学文化常识，读文化经典，赏传统节日，大致是围绕基础的夯实做些铺垫；也曾经围绕"身边的传统文化"，开过一些专题讲座；也曾经因为讲座还有点人气，就顺势为学生开选修课，围绕中华优秀传统文化进行过导读和分享，也曾经有过选修内容被"秒杀"的幸福体验，一些抢不到课的同学过来旁听。

自那时起，就在积累和沉淀。

无知无畏也好，初生牛犊也罢，伴随着学生的认可，混合着不知天高地厚的勇气和执着，也就在普及传统文化的道路上这么跌跌撞撞地一路前行。

讲了三四年，就形成了第一本书稿，然后尝试着联系出版社。

当然，现实是很现实的。

实事求是，那时候传统文化并不是一个火热的题材，我更加不是一个火热的作者。

于是我积累了丰富的碰壁的经验。

愈挫愈勇，我继续捧着书稿到处求爷爷告奶奶，然后继续四处碰壁。

熟识了更多的出版社编辑，收到了更多淡漠的回应或苛刻的条件。

我大抵还是确信自己的判断，既对我所从事的内容有信心，也对自己的风格和方向有信心。

五

一晃十年，时间到了 2018 年，十年间我也在发生变化。

不再自视甚高，不再固执己见，不再张扬轻狂，不再孤军奋战。

但不变的是，仍然相信传统文化会受到关注，也应该受到关注。

时间慢慢证明这种信心和判断大致是正确的，我们也慢慢见证"文化自信"成为热词。

不变的还有坚持。

书稿写作仍然在缓慢而坚定地进行。2018年重新拟定了框架和主题，风格更加通俗，语言更加活泼，内容更加严谨，选题更加聚焦，陆续确定了一些有意思的题目，比如"神话故事从头说""《周易》究竟讲什么""聊聊孔子这个人""古代歌曲怎么唱"等等，也正式把书的名字定下来，叫做《道不远人——走近传统文化》；2019年7月完成初稿，9月开始改，二稿、三稿……

一直到2020年。

一本书，12年，这背后就是时间。

也正是在这12年中，我们也越来越清晰地认识到，写一本书是容易的，写好一本书是不容易的，写一本好书更是不容易的。

我们不能太期待速成的东西，因为速成也往往意味着速朽。

做成一件事情花费多长时间，事情的价值往往就能持续多长时间。

我们总要不断追求更好，就像我们爬山，辛苦自然是辛苦的，但是爬得越来越高，就会看见更辽远的风景，就会看见更广袤的世界，就会有更高远的格局。

虽然一路跋涉确实缓慢，但回首时也已经走了很远。

六

2020年，《道不远人——走近传统文化》正式出版。

感谢商务印书馆，给我机会的出版社，让梦想变成现实的出版社。

这是个有分量的名字，也是个有文化的名字。

它伴随了几代人求知的过程，也是几代人对于出版社印象的开始。

这印象源于我小学时书包里必备的《新华字典》，源于我中学时课桌必备的《现代汉语词典》，源于我大学时书桌必备的《牛津高阶英汉双解词典》,源于我读研时手边必备的《古代汉语词典》……

如今,我们的孩子也在看着《新华字典》和《现代汉语词典》继续成长。

这是希望的传承,这是知识的传承,也是梦想的传递。

于我而言,能在商务印书馆出本书,是不曾有甚至不敢有的梦想。

果然,梦想还是要有的,万一实现了呢?

七

说说时间。十年似乎才是一个很好的时间区间。

不管是十年磨一剑,还是十年如一日,又或者是十年寒窗,或者十年树木。

甚至就算是我们唱歌也会唱着"十年之前"和"十年之后"。

不过时间总是最好的判官,十二年是现实给的最好的答案。

不早不晚,恰到好处。

其实,想一想,不管是黄道十二宫,还是十二生肖,也是一个完整的组合。

我们常说12年是"一纪"或者"一轮",也往往意味着下一次的开始。

就好像周易在"既济"之后,还有个"未济",承前启后,继往开来。

每一个区间的结束,都埋伏着开始的萌芽。

我们说着循环,说着日复一日,年复一年。

其实人生从来都是单行道,都是回不去的时光。

我们所用力生活的每一天,都不会重来。

每一天都不一样,每一天都是独一无二,走了就走了。

而我们期待的每一个春天归来,也断然不是过去的春天,而是前行路上的下一个春天。

那就慢慢走,欣赏啊。

我曾经很认真地问过别人一个问题:如果生命可以重来,你愿意回到哪一段重新开始?

有的人愿意回味自己的青春时光,有的人愿意重温自己的高光时刻。

我的答案呢?

我不愿意回去。

所有的,无论是好的,坏的,振奋的,颓废的,幸福的,后悔的,难忘的,都是体验。

体验过就是人生,体验过就是活过,回去干什么呢?

不想回去,因为更期待未来。

未来,一定会更好。

八

《道不远人——走近传统文化》。

书的名字里有个"道"。

其实,中国人的"道"不太好讲,老子说"道可道,非常道",孔子说"一以贯之",庄子说"无所不在"。

大道之行,任重道远。

何况,我们也才刚刚上道。

在我的书桌上,养着一盆文竹。

其实文竹并不是真正的竹子,就好像我们写的也算不上一本真正的学术著作,但是不妨碍我们看见文竹依然感觉神清气爽,依然感觉心旷神怡,依然能感受到"道在其中"。

毕竟,道不远人。

7.
你不需要讨好任何人

一

最近有些心疼。

因为收到不少同学的来信和咨询,他们的倾诉让人心疼。

问题大同小异。

有的问,如何才能让宿舍的同学喜欢自己?

明明自己已经做了很多付出,打水打饭都干过,然而,他们好像无动于衷;

有的问,如何才能让班级的同学喜欢自己?

明明自己已经做了很多牺牲,不敢提反对意见,然而,他们好像视而不见;

有的问,如何才能让身边的恋人喜欢自己?

明明自己已经做了很多让步,苦苦地维持感情,然而,他们好像并不领情。

问题让人心疼,行为让人心疼,结果让人心疼。

其实,面对类似的场景,我想说一句:你不需要讨好任何人。

二

类似的问题还有很多。

有人问我,别人讽刺嘲笑怎么办?别人阴阳怪气怎么办?

我问,跟你有什么关系?何必在意?何必用别人的错误反复惩罚自己?

有人问我,患得患失怎么办?比如领导表扬了一句,就感觉春天来了;可惜后来又批评了一句,又感觉发展无望了。

我问,你的核心竞争力是啥?你的不可替代性是啥?没有哪个领导能够罩你一辈子,当然也没有哪个领导能贬低你一辈子,你最终还是要靠自己。

有的人害怕失去朋友,有的人怕自己被嘲讽,怕被视为怪人;

有的人怕失去一段感情,有的人怕自己不合群,怕自己被孤立;

有的人怕自己不受欢迎……

怕,能行么?

忍,好使么?

求,管用么?

三

感情不是求来的,尊严不是求来的,魅力不是求来的。

这个世界上能够求来的东西,叫做施舍。

施舍的姿态通常是居高临下,充满同情。

这是不对等的。

有人说,喜欢一个人,会卑微到尘埃里,然后开出花来。

不管是谁说的,你不要轻易相信。

自甘低贱,是不可能开出高贵的花的。

自甘卑微,是无法自由自在做自己的。

你不应该乞求任何人。

也不需要讨好任何人。

四

我们特别害怕跟别人不一样。

不一样意味着结局凄惨,比如枪打出头鸟,比如木秀于林,风必摧之等等。

所以,坚持做自己肯定不容易。

但是你不能因为不容易就放弃努力,因为这是你自己的人生。

"我 16 岁时曾经想自杀,因为我觉得自己是个怪胎,觉得自己和别人不同,跟别人格格不入。而现在,我站在了这里。我想对那些觉得自己怪异、觉得自己和别人不同、觉得自己不能适应任何一个地方的孩子说:请保持你的怪异,保持你的与众不同,然后当有一天轮到你站在这个舞台上的时候,请把同样的信息传递给下一个人。"

Stay Weird,Stay Different.

保持特立独行,保持与众不同。

讲这段话的人,他叫格雷汉姆·摩尔,奥斯卡最佳改编剧本获奖人。

他用了不到 30 秒的时间说完了这些,但他坚持用了很多年。

他迎来了奥斯卡当晚最长时间的掌声,台下是几千名明星与观众。

他很不容易,你和我都一样。

他能做自己,你和我不一样?

五

太在意别人有什么问题?

就是容易困惑和迷茫。

这个世界上人太多了,大家都会有自己的观点。

如果第一个人喜欢你,你会觉得这样是对的。
第二个人讨厌你,你会觉得自己的坚持错了。
然后,你就想改。
但是你发现即使改完了别人也未必满意。
甚至,他当时只是随口那么说说。
如果一个人让你变,你就变一下。
第二个人让你变,你又变了一下。
请问,你是变形金刚么?

六

为什么让全世界都跟你一样?
你为什么要跟全世界都一样?
我们真的不需要一样。
你看到花,我看到刺,有花也有刺,这才是真实的世界。
所以,我们的相遇,其实不是为了改变彼此,是为了找同路人。
所以,陪伴才是最长情的告白。

七

如何面对别人的嘲讽、不解和攻击?
其实可以一笑而过。
我不是让你一意孤行,不是全世界都反对你,你也要走上不归路。
当然,全世界都反对你是不可能的,你没那么厉害,世界也没那么整齐划一。
只是这个世界从来都有流言蜚语,冷嘲热讽,造谣诽谤……
如果你眼睛里全是别人,肯定就没有了自己。

我有没有这些烦恼？

应该有，必然有。

其实，我们都会被人议论、批评、质疑甚至是攻击。

我也一样。

只是我并不太在乎。

因为我知道我要去哪里，以及我要成为什么样的人。

八

自信从哪里来？

从自己的内心深处来。

所以，你要找到你自己。

你的坏，你的好，你的长处，你的短处。

只有全面了解自己，才能保持不骄不馁。

只有充分经营自己，才能逐渐出类拔萃。

只有慢慢充实自己，才能做到八面来风。

只有细细雕琢自己，才能实现魅力强大。

喜欢你的，说声谢谢；辱骂你的，淡然笑笑。

帮助你的，记得感恩；攻击你的，敬而远之。

他强任他强，清风拂山岗；他横由他横，明月照大江。

因此，加油，绽放最美的自己。

所以，记住，不要讨好任何人。

8.
成就你的独一无二

一

其实,一直以来,不少同学都有一些小心结和一些小自卑。
比如对家庭出身有自卑,没穿过名牌,没尝过盛宴。
比如对自己学历有自卑,没上过大学,没考上重点。
比如对自己身体有自卑,或相貌瑕疵,或身有残疾。
我有没有自卑的经历?
肯定有,必须有。
今天来聊聊这个话题。
讲三个故事,说一个道理。

二

第一个故事,我讲过很多次。
在2017年,有一条新闻轰动世界。
确实不是夸张,因为比赛是世界级的赛事,世界技能大赛。
当今世界地位最高、规模最大、影响力最大的职业技能赛事。
"世界技能奥林匹克",包括焊接、钣金、砌筑、瓷砖贴面、花艺……
在阿联酋举办的第四十四届世界技能大赛中,中国代表团惊艳世界。

获得 15 枚金牌、7 枚银牌、8 枚铜牌和 12 个优胜奖。

日本获 3 枚金牌，德国 1 银 2 铜，美国似乎没有拿牌。

以精密制造著称于世的瑞士得了 11 枚金牌。

拿到全场大奖的，是一名来自常州技师学院的学生。

三

这个故事我到处讲。

参加十九大教育系统中外记者采访会时，我现场讲了这个故事。

在中组部录节目时，我又忍不住讲了这个故事。

我真的特别喜欢这个故事。

我相信，很多人都很喜欢这个故事。

因为这个故事里有你，也有我。

在很多人眼里，去上技师学院的往往不是学习最好的学生。

分数很高的很少有人会主动选择技师、厨师或者花艺师。

哪怕有些人真的特别适合这些职业，哪怕能做到世界最好。

不是职业有问题，是我们的观念有问题。

幸好，一切来得都那么及时。

在这样的高光时刻，他们就是明星，他们就是英雄。

这就是我们深深赞叹的"工匠精神"。

四

第二个小故事，关于服务员。

有一次在北京开一个重要的会，在我们代表团驻地，每个楼层有三个服务员轮班。

从人民大会堂结束会议回到房间，看到桌子上铺着两张报纸。

旁边还有一张小纸条。

"尊敬的代表您好,我注意到今天的报纸上有两篇关于您的报道,想来您可能也会感兴趣,就给您各保留了一份报纸,如果还有其他需要,随时与我们联系。楼层服务员。"

大概不会有人认为这一切理所当然。

我非常感动。

马上拿着纸条出门,问了几个人,发现很多代表房间里都有纸条。

我们刚到北京。

一个楼层那么多代表,光记名字和面孔也要好几天的吧?

换位思考,我们能做到么?

五

拿着小纸条我找到服务员,我说送你们个小礼物吧?合个影吧?统统不要,反复强调,说这一切都是自己应该做的。

实在无以为报,我在临走前也在房间留了张小纸条。

"感谢这生动的一课,深受教育。岗位有分工,劳动无差别,向你们致敬,向你们致谢,向你们学习,每一位尊重自己职业的劳动者都应该得到别人的尊重……"

我突然又想到了工匠精神。

我认为工匠精神不单单是工人的信仰和追求。

所有人只要尊重自己的工作和职业,把服务和产品用心做到极致,这都是工匠精神,这都值得致敬。

六

曾经有一篇文章霸屏很久。

题目叫《对不起,我本科不是北大的》。

作者是丁鹏,也是一个励志故事的主人公。

本科毕业于西安建筑科技大学华清学院管理工程系,三本院校。

然后一步步硕士考到了北京大学中文系。

"我有三本学生最常见的那种自卑。甚至在别人问我学校时,回答过西安建筑科技大学。后来发现这么回答不仅有撒谎的心慌,还挺人格分裂的。甚至我都没参加过招聘会,因为听说招聘会看大门的不让三本的学生进。"

这是他的现身说法。

第一学历的问题多年以来一直是个心结,也因此而体验到了更多的冷暖。

幸好,自己没有放弃。

幸好,自己成就了自己。

我在朋友圈转发了这篇文章:三本学生考到北大,回望来时路,不遮不掩不伪装,满满正能量。

也有朋友留言,说这个很明显,他还是没有放下。

我说:没必要强求他放下,勇敢回头,直面现实,实事求是,证明自己,对很多人来说,就很好了。

真的,已经很好。

七

第三个故事,是我大学的同学。

我们那个时候的同学里,有一种身份叫专转本。

就是读了专科然后考到我们学校读本科,三加二是五年毕业。

当年我们毕业的时候,招聘的公司有一家叫富士康集团。

那时候富士康的名气还没那么大,招聘现场有一条友情提醒。

"专升本的同学请不要投递简历"。

争议很大,现场很多人都愤怒了,尤其是专升本的。

很多人都在痛斥:你有什么资格歧视我们,你要我都不一定会去!

你们有什么了不起,谁听说过富士康,我们只听过康师傅!

此处不留爷,自有留爷处,你看不上我,我还看不上你呢!

这些声音,都有。

很多人一边骂,一边就走了。

八

我前面排队投递简历的是个女孩子,是专升本的,没骂,也没走。

依然跟在长长的队伍里排队面试。

面试官拿到简历的时候还是提了一句:哦,专升本的啊。

女孩一脸微笑:是的,我是专升本的,我觉得我可以试试。

人力资源的负责人笑了笑:那就试试吧。

估计很多人会关心结果。

当年,富士康外语类管理培训生,全省那么多面试者,就定了两个。

一个是正式录取,是我;一个是递补候选,是她。

也就是那个专升本的学生。

后来我考研去了上海,富士康同意解约,最终录取的应该就是她。

就是当年那个专升本的女生。

九

我们承认,这个世界有一些偏见。

我们承认,这个世界有一些冰冷。

我们承认，这个世界永远不是繁花锦簇、歌舞升平。

但这一切都不妨碍我们保持基本信念。

相信时间，认识自己，超越自己。

这个世界会尊重每一个尊重自己的人。

这个世界会尊重每一个尊重自己职业的人。

这个世界会尊重每一个尊重自己价值的人。

有一些偏见就是用来纠正的。

有一些冰冷就是用来温暖的。

十

说到我们的生命。

每个人的境遇和经历都不一样，或者也不应该一样。

或者也无法选择。

但是这些统统不是我们自卑的理由。

我们生下来都不是为了接受命运的嘲弄。

我们生下来也都不是为了被打败和击垮。

生命的价值和美好在于我们在寻找，我们在试探，我们在不屈不挠。

很久以来，我一直坚持一个理念，每个人身体里都沉睡着一个天才。

只不过我们经常忘了去唤醒这个天才，忘了去挖掘和试探自己的天分。

因为我们眼睛里一直看着别人，因为我们心里一直想着从众。

从众是安全的，可惜从众往往也是懦弱的。

成长永远不嫌迟，起步永远不嫌晚。

不妨一起努力，认识自己，超越自己，成就你我的独一无二！

9.
人生没有白走的路

最近流行一个词儿,叫"小镇做题家"。聊这个话题,我有点心虚,因为我做题不行,也没长在小镇,而是小村。

很长时间以来都有同学跟我诉说家庭的种种不如意,有的还有小小抱怨。我们周围有的同学衣食无忧、浑身名牌、全球旅游;有的同学精打细算、四处打工、贷款上学,带有深深的自卑;也有的同学感觉被家庭拖累,抱怨自己的生长环境。

讲这个话题,我从自己讲起。

一、经历的艰辛能成为后来的勋章

我出生在鲁西南的农村,在那里老老实实长到十八岁。十八岁前基本没出过县城,我曾以为全世界就是那么大。小时候没有自行车,进一趟县城要走半天,我认为似乎世界没必要那么大。

我是有饥饿记忆的。我小时候看到周围的各种植物,第一个念头就是琢磨一下能不能吃。山药土豆西红柿,大豆玉米小麦,都可以吃,我说的"吃"是生吃,就是挖出来或者摘下来简单擦一下就吃。除了庄稼地里的,榆钱可以吃,槐花也可以吃。我小时候还吃过棉花桃子,啃过玉米秆子……你说好不好吃?那时我认为能吃就好。

我在农村上的小学和初中,高中在县城。同学们生活水平都差不多,平时都从自己家带咸菜、带馒头。高中时我妈隔三岔五蹬着叮咣作响的三轮车到县城来给我送生活用品。也不知道是哪一天,我开始抗拒起来,不希望她来学校。有一回,我妈来看我,在教学楼外面把饭菜掏出来等我。结果赶上放学,大家以为是小商贩,呼啦啦围上了一大帮人,叽叽喳喳问饭菜怎么卖。急得我赶紧解释:"别看了,别看了,都走吧,不是卖东西的,这是我妈。"留下一圈哄笑,也留下我敏感的自尊,当时就没好气地跟妈妈嚷:"以后没事不要来了!"很久之后,我爸跟我聊起这个事儿,说妈妈回来挺伤心,问是不是妈妈到学校觉得丢脸。现在每每想起,我都自责不已。

农村孩子很多都穿过打补丁的衣服,而且衣服基本都是父母给做的。当时农村自己做的棉袄一般是用花花绿绿的棉布,里面套上新棉花,外面罩一件外套就过冬了。

以前没觉得有什么不妥,一直到大学一年级时,家里给我准备的还是自己做的棉袄。但是,我决定不穿了。因为我发现周围的孩子都是在大商场买衣服,流行的羽绒服又暖和又好看。我实在没有勇气把那个红艳艳的大棉袄拿出来。于是我就冻了一个冬天,结结实实硬扛了一个冬天。现在想来真傻,但那时就是那么坚定,宁可被冻也不想被嘲笑。故事的结局是班里同学实在看不下去,一起凑钱给我买了一件棉衣,这成为我大学里非常难忘的回忆。

我不知道这是不是人生必须走的心灵弯路,不过我真的到了很久以后才泰然自若地讲我的这些过去,才愿意把自己体会过的生活当作骄傲的勋章。

二、未必喜欢的过去给予我们很多

我相信一切都是有伏笔的。

生活在农村肯定是有好处的,比如说比城里的孩子多体验了一些艰苦的岁月,比如说对生活的变化会有更多敏锐的观测,比如说和城市里生活的长辈还有不少相同或相似的记忆……记得几年前,我和南京的长辈一起聊过去,我说自己小时候放羊养猪养兔子,耕地打水割麦子,摘棉花收玉米,他们一边笑一边想这小子"编起瞎话"来一套一套像模像样的。

我们未必喜欢的过去能够给我们很多很多，比如忍耐，比如敏感，比如善良，比如坚持。我们不能选择自己的出身和家庭背景，但是这些背景都无一例外成了我们的财富，只不过有些财富我们看得到或者我们眼下需要和在意，有的财富和磨难变成我们的"骨骼"和自尊，变成我们的善良和体贴，变成我们的热情和温暖。

小时候，村里经常有来要饭的人。他们不要别的，就是要一块馒头、一碗稀饭，站在门口问家里有没有人，没有人回应也不会往院子里闯。那时候自己家也穷，经常吃了上顿没下顿，清汤寡水，桌子上的菜可能只是一盘拍黄瓜。在我印象中，要饭的只要敲开我家的门，没有一个会空着手走。有时候赶上饭点，每人一块馒头分完了，家里什么都没有了，妈妈会把自己的馒头再掰一半，稀饭倒半碗给他们。

小孩子不懂事，就会吵闹，说自己都吃不饱凭什么还要给他们，以后不要给他们开门。妈妈就会不高兴，不允许这么说，她说人都要相互帮衬，少吃点又能怎样。后来长大些，只要遇到需要帮助的人，我都尽力帮助他们。我到了大学工作后，遇到几个大学生因为白血病、尿毒症等各种急病重病需要救助，当时能做的很有限，很心疼也很无助，就想一定要帮帮这些孩子。2016年4月，我出版了自己的第一本书，那时候自己没名气，也没钱，不过帮助困难学生这件事不能再等了，就发起成立了一个"川流不息"爱心基金，把自己的所有版税都捐出来给需要救助的大学生。从那时候一两千元开始攒，积攒到现在的40万元。

我从小就明白一个道理，穷人也能给予。而且，能给别人帮助，就不能算是穷人。如果什么事情都等到有条件了再做，我想真正有条件了很多人还是不会去做。

农村简单的生长环境让我培养了一些爱好，热爱读书，喜欢写字，这些爱好让我可以安心享受那些孤独的时光而不感到寂寞。我从小就喜欢看书，家里没钱买书就到处借书、找书，慢慢变成村子里藏书最多的人，虽然绝大多数书都是神神鬼鬼的民间故事以及《故事会》。读书的习惯早已融进我的生命，任何时候只要我走进书店，都可以坐一整天，就像我老老实实在农村生长的十八年。

若干年后我整天跟青年学生摸爬滚打，有了一些工作经验的积累和探索，也开始有人帮我总结工作方法，其中一条就是"用故事讲道理，把有意义的事情讲得有意思"。偶尔会有些同仁向我请教"讲故事"的学理依据和修炼路径，每当这种时候，我总会想到家里堆积如山的民间故事和《故事会》。

三、每段经历都是堆积未来的"积木"

我们常说人生没有白读的书，读过的书就像放在裤兜的铜板，好好攒着就行，哪天冷不丁一摸口袋，好好的都还在。读过的书都长成了我们的筋骨肉和精气神。我们的经历也是，我们的过往就像攒了很多块积木，谁也不知道将来用到哪一块，大大的未来正是由它们堆积起来的。

农村生活的经历还教给了我一个道理：路要靠自己走，要靠自己的小笆子搂柴禾。

既然生命有那么多未知，既然我们没有那么多资源，那就自己多经历一些，多体验一些，找一找对的，想一想错的。所以我这一路走来，没有停止的，还有寻找和试探，寻找自己生命的意义和存在的价值，试探我能感受到人生快乐和人间值得的可能方式。

一路走来有迷茫，有困惑，有挫败，也有痛苦。因为在青春的时候，在自己能力不足的时候，在自己修炼不够的时候，在自己还比较弱小的时候，在自己有劲使不出的时候，在自己对这个世界还陌生懵懂的时候，我们还看不到自己的力量，还看不到自己的长处。不过，这所有的试探和挫败都是有意义的。也正是在这样的试探里，我们对自己的认识会越来越清晰，接受自己的不足、缺点，发现自己的兴趣、爱好，不足可以去改变，爱好可以去培养，短处可以去正视，长处可以去强化。

其实我们都应去这样探索。我们未必知道自己最适合什么，所以才需要不断尝试、不断体会。这个过程充满挫败，充满未知，更充满惊喜。有了扎实的试探，有了坚定的方向，我们的生命才可能坚强，我们才可能在生活洪流中抬起头来，在功名利禄面前挺起腰来，才不会被任何看起来强大和不可一世的痛苦和折磨击倒。

也正是在试探中，我得到了一些机会和成长：曾经被世界500强企业录用，公务员考试取得还不错的分数，做过世界杯的翻译官，教过中国人学英语，教过外国人学汉语，也陪着英格兰女足国家队打过比赛……

有人问我，本来是学语言的，怎么最后从事了思想政治教育工作。我认为真正好的思想政治教育工作者应该是或者只能是体验丰富的人、阅历丰富的人、情感丰富的人，是格局宏大、视野宽广、信仰坚定的人。自己对人生的体验越丰富、越多元，就越能够在从事思想政治教育工作的过程中找到与别人的共鸣，越能够找到进入对方内心世界的门径，越能够找到跟别人走心沟通的交集。因为人生除了语言和知识的课堂，更有体验和实践的课堂，理论不只是解释世界，关键在于改变世界。而这一切，都与我的奋斗和经历有关，离不开我在年富力强时，通过努力找到了人生的使命。

还是那句话，人生没有白走的路，每一步真的都算数。

10.
说说支教那些事儿

一

又是一年,又是一届,全国各个高校支教团的孩子们又将背起行囊,奔赴祖国各地,奔赴到那些遥远而美好、独立而艰苦的地方。

他们能干什么?

那些地方需要什么?

他们准备好了么?

眼前是一张张年轻而坚毅的脸庞,心里是一幕幕他们未来的生活。

不想给什么建议,不想讲什么道理。

我们还是讲故事。

二

我的高中在一个小县城里,县城是我认为的世界最繁华、最美好的地方。

当时县城只有一家百货商店,学校旁边只有一家小饭馆,大肉包子五毛钱一个,最贵的菜好像是鱼香肉丝,当时觉得那是天底下最好吃的东西。

我上高一那年,从大城市来了四个男老师,一个老一点,三个很年轻,校长还隆重给我们介绍,说这四位老师是来"支教"的,大家热烈欢迎!

掌声并不热烈。

那时候的我们对"支教"没什么概念,我们的老师也觉得不可思议,我们教得好好的有什么可"支"的,所以最后大家统一了认识——他们就是来玩的。

记得中学有一篇课文,叫《山的那一边》,第一句话就是:"山的那一边,其实还是山。"

很多时候,山不光在人的眼里,还在人的心里。

三

四个老师没有都教过我,有的人印象已经很模糊了。

好像其中一个是体育老师,黑黑的,壮壮的,具体什么特点已经记不住了。

理由很简单,因为我们不上体育课。

唯一深刻的细节就是他站在篮球场的罚球点上嘭嘭嘭地表演投篮,一圈人围在旁边数,好像连着进了几十个。

年纪大一点的那个姓李,四十岁左右,矮矮胖胖的,教语文的,说话细声细气,好像是他们的队长。李老师除了上课就喜欢绕着我们那个土操场跑步,跑得很慢,和走差不多,他说我们那里空气好,我们当时都偷偷地笑。

十几年之后,我也深深同意他的观点。

第三个老师姓常,教物理的,喜欢踢足球,整天吊着膀子扎着头模仿范志毅,走路都是连窜带蹦。除了上课他经常带我们踢足球,告诉我们什么是前锋后卫角球边线球352阵型全攻全守,告诉我们比赛的时候除了守门员别人都不可以用手抱球,告诉我们头球要用发际线的部位不要总是试图鱼跃冲顶或者用后脑勺磕,告诉我们除了踢球的时候平时不要穿着长筒足球袜配拖鞋晃来晃去……

所以，你看，他给我们留下的印象还是很深的。

不过，他好像是个物理老师，物理课讲了啥反而都不记得了。

四

第四个老师是我高一的政治老师，叫姚峰。

姚老师长得很秀气，林黛玉的身子上长了张贾宝玉的脸，戴一副亮晶晶的眼镜，四六分的头发总是梳得一丝不乱，酒红色的西服，牛仔裤，尖头皮鞋，说一口侉侉的普通话，软软的很好听。

我所在的高中并不重视文科，所以政治历史都算边缘学科，更不要说高一的政治课了。

但是，姚老师不这么认为。

他不认为政治课可以让给别人上数学，也不认为政治课上应该做数学题。

所以他会变着法儿地把我们从做数学试卷的课堂上拔起头来。

后来，政治课成了我们最喜欢上的课程。

姚老师很喜欢讲故事。

比如他讲日本的精工表借1964年奥运会成功逆袭的案例，讲他苦苦坚持了三年最后取得胜利的爱情，还讲现代社会的厕所本来是应该没有一点臭味反而应该有些许清香等。

第三个话题很刺激，我们报以无情的嘲笑，坐在座位上很猖狂地看着他。

他站在讲台上用很温柔很怜悯的眼神看着我们。

五

在高一快结束的时候，文理分科的问题摆上台面。

由于成绩比较均衡，老师们都鼓动我学理科。

有一天,我去问姚老师,学文科好还是学理科好,他说,都很好啊。

我说,哪个好找工作?

他说,只要你学好了,什么专业都好找工作啊。

我说,怎么才能学好呢?

他说,你喜欢才能学得好啊。

然后,我就一脸茫然地看着他。

那大概是我第一次接收到"你喜欢就好""你喜欢才好"的思考方式,他被我看得有些发毛,说,不喜欢的事你做不到最好的。

后来我就学了文科,因为我喜欢。

后来,我做很多事的时候,都会先问自己,喜欢吗,喜欢就去做吧,只要做好就可以了。

这是姚老师教给我的思考方式。

六

现在回想起来,他们其实也算是个支教团。

一个老教师带着三个刚入职的年轻教师,到我们这里实习锻炼。

他们要习惯几乎听不懂的方言,忍受步行五公里去洗澡,冬天生煤火炉子被熏得灰头土脸还要担心煤气中毒,夏天没有空调热得汗流浃背又不能光着膀子,天天拎着饭盒和我们一起去食堂打黑馒头白菜汤,没有网络没有手机甚至没见过他们打牌……

不夸张地说,我自己都不愿意再去过当年那样艰苦的日子。

如果别人因为不习惯你所习惯了的简陋生活而抱怨,我想那应该是他的权利,但是如果他没有抱怨,那应该是他的高尚。

其实生活中没有那么多理所应当。

七

四个支教的老师，一年以后就走了，后来也没有人再来。

他们就构成了我过去对支教的全部理解和认识。

支教的意义究竟在哪里？

不能说他们讲的课一定是最吸引人的，不能说他们带的学生考的分数都是最好的，也不能说他们对学生一定是最热情的……

他们带来的是一种和原来不一样的感受，他们留下的可能只是一个故事，一个问候，一份微笑，一句口头禅，一种穿衣服的搭配，一种没见过的发型，一种思考问题的方式……

而这些背后，其实带来的是一个视角，是一个窗口，是一束亮光，是一盏小灯，是一个世界，是一种不同……

也许带来的只是在另一个世界里很平常的东西，而就是这些所有的平常和平淡无奇，就有可能会改变有些人的一生，因为那是一种新的不同。

在我看来，每一个去支教的学生都像是一颗天上的星星，虽然没有太阳那么明亮，没有月亮那么皎洁，但是也在不懈地闪着光，照耀着那一小片天空，给那里的一些孩子指明一点前进的道路。

或许，他们的能量很微弱，作用很小，但是只要帮助到了哪怕一个孩子，他们的工作就是有意义的。

我对此深信不疑。

11.
如果你也想过当老师

一

每年教师节，是教师们幸福感和存在感爆棚的一天，很多人收发祝福到手软。

2019年7月，我和学校签订了新的合同，以专任教师岗开始新的聘任周期。

背后没有太多考量，也没有很多纠结，这就是我多年来的梦想。

我想当一名人民教师，过去、现在和未来。

理由很简单，因为我喜欢。

一直很喜欢。

很多人当老师是因为两个原因。

有的因为热爱，有的因为无奈。

热爱的很热爱，就想干这个啊。

无奈的很无奈，干不了别的啊。

热爱的很多，做教师多好，桃李不言下自成蹊，桃李满天下真的是莫大的荣光。说得高尚一点，在我们的生命中陪伴了那么多人的青春，有意无意之间还改变了一些人的命运。

无奈的也多，找个工作很难，能进学校更难，何况还有两个稍微固定的假期，能有相对稳定的工作模式以及相对单纯的工作环境，能当老师已经很不容易了，那就当着吧。

不管热爱还是无奈，进了学校就是一路人，要干就好好干。

爱一行，干一行，这叫匹配。

干一行，爱一行，这叫敬业。

干一行，成一行，这叫规划。

二

我一直想当老师，这是寻找了很多年的答案。

我们来到这个世界一定是有使命的，一定是有任务的。这个任务的起点就是寻找自己，寻找生命的可能性，寻找未来的可能性。

我一直坚信，我们拼尽全力，最终目标就是自由地做自己。

所以我们要试探，要寻找，要发现，要比较，要在尽可能早的时候确定我们最擅长的和最喜欢的究竟是什么。

我大学毕业的时候都没有概念自己到底适合做什么，所以大四一开始投简历完全是无头苍蝇，什么管理，什么外贸，什么编辑，什么管理培训生，不管是海尔海信澳柯玛，我都投，只要给机会我都觉得可以试试。

最后，我在大四一开始就签约了富士康集团，成为了一名未来的管理培训生。

当然，后来我没有去富士康工作，而是又考取了研究生，也才有了后来的试探和试探的结果。

我最早登上讲台是 2005 年，大学毕业的暑假，在青岛。

我比较随意地找了个培训机构教英语，那时候没有任何教学经验，也不是师范毕业，更没想过当老师。

只是因为我大学英语本科毕业的，找个短期打工的活儿，能对口的也不太多。

谈好是 20 天，800 元工资，根据教学业绩上下浮动。

我没有讨价还价，因为我没有资本，我也不知道自己到底值多少钱。何况 2005 年，对一个还没怎么离开校园的学生来说打个 20 天短工给 800 元也不少了。

也就是这二十天，我发现我应该比较适合做老师，因为上课氛围最好，因为最后打分最高，也因为在这个班结束我要离开青岛的时候，很多同学围着我合影签名，还有同学泪眼婆娑，夹道相送的场面让我感觉自己俨然是个明星。

最后校长跟我结算工资，笑眯眯问我估计能拿到多少。

有了前面这些细节做铺垫，我觉得总体还行，工资应该可以再多点，就厚着脸皮咬咬牙说：一千吧。

校长说：好，就听你的。

打开信封，是 1800。

额，我明明说的是一千吧。

其实，从那一刻起，世界就向我打开了一扇窗户，或者就给了我一个世界。

也许很多事情我都做不来，但是做老师，我应该还可以。

三

如果你知道方向在哪里，路径就非常清晰了。既然我比较明确将来希望自己能够成为一名教师，那我需要做的就是不断给自己的这个目标增加更多锻炼的机会和强化的可能。

如果你想靠某一个能力谋生，你就需要把这个能力锻炼到你生命的极致。

后来，读了研究生，在对外汉语学院，找机会教各种肤色的外国人。

后来，去了新东方，面对几百号人上大课，有机会教各个层次的中国人。

总的来说，好像不管教什么课程，开始也许会有各种困难和不适应，但最终都还混得不错，都能拿到最高的待遇或者成为比较受欢迎的老师。

于是，我有了很多次的机会证明自己适合这个职业。

而且，当你认为这是事业的时候，你就会尊重自己的选择，充满敬畏。

我逐步确定，今生就是要跟学生在一起。

后来研究生毕业的时候，我就不再像当初一样到处乱投乱试，不再四处撒网。

我没有再投公司企业，我选择的全部是跟教师和文字相关的工作。

比如报社，比如电视台，但是绝大多数，都是学校，都是高校。

我到南京一个很重要的原因就是南京高校多，可以节省面试成本。

有人说，培训机构不也是老师么？

不一样，培训机构更多是短期班，十几次课，来去匆匆。

学生需要的是陪伴，青春需要的是同行。

不是你给他播种一个希望，然后由他自生自灭。

学校教师可以做得更多。

四

我到高校的起点就是辅导员，辅导员也是老师。

悲哀的是，这是一个需要讨论的话题。

因为很多人没有这个概念，比如学生，比如领导，比如辅导员自己。

比如，在很多高校称呼辅导员不叫老师，叫导员。

我有很长一段时间不适应学生喊我徐导，因为我们上大学喊辅导员就是喊老师。当然最不能接受的还不是徐导，而是川导……

川导……听起来甚至不像中国人，我相当愤怒。

以此类推，姓王就是王导，姓夏就是夏导，姓胡……

有学生转专业或者毕业离开学院，临别之际竟然有学生劝我"辞职吧""再考虑考虑""干点啥不好""你还年轻,可以重来"。

有的学生怕我找不到人生方向,还给我详细规划人生。

比如"你可以去做翻译啊,搞培训啊,当主持啊,做记者啊……实在不行你去说相声也好啊"……

这话很过分,什么叫实在不行去说相声?你以为只要是个人长个嘴就能说相声?

有的学生一脸自己人的神秘:川哥,自己人说点真心话,你到高校来是不是有什么不可告人的秘密?

不可告人,你还问啥……

我从 2008 年开始做辅导员,每年教师节都会收到各种奇形怪状的祝福短信,读来每每有释放洪荒之力的冲动。

比如:

徐导,今天是教师节,也不知道你们算不算老师,依然要祝你节日快乐!

徐导,今天是教师节,不管你们算不算老师,都祝你节日快乐!

徐导,今天是教师节,尽管你们不算老师,也要祝你节日快乐!

……

还能好好聊天么?

友谊的小船何止说翻就翻,简直后空翻加转体三周半。

既然不算老师,你祝什么节日快乐?!

套路,全是套路,还有那些无处安放的冲动。

其实教育部明确规定:辅导员具有教师和干部的双重身份。

喏,辅导员就是教师。

问题又来了:为什么大家不认呢?

五

有别人的原因,有自己的问题。

很多人对辅导员有诸多误解，以为辅导员是个不需要专业门槛的基础工种，就是保姆、保安等各类工种的合体，百变星君，无所不能，甚至以为随便找个什么人都可以做辅导员。这种观点很有市场，也很有历史，由来已久，根深蒂固，在可以预见的一段时间内还会持续。

所以如果有为辅导员抱不平的文章，通常转发量都很可观，因为说出了很多人的心声，不过评论区也往往是吵成一片，褒扬的和批评的势如水火。事实上抱屈叫苦并不能加分，激烈辩驳也并不能改变别人。关键在于我们都还有时间，也都可以用行动来证明自己，证明自己对事业的热爱，对学生的热爱。不愿意或者觉得这行不好的人慢慢会走的，留下的同志们也不需要一句两句心灵鸡汤来抚慰自己，玻璃心是干不好辅导员工作的。

不过谈到职业认同的缺失，也有辅导员自己的问题。

很多辅导员认为自己没有课堂，其实我们有，有些人忽视了。

比如月讲评，年级会，这就是我们的课堂。

很多辅导员认为没有自己的课程，其实我们可以有，有些人忽视了。

比如文明礼仪，比如传统文化，比如意识形态，比如求职技巧……

比如思政教育，比如心理课程，比如职业规划，比如军事理论……

哪一门不是课程？哪一课不是学问？哪一门不是专业？

其实都是，任何一个话题如果能讲成一个专题，一个专题如果能讲成一门课；如果月讲评全院第一能够讲到全校第一，全校第一如果能讲到全省第一，如果你成为了讲师、副教授和教授，谁敢说你不是老师？

水平不够，储备不足，方向不明，学呗，找呗，努力呗。

不管热爱还是无奈，选择了就要对得起自己，更要对得起学生。

没有核心竞争力,没有不可替代性,又如何给自己增加更多选择的可能?

而且就在这些爱岗敬业的基本坚守中,我们往往就能发现自己前行的道路。

路是一定要往前走的,走着走着就会看到风景,看到远方,看到更大的世界。

六

当辅导员究竟有什么意思?

其实,做辅导员是一门很复杂的学问,你除了要有自己的专业知识,你还要有娴熟的医学常识,要懂得各种心理学术语,要明白各种疑难杂症,要懂得各种人生困惑以及相应的解决之道,不然你根本满足不了几百号青年各式各样的咨询和求助。

做辅导员就是打通任督二脉的过程,做过辅导员的同事基本上都是百毒不侵刀枪不入,这大概也是辅导员在很多学校发展都还不错的一种逻辑支撑,那些付出的辛苦和努力早晚都会回报你。

当然,做辅导员需要勇气,你免不了因为各种类型的学生要跟医生打交道,要跟警察打交道,要跟城管打交道,甚至要跟黑社会打交道。

我人生里面第一次在手术单上签字,也是因为我的学生。

辅导员都是 24 小时开机的,如果半夜接到电话,基本第一反应都不太美好,辅导员会把这个叫做"午夜凶铃"。

半夜手机响起。果不其然,学生急诊住院,诊断之后确定是急性阑尾炎,医院提出立即手术。手术需要家长签字,但是家长电话里说最好不要开刀,先进行保守治疗比如刮痧等,而且人也过不来。

看着学生在病床上汗水涔涔缩成一团,医生摊手说刮痧没用,已经确诊,必须手术。于是我电话里反复跟家长晓以利害,家长最终同意手术，但是他们一时半会儿也赶不过来，最后电话里说辅导员老师就拜托你了，请全权处理。

于是，周围一群人围着我，就这样，我就悄无声息自然而然责无旁贷地成为了学生的临时监护人。

刀要在石上磨，人要在事上练。我们，大概就是一瞬间成长的。

但是我真的没有经验，我自己没做过手术，也从来没有在手术单上签过字，那一瞬间，有紧张，有忐忑，更有使命感与责任感，觉得自己都莫名其妙高大了一些。

七

手术前，医生例行公事要讲清手术风险和各种情况，这个我理解，但是不太理解的是他的风格，他比较适合说相声，而不适合给病人谈话。

"有些情况必须提前说清楚，比如说开刀后发现不需要切除阑尾。这个情况是有的，全中国的大夫都不可能百分之百确定这个事情。开刀是在这个位置，啊，我们叫做五花肉，啊，五花肉你知道对不对。开刀之后呢，也可能有特殊情况，这个也要说明，一种呢，是这个切开之后发现，没有阑尾，啊，这个情况历史上也有过的，那这个就没办法了；还有一种情况呢，是打开之后，发现有两个阑尾，啊，这个历史上也有过，是我的师爷，就是我师傅的师傅，在70年代发现一例，做完阑尾炎手术之后病人还是阑尾炎，打开一看，咦，两个阑尾，一个是上次留下的根，然后还有一个阑尾，当然这个情况比较少见，你也不一定有，但是出现过，我就得给你讲。"

我那个学生在床上听得嘴唇发白，小声问了一句，"大夫，要开多大口子？"

"啊，这个情况就比较复杂了，一般是这么大"，他在空中两只手比划了一个长度，"当然还有可能这么大"，他比划的长度倏然长了一倍,"还有可能是这么大",他又扩大了一倍,估计是担心医生这个扩张的过程无休无止,学生绝望地闭上了眼睛。

医生转向我继续讲,"这个是为什么呢,就是说本来只需要这么大,但是发现没找到阑尾,只好继续拉口子,还没有,那就再继续拉"。

我也濒临崩溃了,心想他又不是个拉链,你不能一次拉完。

之后是手术前的去毛处理,医生要脱他裤子,学生怒目圆睁,你要干什么!医生说为防感染要刮毛,来,你们几个小伙子帮他脱裤子。

小伙伴们聚拢过来,带着满心的期待与兴奋。

学生似乎肚子也不疼了,手一挥,我自己来,你们所有人都出去!

同病房另外两个病人愣了半晌,老老实实从床上爬起来,站到病房外候着。

走廊里七八个人排成一排,等候学生更衣。

之后协助医生推他进手术室,路上,学生突然抓住我的手说:"川哥,我害怕。"

"怕什么,古人说得好,天将降大任于斯人也,这就是对你的考验。再说了,打上麻药,什么痛苦也没有,这是个非常小的手术,也就是十来分钟……"

学生咬咬牙,点点头,然后被推进手术室。

其实他害怕,我能不害怕?

他害怕的是手术本身,我害怕的是手术后果。

他进去以后,我抓紧带着陪护的学生去吃饭,然后在手术室外来回踱步。

说好四十分钟肯定结束,到七十分钟的时候还没出来。

我在手术室外面如坐针毡,坐立不安,我是监护人我当然要负责任,但问题是真有个什么状况,我还真没法跟学生家长交代。

七十多分钟，医生端着托盘出来，喊我们过去，指着处理掉的阑尾给我讲解。

我赶紧找学生过去拍了照，要给学生留个纪念，毕竟是自己身体的一部分，要彻底说再见了，当然也是要留作证据。

然后终于看到学生，看到他那惨兮兮的微笑，悬着的心也终于放了下来。

这就是辅导员的工作缩影，除了专业知识，还需要勇气和担当，要成为学生需要时的依靠和陪伴。

需要你的时候，知道你在，这就是学生要的。

也是我们应该给的。

八

做教师的故事能讲个十天八天。

还是用我讲过多次的那个故事收尾吧。

2008年，我在南航机电学院做辅导员，我有一个学生叫刘鹏飞。

有一天，他找到我，说他想考北京师范大学的心理学研究生，很多人都反对。

一个机电学院的理工男，没有任何基础，考全国数一数二的心理学方向的硕士，想想都知道难度有多大。

可惜，他遇到了我。

我是一个有原则的人，我的原则就是：没有原则。

我们一起吃了顿饭。其间，我问了他很多问题，比如北师大考什么科目，用什么教材，教材有什么内容等，他对答如流。

我说，我支持你考北师大。然后，他就决定报考北师大。然后，就找各种材料、信息、笔记……

然后，结果你们应该猜到了。

他没考上。

其实想想也正常，北师大心理学全国一流，说考就考上太过玄幻。然后，他就毕业了，我也就慢慢忘了这件事儿，忘了一个机电男和北师大心理学擦肩而过的故事。

如果说这是生活埋下的一个伏笔，时光会在某一天给你一个惊喜。

2015年夏天，我到北师大参加一次培训，在门口签到。

负责签到的帅气小哥轻声喊了一句：川哥，是你么？

我愣了，没想到我已经这么红了？北京也到处有粉丝了？

抬头的一瞬间，伴着所有往昔的回忆画面，我脱口而出：刘鹏飞！

带着自豪、幸福和深深的钦佩，我和这个北师大的研究生热烈拥抱。

那个下午，北师大的天空格外美丽，天空湛蓝，白云朵朵。

心情，像花儿一样绽放。

所以，当老师有什么意义？

这可以成为一个答案。

在我们其实也还年轻的时候，却能够有机会陪伴那么多青春的生命，见证那么多美好的可能，也许还因为我们的存在，让这些可能变得更多一些，更快一些，更好一些。

这就是老师的幸福，这就是教育的意义，这就是生命的价值。

陪伴一个个青春，遇见一个个最美的自己。

夫复何求？

九

现在主业是教学了，我也有了更多的精力和责任关注教学和科研，不过不曾变化的是跟学生在一起的激动、幸福和欣喜。

这么多年，其实每一次开课前的晚上我都睡不太踏实，因为期待第二天的相逢。

有人说,当老师是一场暗恋,费尽心思去爱别人。

结果却只感动了自己。

有人说,当老师是一场苦恋,费尽心思去爱别人。

结果他们还是会离去。

即便如此,依然有那么一群人,守着讲台,守着黑板。

任世界喧嚣,任年华苍老。

我想说,做教师的快乐,就在于遇见。

在校园里,在讲台上,遇见自己,遇见青春,遇见梦想。

祝所有的老师,教师节快乐!

青春与成长

1.
聊聊读书

今天我们聊读书。

一

读书很难，越来越难，门槛越来越高。
因为我们现在最缺的是三个字：专注力。
有文章提到当代人的连续专注时长：8 秒钟。
这好像是金鱼维持记忆的时间，没想到这个方面我们在向动物靠近。
第四届世界互联网大会有数据：每天面对屏幕 150 次，平均 6.5 分钟看一次手机。
生活也在证明，我们越来越急，越来越快，越来越浅。
于是博客变成了微博。
于是书信变成了微信。
于是表达变成了表情。

二

我们就这么被改变，被塑造，被浇灌，被驯养。
我们就这么在不经意间养成了新的习惯。
我们习惯了用几分钟甚至几十秒钟完成一次愉悦体验，再看不了鸿篇巨制。

我们习惯了用几分钟甚至几十秒钟完成一次阅读体验,再受不了长篇大论。

我们习惯了一下子看到结论,等不及推理和假设。

我们习惯了一下子奔向高潮,等不及铺陈和蓄势。

我们习惯了一两分钟笑一次,不想要看一天《资本论》得到疲惫的愉悦。

我们牙口变得脆弱,我们吃不了硬菜。

我们胃口变得挑剔,我们咽不下粗粮。

于是,我们看书嫌辛苦,听书也太慢,最好有人看完总结了再讲给我们听。

甚至,我们刷视频都需要快进,一点五倍还不行,要两倍甚至三倍才合适。

三倍速还不行,那就来一个《五分钟看完……》《半小时读懂……》《一口气爱上……》。

咦,我怎么了解得这么清楚……

三

问题不只是眼前的状态,更在于长远的改变。

问题不只是暂时的接受,更在于长期的养成。

我们把生活过成了仪式,或者是形式。

我们的朋友好像很多,但是更多的朋友在通讯录里静默。

我们的阅读似乎不少,但是更多的文章在收藏夹里沉睡。

我们加了很多朋友但是不交心,我们读了不少文章但是不走心。

我们面临的还有数据分析,还有精准投递,还有信息茧房。

我们很难做到"兼听则明",我们更容易"偏信则暗"。

我们生活在自己想要的世界里,我们从未如此满足。

喜欢泪目的总是被感动,容易愤怒的总是被激惹。

钟意美女的总也看不完，享受欢乐的总有小段子。

信息似乎是海量的，却也是同一个味道的。

我们来不及批阅，我们来不及浏览。

我们没时间咀嚼，我们没时间评点。

我们越来越薄，我们越来越偏。

我们越来越急，我们越来越浅。

数量多意味着更多可能，但我们没时间种下深情。

时间短意味着更多画面，但我们没时间品读内容。

不过，世界就是这么公平，我们用多长时间专注，就用多长时间遗忘。

学得越久，长得越好。

想得越深，记得越牢。

看得越快，留得越少。

我们要给时间一点时间，让情感发生，让意义生长。

如果能专注地看到这儿，那应该可以聊聊读书了。

四

为什么要读书？

说三个比喻。

第一个，读书就像存钱。读书就像赚到了几枚铜钱，然后揣兜里，时间长了你会忘了你有这个钱，但其实它一直在，在将来想用的时候，也还能找出来。

第二个，读书就像吃饭。你吃了很多饭，可能忘了吃过什么饭，但是可以确定，那些营养都在你的身体里，变成了你的血液和骨骼。当然有些吃过的饭也会印象深刻，比如"忧心忡忡""蒙汗药""拿着鸡毛当令箭"这几个词都来自我三十多年前看的第一本儿童绘本，叫《小八戒历险记》。

第三个，读书就像美容。曾国藩说："人之气质，由于天生，本难改变，惟读书则可以变其气质。"三毛女士也说："读书多了，容颜自然改变，许多时候，自己可能以为许多看过的书籍都成过眼烟云，不复记忆，其实它们仍是潜在的。在气质里，在谈吐上，在胸襟的无涯，当然也可能显露在生活和文字中。"

我们见的人多了，也会感觉有的人像书，百读不厌，魅力无穷；有的人像纸，一眼看透，俗不可耐。

简单说，读书其实不在于经世致用，而是明心见性，是为了做人，不是为了生活，是为了"腹有诗书气自华"，而不是"书中自有黄金屋"。

读书能带来的东西很多，读书可以给你一套思维方法，给你一套处事标准，给你一双火眼金睛，给你一个更好的自己，给你一个更好的生活。

五

也有人说为什么自己的孩子不喜欢读书，我就想问：你自己呢？

不喜欢，是因为没有找到快乐，没有培养兴趣，没有建立感情，没有养成习惯。

孩子喜欢户外，也许是因为他能释放激情。

孩子喜欢游戏，也许是因为他能享受快乐。

孩子喜欢攀岩，也许是因为他能体验征服。

孩子喜欢吉他，也许是因为他能收获欣赏。

这一切的前提都是接触，都是环境，都是建立，都是链接。

不喜欢往往是没有机会喜欢。如果没有人给他读书，陪他读书，带他读书，如果从不去书店，如果家里没有书，如果家里没有人读书，他从哪里找到入口？

一切都有渊源，一切都有机缘。

一个孩子从书店的一楼走到顶楼,所有内容都不感兴趣,不大可能。

书籍里有恐龙,有火箭,有游戏,有侦探,有玄幻,有航空,有航天,有文字,有图片……

书籍里有广袤的天地,书籍里有多彩的世界。

六

我从小就喜欢看书,可惜当时也没什么书。那时候为了买一本《童话大王》,我能捡一年的破烂。没钱买书就在村子里到处借书,然后借完就忘了还,或者假装忘了还,也就慢慢变成村子里藏书最多的人。

虽然绝大多数的书都是神神鬼鬼的《民间故事》以及《故事会》。

我们经历的一切都是伏笔,都会在未来的某个时刻兑换一份温暖或者惊喜。

若干年后,我整天跟青年学生摸爬滚打,也开始有了一些工作经验的探索。

也开始有人让我总结甚至帮我总结工作方法,其中有一条是"用故事讲道理"。

也偶尔会有些朋友问我"讲故事"的学理依据和实践路径,每当这个时候,我总会满脸羞涩地想到我家里堆积如山的《民间故事》和《故事会》。

当然环境在变化,烦恼也在变化,小时候没书,长大了没空。

小时候看书也都是靠零碎的时间,睡前看上几页《东周列国志》《三国演义》《七侠五义》《小八义》《刘秀传》,甚至上个厕所都会随手拿一张报纸去看。

现在不同了,睡前已经没有多少人是看书看累了再睡。

很多人睡前的最后一眼是手机,睡醒的第一眼也是手机。

很多人上厕所也会随手带个手机,然后进去就不出来了。

甚至厕所里还会传来笑声,夹杂着短视频的背景音乐。

七

怎么读书?说点体会,四句话。

第一句,由浅入深。

谁都知道原著最好,经典最佳,但有个前提,适合才好。

如果看了十遍,看了一年,还是在第一页,如果望而生畏,如果心生抵触,如果沮丧气馁,那也不妨降低点门槛。

看了多少很重要,吸收多少更重要,毕竟看进去才会是你的。

比如说,看理论类的著作,如果全集看不了,就看选集,选集还不行,就看单本,单本还不行,就先看一篇。

如果看一篇也觉得抽象,就先看传记,传记还不行,就先看小说,小说还不行,那就看漫画,漫画还不行,那就……说明你不想看。

比如,想看中国史,可以直接看大师的经典版本,那些被历史挑选过的、被时间淘洗过的,都是值得花时间的,从作者来挑选,比如说吕思勉、陈垣、钱穆、陈寅恪、吴晗、张荫麟……

实在读着累,也不妨先来点儿"趣说""上瘾""一口气","漫画""极简""放不下"。

经典的暂时还不行就看通俗读本,大众版还不行,那不是还有少儿版么?

第二句,聚焦主题。

如果想对一个主题记得牢,可以在一段时间内看几本同类主题的书。

这样读书的好处是能把一个点吃透,同类主题,不同角度,横看成岭侧成峰。而且不同角度的书还可以相互照应,通过阅读时一次又一次"这个我知道""这个我刚看过"的确认,增强读书的信心和底气,而且这样建立起来的体系也是立体的,容易在头脑里扎根。

比如阅读主题是"毛泽东",那就可以有诗词、兵法、文化、文学、口才、理论等各个角度的书籍,你可以看《毛泽东选集》,也可以看《毛泽东年谱》,也可以看《毛泽东传》,当然也可以看《历史选择了毛泽东》《毛泽东与蒋介石》《毛泽东文风》《毛泽东谈读书学习》《跟毛泽东学管理》等等,同一个主题打通了就是个立体的体系,能知道他在哪一年打了什么仗、见了什么人、干了什么事、写了什么诗、题了什么词、讲了什么话、写了什么文章。

第三句,联系脉络。

汝果欲学诗,功夫在诗外。所谓脉络,就是轴线,就是时间,就是背景。

人的一生是脉络,生活的时代是脉络,时间的轴线是脉络。

所以,读理论著作,可以先读人物传记;读人物传记,可以先读时代背景。

理论是人的成果,人是时代的产物,理论和人都不能脱离现实而悬在半空。从时代入手往往更容易理解作者为何那么想,为何那么做,为何那么写。就像如果不了解魏晋时代,很难说能读懂《世说新语》,或者说看懂了也只是字面上看懂了。

比如要看马恩等经典作家的著作,不妨先看看他们的故事、他们的传记,因为人生是条线,著作是这条线上重要的结点。如果不了解马克思的成长经历和遇到的人、经历的事,直接看原文原著,可能不太容易理清楚谁是他老师、谁是他好友、谁是他亲人、谁是他对手,他学习了谁、借鉴了谁、批判了谁;可能也说不清楚他怎么不去当老师,怎么不去当律师,怎么就突然遇到"物质利益难题",怎么又开始把目光投向社会和实践,怎么又到处被驱逐开始颠沛流离。

第四句,做点笔记。

读书不能只是读,还要做点笔记,正所谓"不动笔墨不读书"。

学以致用，知行合一。好东西不能轻易放过，因为以后要用，要看，要回味，看完就扔一边那不是真正的学习，毕竟很多东西还没有长进自己的体系，还需要重复和回味。

这是看书和看电视的很大不同。看电视我们通常只需要被带着走，甚至不用动脑子，负责笑和哭就行了。但是读书往往是同步走，是跟作者的互动、对话和交锋。这时候头脑是激活的，会有对照，会有代入，会有灵感，会有想法，会有感悟，这都是珍贵的火花。所以曾国藩也说，阅读时要"略作札记，以志所得"。

好记性不如烂笔头，人的记性总是靠不住的，还是要靠白纸黑字记录那些有价值的灵感点滴。

而且，眼光长远一点，过个一两年，回头看看自己阅读积累的读书笔记，就会发现那不只是笔记，那是人生，那是回忆，也是青春。

八

黄庭坚和苏轼聊天时说：一日不读书，尘生其中；两日不读书，言语乏味；三日不读书，便觉面目可憎。

最好的美颜不是滤镜，不是面膜，而是读书。

志士不负春光，那就一起读书吧。

2.
生活中的那些挫败

一直有学生问我有没有那些极度失败和痛苦的时候，问得多了甚至让我怀疑这是不是同学们的新年愿望。也有朋友问如何能提高演讲水平。其实这两类问题也可以一起回答，因为你用心感受和铭记的那些经历都可以而且应该成为你演讲的支撑和内容来源。今天，跟大家聊聊我所经历的一次挫败，以及在挫败中完成的一次演讲。

一

我曾经在新东方有过不到三年的经历和体验，有些是终生难忘的。

2006 年 7 月，经过一系列面试考核培训，终于迎来我在新东方讲台的第一次亮相。

那时候我也才二十来岁，还带着满满的校园气息。

为了配合新东方的舞台，我决定主动做一些改变，里里外外精心收拾一番。

年龄是个大问题，我曾经无数次被负责签到的同学拦住要听课证，并且无数次被质问是不是大一大二的学生；蹲在音箱前面调整音量和回声的时候，也经常会有学生善意地提醒我不要乱动老师的东西。

其实我很理解，学生很难接受一个看起来特别年轻的教师，因为他们深度怀疑这就是某个高校在读的学生。我们很难接受自己的同学甚至学弟突然摇身一变，开始登上讲台教自己怎么过四六级。

于是我去买了比较昂贵的衬衫，也买了人生第一块正牌的手表。我之前的手表是在校门口买的劳力士，要价 500 块，最后 38 买了两块，但后来表针掉了一个，也就正好换掉。

经过这一番收拾，其实，感觉怪怪的。

一直以来，我是一个没有太多规矩的人，直到现在，我都极不适应正襟危坐的场合，也不喜欢一板一眼的氛围，我喜欢随意、轻松和舒服。

但是我可以改变，虽然我不喜欢。

二

第一堂课如约而至，英语阅读，笑声、掌声、鲜花、签名……

我期待的各种美好逐次到来，我似乎看到一颗新星冉冉升起。

然而，问题很快出现了，我低估了自己的兴奋和紧张。

在这两种情绪的共同作用下，我第一堂课就用光了我准备了三四节课的内容，甚至为了维持课堂氛围的持续亢奋，有些后面准备的东西我提前用掉了，两堂课勉勉强强终于撑完。

在留恋和回味头两节课的美好的同时，后面的十几个小时的课程让我陷入深深的恐慌。"书到用时方恨少"已经不足以表达我的后悔，前面的过于自负让我没有积累足够的素材延续课堂的氛围。

从第三节课起，我的课堂开始变得沉闷和无趣。

几十篇文章讲下来，学生显然不愿意也不接受大量的阅读，于是课堂的教学互动几乎没有，更多的时候是我在自问自答；为了让课堂能活泼一点，我从网上找了无数的笑话段子，却发现无法生硬地使用，而且因为不是自己的东西，我讲段子的状态都无法令自己满意，更不要指望暑假里花钱挤时间来上课的学员们能够山呼海啸。

三

有一次上课前，我吃过饭在楼道里经过，发现有个女孩很早就到了。

她向我挥手,于是我就过去打了个招呼,坐在长椅上聊了两句。

她说你很努力也很用心,文章也讲得很多,但是很多人没预习过,听起来比较困难;还有,如果你和大学里的老师教得一样,我们为什么花钱来听你上课?

所以,重要的不是你讲了多少,是我们能接受多少。

所以,你要和大学老师讲得不一样。

点头谢过,七年过去,我还能清楚地记得她的名字,苏州大学蔺思源。

生活就是这样,雪中送炭永远比锦上添花更值得感恩和尊重。

问题的症结找到了,但是于事无补。

我已经无法挽回颓势,也不可能在一夜之间把备好的课全部推倒重来,只能就这么硬着头皮撑到最后。

失败的信号是十分明显的,学生开始逃课了。

从最开始坐得满满当当,到逐渐缺席三分之一,到最后一大半教室都空着,我已经非常清楚这一次的失败无可避免。

反而,我心里踏实了些。

不喜欢自己的都走了,愿意听课的留下来了,随他去吧。

四

7月27日,迎来最后一堂课。

上课之前我拿到了这次四级班的打分表。

满分是5分,两个资深教师徐星海4.8分,杨渝4.6分,我是2.7分,另一个新上岗的同事是2.3分。

在总表的下面是学生的评语,厚厚一摞,我当然可以不看,或者也不应该看。

但是,我总还是忍不住希望能够找到一星半点的对自己的肯定和支持。

没有,一句都没有,没有一个同学点名说我的课上得好。

那么多的评价里,基本都是投诉我和另一个新同事的。

很多语言触目惊心,那是我有生以来第一次面临最赤裸和最凶残的评价。

我从中找到批评最猛烈的一张,悄悄留下来,决定自己做个纪念,保存至今:

> 我对新东方很失望,我上过北京新东方和上海新东方好几期的课程,从没见过像徐川这么差的老师。我可以很负责任地说,如果徐川这种土八路不离开新东方,这个学校早晚要完蛋!!!

兜里揣着这张纸,我拖着沉重却也轻松的步子走进课堂,开始我的最后一课。

一如既往,教室里坐了不到一半的同学,按照教学安排,我讲完了快速阅读和完形填空,看看表,还有半个多小时的时间。

我决定不再讲课,我要做最后一次演讲。

五

"到这里,我们的阅读课程就算是正式结束了,如果你们想走现在就可以走了,感谢坚持到现在的所有同学,无论你们是为了多学点知识还是不想自己的学费白交,你们的存在对我而言都是一种鼓励,我应该感谢你们。

就在一个半小时以前,我看到了你们的打分,我这个土八路也无比清楚你们对我的评价,对不起,我让你们失望了,希望你们能够原谅。

但是,我想说的并不是这些。

我想说的并不是抱歉,我想说的并不是失败本身。

我愿意坦承我的失败,但是更愿意以一个失败者的身份和你们分享我的心情。

你们是不幸的,因为遇到了一个还不成熟甚至不合格的老师;不过你们也是幸运的,因为你们见证了一个自视甚高、自命不凡的人坦承自己的失败;你们是幸运的,因为你们看到的也是一个新东方老师并不顺利的成长和拔节,看到了一个新东方老师在成功之前的不成功。

我相信我一定可以成功,哪怕现在还不行。"

六

"生命总有低潮和高潮,人生总有起伏,在我痛苦的时候,我想的更多的是崛起和不屈服。人总是难免对自己有很高的期望,或者说你付出了很多总是难免会对结果有一个自以为合理的设想,而当期望和现实触礁,当预期和结果之间相去甚远,当你苦心孤诣经营的一个美丽的水晶球瞬间支离破碎,只有那些看起来很美的残片在割痛着你的心情。

但这永远不是生活的全部。

我说着失败,其实我的字典里没有失败,只有暂时的不成功,每个人都会在人生的某些时刻经历痛苦和折磨。

普希金说一切都是瞬息,一切都会过去,而那过去了的,将成为永远的回忆。

我们还要上路,生活总是要往前看的,生活的转机也总是在矢志前行的时候出现的。用诗人的话说,风不能使我惆怅,雨不能使我忧伤,风和雨都不能使我的心变得不晴朗;我不去想未来是平坦还是泥泞,只要我的信念还在,一切,都在掌握中。

即使前面是万丈深渊,我也会奋不顾身地跳下去,我会在坠落的过程中长出腾飞的翅膀。

与大家共勉，让我们一起等待成功的悄然来临。
祝大家学业进步，更上层楼。谢谢大家。"

七

深深鞠躬，带着歉意与不屈。
台下是持久而热烈的掌声，这么多天以来最真诚的一次。
当然，这不是故事的终结，只是开始。
一年以后，我拿到了学校所有教师同类课程的最高分。
当然，这不是故事的重点，只是花絮。
一定要相信，你生命里经受的所有失败、挫败和磨难，只要用心消化，都会铺就你未来的道路，都会撑起你的脊梁，变成你的骨骼，融进你的血液。
道路还长，我们一起努力。

3.
从军训的耳光说起

一

曾有一个很火的小视频,内容是山东一个航海学校,军训期间,某老师因为迟到问题对一个学生释放洪荒之力,各种拳打脚踢。

周围一群围观的学生,有人拍摄,无人阻拦。

当然,围观的学生后来还有几个也逐个被打了耳光。

简直禽兽!

枉为人师!

这是我们的本能反应和直接评论。

怎么有这样暴戾的老师?

怎么有这么乖巧的学生?

你们就不懂得反抗么?你们怎么能由着他这么侮辱?反抗啊!

你看,情绪都很激动。

视频发到了我们的一个朋友群里,大家讨伐了一阵,突然沉默了。

因为有个兄弟真诚地问了一句:

这个群里谁上学没挨过老师的耳光?

二

短暂沉默之后,大家开始拼命忆苦思甜。

不回忆不要紧,一回忆,原来,我们都曾这么凄惨。

有的说：我们从小学到高中经常挨揍，甚至比这揍的还狠……

有的说：仔细想来，还真挨过老师耳光……

有的说：这有什么，当年我爷爷是我班主任，他让我去布置作业，结果我玩忘了，上课时候直接拿起板凳腿狠揍了一顿，很长时间腿都是肿的，后来我哭着离家出走了，哈哈。

有的说：说个刺激的，小学我们语文老师比较变态，将洋辣子（一种虫子）直接往我们脸上倒，几年以后，听我同学说这老师精神出了问题，在家自杀了……

有的说：初中以前被打是经常的，高中时没被打过，就是我班一美女，被数学老师骂晕过去了，直接从座位上倒地！

有的说：我们小学一老师惩罚学生，从教室外捡两个干土团，让受罚学生蹲在教室黑板下，将干土团放脚后跟下面，要是在放学前将干土团压碎了，后果是揪眼皮和耳朵然后再狂踹。我们当年得多能挨打……

我呢？有没有被打过耳光？

有，不止一次。

三

我家人没怎么打过我，能数得上来的也就一两次。

不过，在学校，老师不会像家长这么仁慈。

小学老师们手段很多，花样迭出，惩罚手法争奇斗艳，比如揪耳朵，把耳朵揪得半天都是热辣辣红彤彤的；比如用竹竿敲头，能直接把竹竿敲坏；比如打后脑勺，能打得眼冒金星；比如扇耳光，能扇得惊天动地……

我小学四年级的语文老师是崔正信，是我一个远房亲戚，论关系应该叫他舅舅。

他还是我们的地理老师。嗯，是的，过去我们的老师都是身兼数职的。

后来我上初中,我们的英语老师就是化学老师改装的。

这个崔老师对我特别严格,也许是七绕八绕的亲戚关系,也许是因为他对我期望很高,不允许我出半点差错,有一次就是仅仅把"南回归线"背成了"北回归线",他就走下讲台,一步步逼近我说,"你不是自以为很牛么?很牛怎么还背错了一个字?"说着,甩手就是一个耳光。

火辣辣地疼。

脆生生地响。

还背错一个字,我现在连北回归线在哪儿都搞不清楚了。

耳光是吃过的,而且不止一次。

后来上了大学,我们外教一听我小时候被打耳光,一脸茫然,恨不得当时就替我报警。

这还不是高潮。

高潮是他一脸义愤填膺地问:你现在是不是很恨他?

我说,不恨啊,挺感激的,人家也是为我好。

他彻底懵了,你们太疯狂了!打你竟然还感激他!

群里正在热闹非凡,突然大家又沉默了。

因为有个兄弟真诚地问了一句:

我们没有被老师打出毛病或不想上学?

没有?为什么?

四

因为习惯了。

在我们上学的那个年代,老师体罚学生司空见惯。

体罚学生在当时应该是祖国各地的老师共同具备的一项基本功,从白山黑水到苍山洱海,从东海之滨到世界屋脊。

老师们很习惯付诸于武力；大家也很习惯接受惩罚。

挨骂怎么了？人家还被打呢；被打怎么了？人家被打得更狠。

我们依靠彼此的悲惨来互相激励和相互取暖。

不光是老师，过去的家长也打，而且也相信所谓"棍棒出孝子，不打不成才"。

所以送孩子上学的时候都跟老师做思想工作：老师，孩子交给您啦，您就当自己亲儿子，放心，该骂就骂，该打就打……

那时候在学校被打了，回家敢告状？

来吧，再来一顿。

所以，老师通常有个杀手锏：不愿意念回家去。

你敢回家去？

五

由此说到人生的弹性。

所谓人生的弹性就是能吃得了苦，也能享得了福，能走上人生巅峰，也不怕人生低谷。

所谓人生的弹性就是面对困难不怨天尤人，面对挫折不灰心丧气，面对喜悦不得意忘形。

我认为最好的家庭教育并不见得是给孩子四季如春的美好，因为家不是生活的全部，毕竟世界还是四季分明，依然有雨雪风霜。

我也会想，是不是有个需要把握的度。

有的家长生怕孩子受欺负，甚至都不允许小孩子之间打打闹闹，甚至有一点点风吹草动就跑到幼儿园跑到学校兴师问罪，这是最好的选择？

这个世界不会一直和煦宁静，但他一定不能认为这就是世界末日。

我家小朋友犯错的时候，也曾经被噼里啪啦打屁股。

而且为了让他能够很好地接受这个现实，我还曾买了一本漫画书带回家。

这本漫画书叫《噼里啪啦打屁股》。

别笑,真的有这本书。

虽然我们当年被打得很惨,但是我们的承受能力好像也强了不少。

写这篇文章的时候,正好接到一个新生的提问:

我来到新生宿舍,被告知要十五天以后才能装好空调。看到只有一个空洞和一个电风扇,我的内心十分失望,并非是我们不能吃苦,但是空调对于学业的确有帮助。当我们在外面劳苦时,如果有空调,那总能想起还有一片阴凉地等着我们;而非在外很热,回宿舍更热,直至半夜仍然燥热无比,无法安眠;当老师们都吹着空调坐在办公室,我想这不是教导我们艰苦奋斗的理由……

我耐心地给了四点答复。

不过,其实我觉得,有风扇的半个月其实没什么大不了。

六

当然,我们讨论的体罚都属于过去,在当下体罚学生是要付出代价的。

山东这个学校老师打人耳光绝对不应该,而且肯定不是初犯,他也被开除了。

但是,面对生活中正常的那些不如意,还是应该想着能经受一些挫折,不要事事计较。

因为这个世界不是处处平坦,还是会有沼泽甚至泥泞。

因为这个世界不会永远温暖,还是会有阴沉甚至寒冷。

我们不能像卖火柴的小女孩,指望一把火柴温暖整个世界。

还是可以学会一些面对,多一些弹性,毕竟人生也可以粗粝而美好。

4.
如果你还是单身

我们一起谈单身。

本来想谈单身汉,但是觉得不严谨,因为单身的不仅有汉子,还有姑娘;也不敢说单身狗,因为如果自己也是单身,这属于对自身所在群体的自嘲和亲切调侃,如果自己不是单身,就有点像隔岸观火、指桑骂槐或者站着说话不腰疼。

事实上,单身也只是生命的一种状态或者一段时光。

一、谁人不曾单身

我有着非常丰富的单身经历。

在人生的前三十年里,我始终觉得我可能要孤身一人,终老此生。

在之前的岁月里,我没有谈过一次恋爱,一次都没有,单纯得可耻,纯洁得吓人。

当然,这不代表我没有喜欢过女孩,我喜欢过很多女孩,比如张曼玉、关之琳等。

小学和中学,同桌是每年都要换的。我所有跟女孩接触的机会,全靠老师在排座位的时候能安排一个女生做同桌,每次如愿以偿我都发自内心充满感激。

可惜,我忘记了,有些女孩其实不像女孩。

我小学时,曾经因为一言不合被一个女同桌满校园追打,最后逃躲在男厕所不出来。她在外面叫骂,我在里面沉默。她叫骂的内容大概是"出来呀,出来呀,别在里面不出声,我知道你在家",我则心里默念"进来呀,进来呀,有种你就进来呀"等等,后来直到天色昏暗,才趁其不备混在人群中逃之夭夭。

所以有一段时间,我觉得厕所非常温暖和安全,那是我的避难所。

在高中的时候,我曾经喜欢过一个女孩,肤白如雪,文静淡雅,成绩很好,人也漂亮,但是因为个子比较高坐在后排。我们中学时教室后排的男孩往往是些人高马大荷尔蒙无处安放的早熟少年,学习没兴趣,青春很冲动,有些就经常骚扰她。老师为了保护学习成绩好的同学,决定给她调到前排,结果阴差阳错她竟然坐到了我的后面,我在靠窗边上第一排,她在边上第二排。

那时候,我会经常望着窗外走神,其实不是看窗外的风景,是看窗户上她的影子,学习累了就看一看,心情就好多了,那感觉类似于喝一口稀饭然后吃一口咸菜。

后来,看多了影子,又有了实体寄托,感情就开始汹涌澎湃,我就写信给她,意思不外乎认定她就是我的菜等。

当然,我没有说认定她是我的咸菜。

然后,她拒绝了。

拒绝的套路跟我设想的一模一样,先说一段夸奖我的话,从性格到才华到幽默等,然后用一个"但是"引出拒绝我的话,意思大约是"我们年纪还小,要一心一意掌握本领将来报效伟大祖国"云云。

我一般只看前面表扬我的话,因为被拒绝已经很惨了,我不能让心情雪上加霜。

但是,后面的内容我依然忍不住扫了一眼,所以还是有点印象。她提出了一个疑问,你对我有好感么?我怎么看不出来?

咦,我从窗户玻璃上看了你的影子半年多你怎么看不出来?

嗯,好吧。

先说这么多吧,毕竟这不是重点,我只是在反思为什么我一直单身。

总之,在很多年的蹉跎岁月里,我没有办法脱颖而出,没有帅得一塌糊涂,也没有丑得惊天动地,更没有牛得一鸣惊人,所以就这么貌不惊人地像一盘黄花菜,自己晾在一边,也凉在一边,或者像一块无人问津的良田,兀自荒芜下去,直到良田变成凉田。

二、单身其实很快乐

说说单身。

单身其实是人生里面很宝贵的状态,尤其是对于大部分人来说,单身只是人生的一段过程。

如果你能想象到未来很多很多年或者一辈子都再也回不到这段时光,也许你会更珍惜这段上天为你精心设定的独处。

单身意味着自由自在,意味着无拘无束,意味着且行且歌,意味着得过且过,意味着一人吃饱,全家不饿,意味着可以来一场说走就走的旅行,意味着可以来一场说疯就疯的心情,意味着人生有无限可能。

孤单,有时是一个人的狂欢。

狂欢,有时是一群人的孤单。

结束单身,往往意味着戴着镣铐跳舞的开始。

跳舞有跳舞的美好,然而,美好不能相互替代,就像幸福不能相互掩盖。

单身,确然是值得珍惜的。

回头想想,在单身的岁月里,大概也是我成长最快、顾虑最少、心情最好的时间。而且因为单身,身边往往有很多兄弟,所以多了很多一起熬夜看球、一起烧烤啤酒、一起坐而论道、一起快意人生的日子。

在我混迹新东方的时候,我每到一个城市上课,无论苏州还是无锡,我都会选择在没课的时间,自己找找老街、园林或者水乡,在古老的石板路上行走,欣赏慢节奏的风景,迷恋且停停的心情。一个人的时光里，心里涌满的是全世界，或者也只有全世界。我享受一个人的时光。

在我刚到南航的时候，我也是孤身一人，就在那段时光里，我自己读完了《中国古代文化史》等上百本专著，那堆起来吓人、读起来唬人的皇皇巨著现在我肯定是没时间也没心情再看了，如此想来，那是多么宝贵而难得的成长。我享受一个人的时光。

在我刚去团中央借调的时候，我也是孤身一人，就在那段时光里，我自己坚持每日临摹赵孟頫的《洛神赋》，坚持每天看半小时书，也会找时间自己去看开心麻花的话剧或者大剧院的话剧。等我半年后离开北京的时候，《洛神赋》全文我临写了五遍，话剧电影看了很多，书也读了不少。我享受一个人的时光。

总之，单身意味着自由，但不意味着没有约束的虚度，我们完全可以在独处的时光里，心无旁骛地成长，专心致志追求想要的生活，把自己酿成一杯香醇的美酒，散发属于自己的魅力和光彩。

三、为什么你是单身

有些人愿意单身，这很好，快乐就好，一个人，真的挺好。

有些人不愿意单身，但是依然单身，那就说说有些人为什么还是单身。

看报道说有这么一个小伙子，是个程序员，他决定跟自己心仪的姑娘表白，使用的方法是连夜排队买了 99 部最新款手机，摆成了一个爱心，结果你们可能都知道了，他被拒绝了。估计他下次这么干还会被拒绝，除非遇到一个跟他一样的女人。正常的女孩子其实只需要一部手机，其余的 98 部要去退货或者卖掉，这样的男子似乎不适合托付终身，除非他就是卖手机的。

还有这么一个小伙子，是个大学生，他决定跟自己心仪的姑娘表白，使用的方法是在女生宿舍楼下的草地上摆了一圈心形蜡烛，中间是他抓拍的各种女孩的照片，然后在楼下弹吉他唱歌，大声呼喊让女孩出来接受他的求爱。可惜下了雨，蜡烛灭得没剩几根，而且女孩的照片也淋了水，求爱现场很像最后的告别。后来女孩报了警，小伙子被保卫处带走了。估计他下次这么干还会被拒绝，除非遇到一个跟他一样的女人。正常的女孩子需要的是浪漫，不是莽撞，更不是让女孩感觉到尴尬甚至羞愧，这样的男子似乎也不可以托付终身。

　　还有这么一个小伙子，是我同事，长得高大威猛，阳光帅气，追逐者众，说媒者多，可惜一直单身，令人百思不得其解。后来有一回，有外面高校过来交流，一个单身美女气质出众，交流结束鼓起勇气问他能否晚上一起吃饭，帅哥扬了扬手中的羽毛球拍，说不好意思哦，我晚上是要运动和健身的，改天吧。后来，据说就没有后来了。估计他下次这么干还会继续保持单身，正常的女孩子需要的是陪伴，你就算把身材锻炼成十三太保横练，恨不能穿着背心裤衩上班展示肌肉，又是为谁辛苦为谁忙？俗话说得好：女为悦己者容，男为心动者健……身。

　　哦，对了，我说的都是小伙子的单身，那么女孩子呢？
　　女孩子的事儿，没什么好说的。
　　女人开心最大。

四、求爱就像找工作

　　最后说说怎么结束单身。

　　我还有一个很唬人的证书，全球职业规划师，在我还没有其他身份介绍和展示自己的时光里，这个头衔用了几年，毕竟听起来还是有几分玄幻，全球职业规划师，规划全球的，自己差点都信了。

　　当然，如果想继续单身，那自然会心平气和继续成长。如果想结束单身，也可以从职业规划的视角，探讨三句话：

　　第一句：求爱就像求职。找工作不能漫天撒网，必须有的放矢，你必须清楚自己想要什么样的工作，江苏还是外地，国企还是私企。求爱也不能随遇而安，就算是看感觉，感觉也一定有具体的细节，其实每个人心里都有理想标准，包括身高体重性格家庭甚至是双眼皮小酒窝，只不过有些不好意思拿出台面，但你心里面要清楚标准，不然眼看着满园春色，其实没有一枝是你的，想给你介绍的人也无所适从。

第二句：情书就是简历。心仪的工作单位确定以后，接下来的任务就是投递简历，简历的作用就是让公司通过基本的判断确定要不要跟你进一步接触，所以你的简历一定要写得用心动情，一定要量身定做，一定要让这个单位凭借第一印象愿意给你一个面试的机会，而不是一见你就灭灯。如果你被灭灯次数足够多，你要换个思路重新开始。同样，心仪的对象确定以后，接下来的任务就是接触，就是聊天，就是偶遇，就是沟通，就是充分了解对方，让对方了解自己，确定到底你是不是对方的菜，无论白菜还是咸菜。既然叫"谈"恋爱或者说"处"对象，就说明感情一定是需要扎扎实实的接触交流出来的。

第三句：表白就是面试。如果你符合一个公司的基本门槛，你可能会得到一次面试的机会，这时候往往决定你最终能否被录用，所以你要做的就是全力呈现你的与众不同和别具一格，如果你的面试自我介绍结束，面试官对你没有任何好奇，这个面试就是失败的。表白是感情的升华，是在彼此了解到一定程度可以实现量变到质变的纵身一跃，所以要注意把握时机，把握分寸，还要考虑环境，以及观察天气。如果接触时间很短你就匆忙表白，说明你不够稳重，急于求成；如果环境不对你就匆忙表白，说明你考虑不周，鲁莽生硬；如果没看天气预报，点了蜡烛结果被雨浇灭或者引发了火灾，那么，跟对象谈之前，你还是先跟警察叔叔谈谈吧。

单身的节日，其实是一个普天同庆的日子。天下那么多的自由人，在这一天用不同的方式昭告天下，宣布自己尚未占领或者被占领，炫耀自己的自由与放肆，顺便体会一下疯狂购物而没人指责的畅爽。

所以，单身真挺好。

总之，一定要幸福。

5.
谈谈谈恋爱

一

说是谈恋爱,其实谈做人。
如何做一个有温度的人。
如何做一个举止得体的人。
如何做一个让别人舒服的人。
如何做一个别人愿意交往的人。

二

先讲两个生活中的小细节。

每年秋后都会有段时间,不仅温度降得厉害,还有连绵的雨。

因为降温,很多商场门口和高校餐厅都挂起了厚厚的门帘。

大家有没有留意,很多同学在掀开门帘进出的时候,并没有习惯看一眼身后。

所以身后的同学有时候会因为靠得太近被门帘扫到,甚至被打到脸,甚至还挺疼。

因为下雨,还有些同学带着雨伞进食堂,然后吃饭时就把雨伞放在旁边的座位上。

问题是后来的同学就餐时未必会看一看座位,甚至摸一摸座位,甚至擦一擦座位。

所以就会有同学因为没有留意而坐到有水的座位上，甚至湿了裤子，甚至湿了好几层。

什么叫有温度，什么叫举止得体，什么叫让别人舒服，什么叫让别人愿意交往？

就是你能多为别人想一点点，你能多看一眼身后，你能多关注一点别人。

三

这些行为举止的背后是什么？是三观。

三观不复杂：世界观、人生观、价值观。

世界观，是我们怎么认识世界，怎么对待世界。

人生观，是我们应该如何度过一生，如何体现意义。

价值观，是我们判断事情有没有价值以及有多大价值。

简单说，三观就是如何看世界，过人生，论价值。

三观有什么用？

三观是总开关，决定我们所有的言行举止。

如果三观出了问题，那就是人生的扣子没有扣好。

结果会怎么样？南辕北辙，越跑越远。

扣得越多，做得越多，错得越多。

三观无处不在，生活中绕不过，谈恋爱也绕不过。

恋爱是要谈的，对象是要处的。

所以，谈恋爱，究竟谈什么？

所以，处对象，究竟处什么？

其实谈的就是三观，处的就是三观。

恋爱的过程就是观察的过程，磨合的过程，思考的过程。

观察三观正不正，磨合三观顺不顺，思考三观合不合。

吃饭可以观察，走路可以观察，随时可以观察。

所有在一起的时光,都是让你用来观察和判断的时光。

四

比如,过马路。

有人是要等绿灯的。

有人是要闯红灯的。

有人是无所谓的。

如果一个经常闯红灯,一个认为不能闯红灯,冲突就来了。

当然,谈恋爱的时候往往是可以让步的,冲突往往是被掩盖的。

本来要闯的那个,看到心爱的人在等绿灯,也许愿意忍一忍。

那个本来不闯的,看到心爱的人已经跑到路中间了,也许愿意忍一忍。

但是,忍得了一时,忍不了一世。

因为藏是藏不住的,忍是忍不完的,因为生活不是一阵子,是一辈子。

闯红灯只是个表面细节,但背后是对规则和秩序的态度。

有人认为不闯白不闯,闯了也白闯,白闯谁不闯,那就直接闯。

这一系列判断就是他对这个世界以及他对人生价值的认识。

比如认为这个世界的规则就是撑死胆大的,饿死胆小的。

比如认为人不能被吓死,便宜不占白不占,等绿灯的都是傻瓜。

比如认为那些闯红灯的,也没几个被撞死,就算被撞死了,也是他们命不好。

背后有这些想法,体现在行为上,就是会一次次闯红灯。

这个例子很小,但将来这样的斟酌和选择会有无数次。

情感终会消退,三观终会发威。

那些长在思想里的三观一定会主宰庸常的生活。

五

比如,看电影。

看电影不光是看电影,也是看人。

比如有人看手机,亮亮的屏幕,晃来晃去,其实会影响别人的观影感受。

比如有人打电话,响亮的声音,谈笑风生,其实没必要嘶吼谈话的内容。

比如有人会交流,嬉笑怒骂,嬉皮笑脸,跟情侣不时剧透,尤其是悬疑片。

比如有人会跷脚,会把脚蹬在前面的靠背上,甚至跷在前面座位靠头的位置。

有人可能不介意,这没啥啊,他对我不这样啊,他会考虑我的感受。

他不会把脚跷到我头上,他打扰的只是别人,不是我,我又没受到伤害。

不要急,他会的。

这不是诅咒,也不是祝福,只是简单的逻辑。

情感终会消退,三观终会发威。

那些长在思想里的三观一定会主宰庸常的生活。

六

比如,抽烟。

抽烟不是好习惯,但是已经开始抽了,戒烟也困难。

但有的人会注意抽烟的场合,能不能抽烟?让不让抽烟?

通风不通风?有没有人感冒?有没有妇幼?等等。

有人完全是在别人的皱眉和提醒中继续抽烟的。
有人是在别人已经用手捂住口鼻的时候继续抽烟的。
有人是在大街上的风中边走边抽烟的。
有人是在路上边骑自行车边抽烟的。
这些人眼里没有别人,没有身后的人,没有旁边的人,旁若无人。
他们想不到烟会飘到后面,也想不到烟灰会飞到后面的人身上,甚至脸上。
有人说,他没有当我的面抽啊,他没有把烟灰弄到我脸上啊。
他会考虑我的感受,他打扰的只是别人,不是我。
不要急,他会的。
这不是诅咒,也不是祝福,只是简单的逻辑。
情感终会消退,三观终会发威。
那些长在思想里的三观一定会主宰庸常的生活。

七

我们举的例子还只是生活中的小细节,更不要说涉及理想信仰的选择。

当然,关于三观的例子也不只是闹心的,也有暖心的,不只是反面的,也有正面的。

2018年,"7·5"普吉岛沉船事故发生,过程让人揪心,也有个感人的故事。

河南小伙张皓峰在游船沉没的瞬间,把女友送上救生船,然后把手里的冲浪板让给了另一对落水的老夫妇,拼尽全力将其推到救生船上。

而此时,救生船上已经没有位置了……

没能坐上救生船的他抓住一串浮球,在水中漂流等待救援。

后来又见到一位溺水男子,他游过去把浮球跟对方一起分享……

两人在漂流了一整夜后发现了渔船,最终获救。

他不只是救了未婚妻,还救了无关的人,不只救了中国人,还救了泰国人。

感人的故事,成为了热点。

结果,后来有了争议。

因为在此次事故中连救多人,张皓峰所在的公司要奖励他 10 万元现金。

但是被他婉拒了。

这个事儿有争论的空间么?

有。

就是这个小伙应该不应该收下这笔奖金。

八

张皓峰说得很简单,觉得自己没做什么,力所能及,举手之劳,没啥。

他说做好事如果还需要这样去激励,那就没意思了,不是为钱,是本能。

评论中有一些说法意思是一致的。

为什么不拿?又不是偷的抢的,人家奖励的,凭什么不要?

拿了给未婚妻也是好的啊;英雄人物可以接受鲜花掌声,以及面包,等等。

其实,这个事儿出现分歧也正常,因为三观不同。

其实,这个事儿争论也不重要,因为我们对他不重要。

重要的是他的未婚妻怎么看他的这些行为?

她说,他救人时先人后己很正常,因为他一直这样。

她说,他一直是心里想着别人更多,一直是助人为乐,一直不计较付出。

她说，他婉拒奖励的事儿她也觉得很正常，因为他一直这样。

她说，他是英雄。

她说，她都支持。

什么叫"不是一家人，不进一家门"？

什么叫三观一致？

什么叫情投意合志同道合？

这就是了。

九

我们再延伸说几句。

革命时期，有忠诚，肯定也有背叛。

也有人会对一些人的背叛开脱，说这是保存实力，是韬光养晦，是曲线救国，是等待时机以图东山再起，等等。

不过，我们都很清楚，能够退让一步的人，往往底线也不是只退让一步。

常在河边走，哪有不湿鞋。

既然湿了鞋，不妨洗洗脚。

既然洗了脚，不妨洗洗澡。

不复杂。

所以，能够跟信仰搭配的词叫坚定，能够跟信念搭配的词叫牢固。

左右逢源、相机而动、见风使舵、明哲保身，这跟坚守都没关系。

还有个新闻，讲一个"西瓜男孩"的故事。

当时的准大学生李恩慧为筹学费要卖掉7万斤左右的西瓜，被人称为"西瓜男孩"，面对很多好心人的热心捐款，他选择了拒绝。

他给了一个回答:"不用捐钱,自食其力"。

不要就是不要,也没什么好讨论的。

这背后也是三观。

十

谈恋爱、处对象,还有个说法,叫门当户对。

过去谈婚论嫁要讲究门当户对,讲究势均力敌,讲究登对般配。

所谓门当户对,不应该只是物质上的,也包括精神上的,三观上的。

门和户都是集体的概念,说明谈恋爱不只是自己的事儿。

因为三观培养的起点就是家庭,因为三观往往是彼此影响的。

所以如果有机会"见家长",也要观察父母的三观。

如果孩子的三观出了问题,也可以先从父母开始找找问题。

很多时候生活告诉我们,熊孩子的背后,往往都有个熊家长。

熊家长我们见得也不少。

比如自己孩子摸了女孩子的臀部,熊家长一脸凶相对投诉的女孩说:摸了怎么了,你看你长那样,谁稀罕摸你……

比如自己眼看高铁晚点了,熊家长越过阻拦,冲上高铁,拦住车门,我们一家没上车你们谁也别想走……

比如自己看着孩子偷偷去玩过山车了,熊家长冲过去,一把拉起了紧急制动闸逼停过山车,让所有人来一次空中急停……

可想而知,这些孩子如果将来能够三观端正,估计要付出不少努力,因为他从小就要与强大的负面势力作斗争。

这些孩子将来成为熊家长的可能性也必然要更大一些。

所以,你看看那些闯红灯的家长,很多就是拉着孩子的手闯红灯。

甚至怀里抱着孩子闯红灯。

可怕么?

可怕的是自己在进行错误的示范。

更加可怕的是,这其实是在拿着孩子的生命为自己错误的三观做赌注。

我们应该都见过在车来车往的洪流中,那些闯红灯到一半的家长和孩子。

孩子的眼中是茫然无措,身边的家长正摩拳擦掌等着再来一次穿越。

这个世界上总有万一,总有不测风云,好好行走都可能飞来横祸,何况是自己主动犯错试探底线呢?

其实,没有生命经得起反复在危险边缘检验。

其实,闯红灯也快不了几分钟。

宁停三分,不抢一秒。

说得小一点,这是为自己的安全考虑。

说得大一点,这就是为自己的三观站台。

说得远一点,这就是为孩子的三观上色。

十一

当然,我们不是说三观不正就找不到对象,就要注定孤独一生。

那也不是,毕竟,这个世界上三观不正的人也还不少。

所以,我们也能看到一家人手牵着手儿唱着歌儿闯红灯。

我们说的主要是谈恋爱要注意观察三观合不合。

不合就要磨合,磨合就会很痛。

三观一致会很容易理解对方,会很容易达成共识,会很容易形成合力。

三观不合,往往就没有共同语言,没有共同语言就谈不来。

不合怎么办?会吵架。

或者连吵架都懒得吵。

因为不在一个点上，吵都吵不出个结果。

我们说对牛弹琴，我们说焚琴煮鹤，我们说鸡同鸭讲。

对牛弹琴不光是讽刺牛，也讽刺人，因为两边都有问题。

我们说不可理喻，因为大家讲的可能不是一个理。

公说公有理，婆说婆有理。

一次两次无所谓，但生活是一辈子。

一直失衡的状态，一定会有问题。

恋爱的时候，彼此会多考虑一些，愿意做一点让步，做一点牺牲。

但是，情深不寿，这种浓烈的感情并不持久，也不是生活的常态。

除了血缘亲情的彼此相连，更多是价值观的朝夕相处。

那些看起来琐碎而差异的生活细节是感情的具体支撑。

有人说这都是小事。

问题是，生活里哪有那么多大事儿？

有人说，有爱这些都不怕。

问题是，生活里哪有那么多无敌的爱？

夫妻有爱，没错。

可是大家还有父母，他们是婚姻的衍生关系，是靠责任连接的。

这一段本来没有爱。

或者有爱，但不足以克服一切矛盾。

十二

不是一家人，不进一家门。

这是通俗的说法。

鱼找鱼，虾找虾，乌龟找王八。

这是粗俗的说法。
物以类聚,人以群分。
这是现实的说法。
同声相应,同气相求。
这是文雅的说法。
这么多说法,其实就是一句话。
谈恋爱就是谈三观,一定要合。
祝有情人三观相合,情投意合。
志同道合,百年好合。
毕竟,家和才能万事兴。

6.
如何面对挽不回的感情

一封陌生女人的来信：

徐老师，你好。记得有一年开学有你的讲座，我就抱着兴趣去听了讲座，可惜人太多，连门也没进去。

最近，男朋友和我分手了，我每天没精打采以泪洗面，告诉自己要坚强，可是还是会难过。后来我们说好做普通朋友，每天和以前一样聊聊天，心里会舒服点。但我开心的时候，我知道是自己骗自己；清醒后又要面对现实。我现在忍着不找他，但是好痛苦，觉得自己没出息，却又止不住伤心。想做点事情却又没心情，我应该怎么走出来呢？

可能第一次这么用心地对待一个人，分手了着实让我接受不了。我每次委曲求全地去找他，总是恨自己没用；每次我想要振作起来逼自己一把，却会更加伤心。我不懂顺其自然的方法，但是我想要好起来。我总是去挽回他，但我不知道有没有用。我总是觉得他的心好狠，就算我多卑微多努力，他也不愿意和我重归于好，我有时候回江宁找他，他已经去本部了。在江宁每次看见他都会先哭上半个小时，后来他说哭多了就不值钱了，我就只能一个人晚上跑到操场上哭。我不知道现在自己应该怎么做，就是跟着我的心走么？

一个熟悉男人的回信：

同学你好。我的讲座好像没有火爆到这种地步，挤挤肯定还是能进去的。如果你还没有听过我的讲座,希望你不要轻易放弃,有些好习惯还是要坚持到底。

说回你的感情问题,五条意见,供你参考。

第一,不要强迫自己去忘记,想就想吧,痛就痛吧,哭就哭吧,有好多话要说,那就写下来吧,落成文字,可以写给自己,也可以写给他,就用这样的方式跟他说说话、聊聊天、谈谈感情。比如你可以写:今天是我们分开的第八天,我想对你说,我还是不能忘记你,经过每一条我们一起走过的小路,我的心里都是你,等等。总之就是要尽情倾诉,无话不谈,让你心里压抑的那些感情和情绪有个流淌的出口,不要憋在心里酝酿,要说出来,写出来。

第二,写下来不代表要告诉任何人,因为你只是要倾诉,只是要给心里那些涌动不安的情绪一个出口,只是给自己的不甘心和不接受一个交代,只是要给过去那些刻骨铭心的感情一个存放空间。说给别人听,并不能给你加分。永远要记住,任何一个人,卑微到泥土里,都不可能开出高贵的花,你要的不是同情,是别人发自内心的疼和爱。我们不可能跪着乞求一段感情,或者即使留住了,这感情也失去了爱的光泽。

第三,原地踏步是不能改变心情的,生活必须向前走,哪怕是爬,也要前行。生命中其实有很多美好,有很多自己想做还没有做的事儿,可以找人去玩轮滑、爬山、跑步、读书、跳舞、练字、弹琴、唱歌、远足,也可以疯狂跑步让自己疲惫,等等。也许很多事情都没有心情去做了,但是总有那么一两项活动或者运动可以让你暂时忘记过往,从而发现生活中那些曾经忽略的美好,我也同意一个观点,哭多了确实不值钱,也未必能换来理解和同情,眼泪跟货币一样,生产多了会贬值。所以,记住,哭给自己听,笑给别人看,让自己的生活丰富起来才是出路。

第四,我们都曾经以为适合自己的或者自己想要的只有一个人,也都曾说过非谁不娶、非谁不嫁的青春呓语,时间会告诉我们,适合我们的也许不会很多，但一定不会只是一个人，至少是一类人。每个人都很特别，但是你喜欢的特质肯定别人身上也有。在遇到自己的他之前，先让自己光鲜亮丽起来，用一个最美的绽放和一个光彩夺目的姿态等待属于你的白马王子。当然，也许那时，今天跟你分手的男孩会后悔错过一段本来可以属于他的美好。

第五，其实也没有更多需要说的了，听懂以上四条就好了。

就在最近，有个重点大学的毕业生得了尿毒症，无数好心人正在进行爱心传递，等待命运的转机。在大学校园里，白血病等病症似乎隔三差五就会伴随着一个个憔悴枯萎的青春让我们的心紧一下疼一下。这些距离我们很近的不幸不仅仅是提醒我们如有余力不妨尽点爱心，更是提醒我们要爱惜本该起舞的健康身体和本该绽放的大好年华。

想想他们，我们其实已经足够幸福，不是么？

祝早日恢复阳光灿烂的生活。

7.
说说微信，谈谈尊重

一

有人的地方就有江湖。
有人的地方就有交际。
书法圈、影视圈，微信也有朋友圈。
有交际就有规则，就有礼仪和尊重。
微信应该也有规矩。
可惜，规矩还不够。
今天，聊聊尊重。
三种现象，一个话题。

二

第一种现象，被强行拉群。
你有没有莫名其妙被拉进一个微信群里？
你有没有毫无征兆就突然面对很多陌生人？
你有没有在一觉醒来就发现多了很多未读信息？
我有。
一年下来被拉进二十几个群。
跟我商量过的，让我想想有几个。
算了，不想了，想清楚了也难过……

拉群应该是给我的一种选择。
但是，问过我么？
我愿意加入么？
别人愿意我加入么？
你看，被拉的人愿意不愿意其实不重要，建群的人愿意就行了。
强行拉你进去的群主还会喊一嗓子：谁谁谁进来了，大家欢迎。
然后，其实没几个人欢迎，因为大家心想这都谁啊。
然后，群主还专门点一下你，那谁谁你发个红包表示下吧。
表示表示，你是发展下线拉我进来搞传销的吧？

三

强行组合的群有什么问题？
没有生命力。
你有没有见过僵尸群？
你是不是在很多群里都不说话？
你有没有觉得想删又不好意思？
别不好意思，你退群估计大家也不知道。
因为很多人都忘了还有这么个群。
除了偶尔有人发红包激活的时候。

四

第二种现象，微信号被人分享。
你的微信号有没有莫名其妙被转发给别人？
你有没有发现好友申请里多了很多不认识的人？
我有。
一年下来不经许可被分享很多次。

有时候我委婉地提醒,下次微信名片转给别人要跟我说下。
提醒以后,别人的回应有三种。
一是不好意思,好的好的,下次会注意。
这种回应很棒。
毕竟也只是提醒,并不是真的计较。
我肯定会说,没事儿,打个招呼就行。
二是不以为然,咦,介绍朋友给你,你不应该感恩么?
我当然感恩,前提是我想要,我想认识。
如果说我并不想要呢?
如果对方也并不想认识我呢?
三是嘴硬死撑,不是我啊,我没分享啊,你搞错了吧。
这类人忘了微信会注明好友申请是通过哪个人分享的。
我就只好截图给他,笑笑,不说话。

五

当然,就算是被推荐给别人,有申请我也基本都会通过。
毕竟,拒绝别人也是需要狠狠心的,也是伤害申请人的感情的。
但这只是说明我做得得体,不是之前做得就对。
能不能成为朋友要靠机缘和双方意愿。
我们俩成为朋友适合么?
我们俩都想成为对方的朋友么?
就算是当介绍人是不是也要问下双方的意思?
就算是以前的父母包办婚姻是不是最好也提前说一下?

六

有人好奇:你见到想认识的不加人家微信么?

加,但是通常我会多问一句。
举个例子,有个道长很有名,是个正能量明星。
朋友圈里有人发他的内容,我留言说这个道长很好玩。
朋友很热情,说介绍你们认识,微信号你们相互加一下。
我说别别别,先问问他愿不愿意认识,再给他微信名片。
道长很友好,愿意加。
相互有尊重,这多好。
你看,并不复杂。

七

第三种现象,说说扫微信加好友。
加微信好友本身无所谓对错。
我们当然也不介意多认识些好朋友。
我也从来没有当面拒绝过扫微信的请求。
但是,我想提醒一句,大家加好友要想好。
同道为朋,同志为友,你们是么?
你是不是他的菜?他是不是你的菜?
微信交朋友和现实交朋友有共同的法则,一定要适合。
你有没有遇到过加了微信却发现三观不对的人?
你有没有遇到过加了微信却一年都没有一次互动的人?
有没有从来不点赞从来不评论甚至彼此都屏蔽朋友圈的人?
肯定有。
不然,很多人为啥乐此不疲测试谁在拉黑他……
加的时候太过草率。
有没有缘分加了再说。
加完以后又不自信。
担心别人会拉黑自己。

你说你累不累？

当然，加过我的不用测试我，我从来没有拉黑过谁。

哪怕也被很多人测试过，虽然我也反感。

但是从不主动删别人，这也是尊重。

八

可能有人会对号入座。

肯定有人会对号入座。

比如符合以上一种情况。

甚至符合以上三种情况。

没有必要。

千万不要对号入座，毕竟我也不是在说哪个人。

我是在说所有人。

8.
凭什么所有人都要给你鼓掌

一

近期倾听了同学们的各种烦恼,看似五花八门,其实异曲同工。

比如自己与人为善,与世无争,却有人背地里造谣诽谤,甚至在微博和空间含沙射影;

比如自己为舍友付出很多,却有人不屑一顾,甚至冷嘲热讽;

比如自己无私奉献,为班级争光,结果有些人还出言不逊;

……

有些是方法问题,有些是方向问题,还有些,本来就不是问题。

其实,我也想问几个问题:

凭什么所有人都要给你鼓掌?

我们真的需要所有人都给你鼓掌么?

所有人都给你鼓掌,就真的是好事么?

二

先讲几个故事吧。

有同学给我留言,说川哥,我是你的粉丝,我上周末终于去南航了,好激动。

我说怎么不提前说,我周末不在学校啊,你不是白跑了么。

他说没有白跑啊,我是去拍南航的大门的。

我说哈哈哈哈，那随时可以来，大门一直在。

逗吧？人家不是来找我的，我自作多情了。

再给你讲一个。

我博士英语重修过，嗯，是的，你没有听错。

曾经的新东方英语老师、英格兰女足翻译官、英语专业八级，唬人吧？

然后，我英语重修了。

其实也没有什么羞于启齿的，我去北京工作了半年，没办法完成英语课程。

于是，我选择重修我的英语课。

我记得很清楚，在教室门口，跟老师有一番对话。

老师说，你是徐川吧？

我说是啊，老师您认识我？

老师哈哈哈，谁不认识你啊，影响力这么大。

我一脸羞涩，有这么大么？

老师说是啊，你不是去过新东方么？你不是当过翻译么？

然后，你不是英语重修了么？哈哈哈哈哈

……

这样的故事还有很多。

还有一次，我看见对面大楼里有人跟我招手。

犹豫了一下，决定还是回应，于是我也跟他招手，双方动作幅度都很大。

走近了，发现人家在擦玻璃……

三

每一次我讲给别人听，我自己都很欢乐。

其实，我特别喜欢这样的故事。

因为，这才是生活，这才是生活的真相。

真相才具有最强大的力量。

真相是什么？

真相就是生活不是只有一面，生活不止一种声音。

真相是有人喜欢你，也有人讨厌你；

真相是有人尊重你，也有人鄙视你；

真相是有人支持你，也有人反对你；

真相是有人赞美你，也有人攻击你；

真相是有人保护你，也有人伤害你……

如果方向没错，如果内心坚定，你应该学会坚强。

不管你听到的是什么声音，你都要学会心里不慌，学会想到各种可能。

所以，回到主题。

为什么要所有人都给你喝彩？

凭什么要所有人都为你鼓掌？

四

1998年，我中考落榜。

其实，我一直没有在学习上体会过太多人生的快乐。

小学一二年级有过辉煌，那时大家都还没意识到学习的重要。

于是，趁大家不注意拿过几次第一。

但是拿了第一，就要被表扬和被拎到大庭广众之下发言。

当众演讲于我而言是巨大的恐惧，于是我宁肯不考第一。

所以，我绝大部分时间都不是第一名。

我也并不觉得羞耻，我很小的时候就在思考一个问题：为什么一定要考第一名？

百思不得其解，于是我选择了求助，请教我爸。

我爸的表情愤怒又茫然。

他愤怒,因为我的不求上进,不思进取。

他茫然,因为这个问题估计他从来没想过,所以一时语塞。

是啊,为什么一定要考第一名呢?

第二名不是也很优秀么?

第七名不是也很不错么?

五

后来,我果然考了第七名。

一顿批评之后,我也觉得第七名不是特别好,于是,我把奖状反面练了毛笔字。

这次我爸真的愤怒了。

因为他准备贴到墙上过年给大家看的。

我心里就幸灾乐祸:你看,你自己其实也认为第七名还不错。

少一些套路,多一些真诚。

后来,我没考上高中。

其实这并不是世界末日,我可以复读从头再来。

但是那时候我受到了太多的质疑和攻击。

因为一个月前的摸底考试,我是全校第一,初中唯一的一次。

如果说摸底考试的第一是把我推上巅峰,中考落榜就是从巅峰往下踹。

于是,世界末日就真的到了。

六

村子里的十字广场,那是孩子们玩耍的地方,也是村子里各类消息的集散地。

高中没考上，消息传来，我确实难过了一会儿，但是生活还得继续。

于是，我还是兴高采烈去找小伙伴们玩了。

但是，这次情况不太一样。

当天晚上，中考成绩是最热的话题。

一个奶奶充当了演讲家，开始了她的演讲。

大家看，这是我家孙子，考上了一中；这是胡家小二子，考上了二中；只有他，对，就是他，还说在学校考第一的，就他自己没考上……

大家的目光迅速聚拢来，她也在人群中一眼找到了想悄悄躲藏的瘦瘦小小的我。

于是接下来就是很多人的指指点点和议论纷纷，我竟然傻瓜一样不知道逃跑。

从头到尾地配合整个演出。

看客满足地离开，我想审判终于差不多了。

七

被审判完的我故作坚强地回家疗伤，家是最后的港湾。

我妈正在做饭，我喊了声妈，她没应我。

我以为她没听见，提高了嗓门又喊了两遍。

妈回我了，带着哭腔：你不是考第一的么?！你不是成绩很好的么？怎么所有人都考上了就你自己没考上?！

这时候，天才真地塌了。

哭了个昏天黑地，委屈，不解，伤心。

那天晚饭没有吃，哭到最后就睡着了。

那大概是我生命中哭得最惨烈的一次。

我觉得整个世界都抛弃了我。

八

但是,就算是彼时彼刻,我也不恨任何人。

我不恨我妈,因为她特别以我为荣,我能理解她为我骄傲时的激动不已,我也能理解她为我伤心时的委屈不解。她希望我好,希望我能改变命运走出农村,朴素而坚定的愿望。

我也不恨那个演讲的奶奶,伤害的标准和程度永远在受害人那里,动刀的人其实也未必那么狠心和恶毒。

所以,我后来见她还是会热情地打招呼,还是会笑脸相迎,我没有耿耿于怀,更没有在多年以后去找她聊聊当年,让她心存内疚,去找找报复的快感。

对别人的不宽恕,其实是对自己的折磨。

然而,折磨本身并不能让我的生活更加美好。

我也相信,这世界上一定有些人永远不可以原谅。

但坚定的仇恨一定不能让你过得更加从容和幸福。

只不过,我会心疼那段时光里无处逃躲惊慌失措的我。

你不宽恕,谁心疼你?

你不爱你,谁来爱你?

九

2010年,我参加江苏省一个比赛,铩羽而归。

当时我很不能理解,我认为一定是评委的问题。

因为学生们很喜欢我,所以当评委说我风格张扬的时候,我内心里是不屑一顾的。

甚至我在想,你跟我一起做辅导员,你一定不如我。

回来我自己还写了日志昭告天下:虚心接受,死不悔改。

你看，多么的坚定和恬不知耻。

六年时间过去了，我自己的心态已经不太一样。

2016年初，我参加了一个全国的评选，再次铩羽而归。

结果公布后，我收到了全国几十位同仁的安慰，很多人劝我不要难过。

劝到后来我忍不住了，我是不是真的应该配合你们，难过一下？

因为我确实没有难过。

我相信所有最终获奖的同仁都是佼佼者，都有着各不相同的优秀。

因为懂得，所以慈悲；因为宽容，所以温柔。

凭什么你不上就是标准有问题？

凭什么你不上就是评委有问题？

凭什么你就敢说自己才是优秀？

凭什么所有人都要给你鼓掌？

真的不是这样，敞开胸怀，为每一个优秀的人鼓掌。

当你心胸开阔的时候，这个世界也是开放明亮的。

当你心里只是装着嫉妒和愤怒的时候，你的世界也充满绝望。

不是么？

几个月后，我和江苏省三十多位辅导员同台竞技，我拿到现场最高分。

那一刻，笑靥如花，心静如水。

有成有败，有喜有悲，这就是生活，这就是真相。

十

人生不能假设，人生路上的每一块基石都铺就了通往今天的道路。

我们不能试图只保留好的。

我们也不能选择性遗忘。

那些看起来曾经深深伤害过你的人，也在那个特定的时段检验了你的坚强和底线。

我们总是需要一些契机来完整地认识自己。

尽管有时候我们会以我们不喜欢的方式成长。

但生命有时候阳光普照，也是因为裂缝的存在。

生活中永远不要指望所有人都给你鼓掌。

有的人看得太投入忘了鼓掌；

有的人没鼓掌但是脸上带着笑；

还有的人没有手……

这个世界永远都是誉谤相随的。

不会所有人都爱你，也不会所有人都恨你。

让自己的内心变得温暖，变得强大，让生命变得光彩亮丽。

这就是我们在世上行走的意义，也是对所有声音最好的应答。

9.
会道歉，应该才算高情商

一

　　道歉，是生活中逃不过去的话题，不过好像开口很难。
　　为什么？
　　因为道歉似乎关乎面子，关乎尊严。
　　其实，道歉也关乎情商。
　　谁应该主动道歉？我凭什么要道歉？
　　如此的纠结，反复的斟酌，多么的痛苦。
　　道歉，对很多人来说是一件很难的事儿，就好像拒绝对于很多人来说也是很难的事儿。
　　两个事儿，一个理儿，就是面子的问题。
　　问题是，道歉，真的会丢面子么？
　　其实不会。
　　如果是你真的错了，道歉是卸下包袱，抚平伤痕。
　　如果是你确实没错，道歉是主动示弱，赢得尊重。
　　还有什么比一个明明没错却主动道歉的人更能体现自己的修养以及对感情的重视呢？
　　我有没有道歉过？
　　有，还挺多。

二

先说这两年的。

我自己头几年给学生开很多讲座,大概能讲十几个主题,比如文明礼仪、求职技巧、传统文化、英语学习、演讲表达、独立思考,当然也包括很多人熟悉的党课以及顶天立地谈信仰。

讲得久了,说得多了,难免有些时候表达欠妥,考虑不周,甚至可能会冒犯别人。

比如,在某个高校讲到中国饮食习惯的时候,我现场打了一个比方。

"在中国,最能代表中国人饮食方式的类型,是什么?是火锅,大家可以去看,白山黑水,苍山洱海,凡有井水处,人人吃火锅。问题来了,火锅为什么这么火?因为火锅最能匹配中国人的情感诉求和思维模式。火锅首先要团团围坐,这就是团聚的概念,中国人特别喜欢群团共聚享;其次,光团团围坐还不行,还要热气腾腾,热代表什么?代表氛围,要热闹,代表感情,要热乎,代表情绪,要热烈;火锅第三个特点,在同一个锅里取食,这叫有福同享,有难同当,肝胆相照,荣辱与共。大家看,我们在吃火锅的时候,从来不会有人跳出来大煞风景,哎,那谁,你那个乙肝好了么?如果你这么问,一桌子人都要生气了。就算对方没生气,朋友们也要生气了,你这是干嘛啊,吃得好好的问这个干嘛?好兄弟,病没好才要一块儿吃。你没好是吧,没事儿,没事儿,我也没好……"

我不知道你们看这一段是什么感受,现场很多人在笑。

实事求是,我当时没有觉得哪里不妥。

讲座结束,高铁返程,打开公众号后台,我看到一条留言。

三

"川哥您好,今天您的讲座是我在学校这几年听过的最精彩的讲座,也是我听过的最害怕的讲座。精彩是从头到尾,害怕就是您在讲火锅那一段的时候,您用了个乙肝的例子。可是,您可能不知道,我就是个乙肝携带者,听着周围那些山呼海啸的笑声,我内心是抑制不住的恐惧,我不知道还有没有别的同学跟我一样……"

在疾驰的高铁上,我看着窗外发呆,内心涌起的全是难过、自责和后悔,那些讲座现场的笑声此时全部变成了对我的嘲讽。

我默默打字回复:非常抱歉,实在对不起,确实没有考虑周全,一定改正,我不会再用乙肝或者其他具体的病情举例子。

任何一种具体的病情都可能会有人对号入座。

只有道歉,这时候解释是苍白的。

不需要解释我真的没有恶意,不需要强调我们都有基本的常识。不需要解释乙肝主要是母婴血液的传播,不需要解释大学生基本都要打乙肝疫苗的,不需要解释我大学曾跟一个乙肝携带者的同学经常一起吃饭,不需要解释我确实不介意跟乙肝携带者在一起……

因为不介意,因为懂常识,才心无芥蒂,才脱口而出。

但是,伤害的标准永远不在自己那里,衡量的标准永远是你伤害的人。

说这个故事,是把自己当做反面教材总结我的反思,也是希望更多人能够掌握常识,减少歧视。

更重要的,是希望大家对于自己的愧疚和歉意要襟怀坦荡,不应该犹豫,不需要辩解。

虽然对很多人来说,这并不容易。

四

再讲一个小事儿,是我高中时候的故事。

之所以印象深刻,大概是因为我第一次感受到主动道歉带来的正向反馈。

有一天晚上,宿舍闲聊,一个同学提到了一个词汇"莘莘学子"。然后他念成了"新新"。年轻人总是不会太考虑别人的感受,我就比较认真地嘲笑了几声,然后当场指正说那个字念"深深"。

不曾想,他根本不接受,说自己就是没念错,就是念"新新"。

我据理力争,无果,然后开始找人评判,我当场祭出了杀手锏:不行你问问大家啊。

我本以为这是个马上能见到答案的问题。

结果呢?

结果大家一片沉默,有的人把握不准,有的人知道他错了,但是觉得气氛已经很尴尬,不想添油加醋。

过了一会儿,一个语文经常不及格的同学发声了:我记得应该念"新新"。

欲哭无泪,苍天何在?

那时候也没有手机和网络搜索,我又不甘示弱,只好愤愤地说:行了,不说了,明天到教室查了字典再说。

各自分头睡去。

然而我怎么也睡不着。

不是因为那个词到底念什么,而是因为刚才的吵架。

五

我是不容易带着心事入睡的,尤其是刚吵了架,无法心平气和。

我知道他也没睡好,我们俩头对头,很容易听见对面的辗转反侧。

憋不住了,我干脆坐起来说:不好意思,趁大家都没睡熟,我赶紧向你道个歉。刚才我态度很不好,其实不就是一个词的事儿嘛,你说念"新新"就念"新新"吧,这事儿就到这儿吧,都不要再计较了,咱们好好睡觉吧。

结果,他马上坐了起来。

他说:其实是我不对,我自己说完就知道自己错了,但是刚才被你这么一呛,我觉得脸上挺难看的,就只好将错就错坚持到底……

卸下包袱,我想我们应该都睡了个好觉。

在毕业的时候,我这个同学还专门跟我提起这个事儿,说当时非常佩服,没想到我会主动道歉,本来想着说不定第二天会拿本字典继续穷追猛打。不管错没错都能主动认错,真的是让他印象深刻而美好。

对于我来说,不同样是印象深刻而美好么?

六

我曾经因为很多事向别人道歉。

有时候肯定是我错了,有时候也许是我没错,但是我不想失去一个朋友,也不想跟别人心存芥蒂地低头不见抬头见,所以我都会比较自然地选择认错、道歉,也因此而收获了很多的友情,或者,应该还有一些尊重。

如果你错了,道歉是你的弥补;

如果你没错,道歉是你的大度。

学会道歉,应该才算高情商。

善于道歉,应该才能有面子。

10.
其实，我们都已不在原处

一

有很多人在我们生命中来来往往，有的一起出发，有的半道遇上，有的一起走到终点，但是无论是哪一种人，都陪伴了我们的旅途，都温暖了我们的生命，都承载着彼此的记忆。

在我读初中的时候，我有三个非常好的兄弟，宋国庆、何楠和宋友存。

那时候我们是住校的，虽然离家也不是很远，但是我们都愿意住校。

因为学校里有这么多兄弟，能一起学习，一起吹牛皮。

当然，也因为我们的家里通常都有一个很忙无暇照顾我们的爸爸，还有一个很爱我们但是很唠叨的妈妈。

二

学校的住宿条件很差，相当差，差到我后来遇到什么样的住宿都觉得很好。

学校的房子全是危房，屋顶也是漏的，晴天可以看到隐约的星光，雨天需要拿盆到处接雨，有时候冬天下大雪，睡醒了被子上就一层厚厚的冰雪，我们就好像从雪窝里爬出来一样。

现在想想，那是何等的凄惨而美好。

只不过，天寒地冻我们就这么一起度过，好像也并没有觉得很苦。

有时候确实冻得受不了，在被窝里伸个腿随时会抽筋，然后惨叫着从梦中醒来。

于是，我们就会到处找木柴带回宿舍一起烤火取暖。

学校周边的树枝烧得差不多了，还是冷，我们就去教师宿舍区偷老师储备过冬的木材。

但是一群没有头脑的家伙不太讲策略，一开始是挨家挨户偷，顺手了就逮着一个老师偷，而且是看哪个老师不顺眼就猛偷哪个。

羊毛老是逮着一只羊薅肯定要出事儿的，后来就被政治老师发觉了。

他布下天罗地网，自己熄了灯，连续几个晚上躲在屋子窗帘后面守夜。终于看到影影绰绰几个人又来偷柴火，就一边嚎叫着一边拿着棍子杀将出来，凄厉的声音在空荡的校园里回荡：你们这些王八蛋，等了好几天，终于被我抓到了，看你们往哪里跑！

然后我们就知道了，他已经等了我们好几天。

然后就是他拿着手电满学校追，终归年纪大了些，小伙伴们四处逃散，最后还是跟丢了。

后来，政治老师喘着粗气一番推理追踪到了宿舍，但宿舍里只有我一个留守，我一脸茫然和无辜，说我刚刚回宿舍。

他在屋子里和被窝里翻半天一无所获，就把墙角里堆积的木材抱起来，悻悻地离开。

临走前转过身，他突然努力挤出一脸笑容来，小徐啊，你一直是个好学生，老师对你也不错，也一直很信任你，希望你不要让老师失望，要不要跟老师说点什么？

我嗫嚅道：老师，其实……

他眼里放光：你说，你大胆说！

我说：老师，其实，这个木材不是你家的……

凌厉的眼光杀过来,他几乎要失态了:谁家的也不能偷!统统没收!

三

第二天他上课,啥也没讲,讲了一堂课的理想信仰和伦理道德,讲半天觉得这些内容对我们来说有些隔靴搔痒,后来就直接赤裸裸地威逼利诱,说我已经知道是谁了,就你们的身影,化成灰我都认得!你们最好自己站出来,主动认错这事儿就好商量,再给我弄点木材赔礼道歉算完,不然后果不堪设想。当然,如果有检举揭发的,我给你们政治课高分,因为你们代表了正义和勇气……

然后,目光有意无意地还从我身上掠过。

当然,大家觉悟确实很整齐,没有人说话。

我从小集体意识就很强,这种事情,我断然不会出卖朋友。

当然也不敢。

毕竟,我也烤过火。

还有地瓜。

最后,只能不了了之。

后来,政治老师要求校长全校开大会严肃批评,要保卫处追查到底,不过校长好像也没采纳,因为主要偷他一个老师,还是能说明些问题的。

比如说明老师跟学生关系似乎没那么好,再比如说明他过冬木材储备得比较充足。

哪个结论似乎都不适合开全校大会。

四

我们那时候是睡大通铺,没有床与床的隔板,就这么被子挨着被子，然后十几个人就这么躺着，有时候被子不够用，两个挨着的就把上面的被子横过来挤挤，也能凑合凑合。

本来住校的是我和宋国庆、何楠，我们三个。

宋友存是不住校的，因为他家离得实在太近，有时候不回家，他妈妈散着步就到学校来把他领走了。

有一次，下了很大的雪，我们刚刚下课，就发现被子上枕头上全都白了，根本没法住。

宋友存从宿舍边上经过，看了一眼，就跑过来说，你们跟我回家住吧。

我们举目无亲，宿舍也实在没法住，就一起去了宋友存家。

他父母非常热情，大摆筵席，热热乎乎吃了个晚饭，他爹也很兴奋，跟我们讲当年他当民兵连长的故事……

然后我们四个人睡一张大床，一头两个，脚丫子在被窝里乱成一团。

然后，他就成为第四个兄弟。

然后，我们就一起去电子游戏厅，去玩三国和新快三之类的游戏；

然后，我们一起踢足球，那个时候的足球是用塑料薄膜缠在一起的圆球，弹性很小，但是踢得不亦乐乎；

然后，我们还一起晚上去吃泡面，还一起互换家里带来的馒头包子和花卷；

然后，我们还晚上一起翻学校的大铁门出去玩儿，铁门上有无数的尖头，就像很多根红缨枪。我每次爬门都胆战心惊，都特别担心会挂在上面，或者伤了身体的哪个部位，然后从此开始另一种生活；

然后，我们还一起去录像厅，那时候有些外出打工的人会从外面买来影碟机，一晚上可以放三四个电影碟片，一场需要 5 毛，看得越多越便宜，那时候第一次知道了周星驰，看的第一部电影是《新精武门 1991》；

然后,还有好多然后……

五

时间和生活就是如此的单调而丰富,我们四个人就这么一直结伴而行。

然后,我们就要面临毕业了。

初中结束,何楠继续读高中,宋友存不再上学转而去学电焊,宋国庆去了北京修电缆。

那时候我最迷茫。

我没有考上高中,家人看看我那个熊样估计也不可能在农村混出名堂,将来连个对象估计也搞不上,就决定多花钱交赞助费让我继续读高中。

六

我经常想他们,尤其是刚到高中没什么朋友的时候。

我每年放假或者过节的时候都会挨个去他们家里找他们。

第一年大家都还在,我们还聚,还在宋友存家里一起睡觉,一起听宋友存他爹讲他当民兵连长的故事……

我们还一起回忆当年我们住危房的那些事儿……

第二年,宋国庆在北京没回来,何楠骑自行车来找我,没说几句话就哭,想兄弟们。我就跟何楠一起去找宋友存。我们还一起吃饭,一起听宋友存他爹讲他当民兵连长的故事……

我们还一起回忆当年我们住危房的那些事儿……

第三年,宋友存也外出打工了,我和何楠也没怎么联系。暑假我见到了宋国庆,他已经开始抽烟,穿上了亮闪闪的皮夹克,脖子上也有了一条金灿灿的链子,然后没说几句话大家就沉默了,他的生活我不熟悉，我的生活他没兴趣，我们没再回忆当年的故事……

当然也没有再听宋友存他爹讲他当民兵连长的故事……

后来……

其实，也就没有后来了。

其实，我有很长一段时间不能接受，我觉得他们怎么都变了，我那么在意我们的友情，怎么他们都忘记了，甚至就剩下我自己兀自在那里回忆，兀自在那里傻笑……

七

其实，在我们初中毕业的第二年，我们住宿的危房就塌了……

多年后，我再到我们镇上，学校也已经重新修缮，完全看不到我们当年上学的模样。

还遇到了我们的政治老师，也已经老态龙钟了，我跟他坦白当年的故事，讲偷他家木材的故事，他就咧着嘴笑，偷就偷吧，反正现在是彻底追不上了。

可是，我们也不会再偷了……

物非人非事事休。

欲语泪先流。

八

其实，我们都会长大。

我后来也拥有了更多的朋友，也遇见了更多的朋友，也有了更多的故事。

当然，也跟更多的朋友相见、相知，然后各自散落天涯。

经历的多了，慢慢地，也就想通了。

我们的感情都是需要现实来维系的，现实变了，又怎么去定格感情？

不过，美好就是美好，还原到当时，都对，都好，都顺理成章，回想起来也是美好。

但是我们都在往前走……

九

有很多人在我们生命中来来往往，有的一起出发，有的半道遇上，有的一起走到终点，但是无论是哪一种人，都陪伴了我们的旅途，都温暖了我们的生命，都承载着彼此的记忆。

只是，别去轻易触碰那些美好，回忆着美好，就很好。

轻易别回头，因为我们，都已不在原处……

11.
我们究竟该怎样学诗词

一

最近诗词又火了,火势很猛。

之所以叫又火了,是因为过去也火过,甚至我们可以想象明年此时还会继续火。

当武亦姝刷爆我们朋友圈的时候,有人惊叹着这位才女的"腹有诗书气自华",表示"满足了自己对女性的所有美好想象";也有人一边喊着"牛啊""真牛啊""真是牛啊",一边把人家的名字读成"武亦朱"……

诗词火了,诗词大会火了,连带着主持人董卿都火了。

但是火得还不够。

对于大部分人来说,能做的也就是刷个屏,表个态,追个星,然后继续按照自己的节奏生活,表态随性,时间短暂。

其实很多人有困惑,有苦恼。因为听别人读出来,韵味悠远,等自己翻开书,兴趣索然。虽然一时兴起买了好几本古诗词的书,却品不出诗歌的美,也不知道怎么学,有什么用,于是也就找不到把诗歌读下去的乐趣和动力。

那我们今天就火上浇油,聊两个话题。诗词究竟要不要学,为什么学?如果要学,那又该怎么学?

二

先说要不要学。

当然要。

理由很多,比如,因为每一个中国读书人的灵魂中,都有自由吟唱诗歌的气息。诗词以简单明了的语言直击心灵,是中国传统文化的瑰宝,凝结了文学之美。

说得通俗易懂一点,因为诗词有用。

讲个段子。

比如你开心的时候,如果你会诗词,可以脱口而出"春风得意马蹄疾,一日看尽长安花"。如果你不会诗词,你会说"哈哈哈哈哈哈哈"。

比如你结婚的时候,如果你会诗词,可以脱口而出"春宵一刻值千金,花有清香月有阴"。如果你不会诗词,你会说"嘿嘿嘿嘿嘿嘿嘿"。

这就尴尬了。

三

那如果想学诗词,该怎么下手?

两种方法:一是书到用时开始学;二是由浅入深慢慢学。

先说书到用时开始学。我们常说"临时抱佛脚""书到用时方恨少",其实这不见得是坏事,毕竟"亡羊补牢,未为迟也"。比如昨天是什么日子?元宵节。上元节这么重要的时刻古人会轻易放过么?那不正好弄两首来应景一下?

所以,我们就可以一起学习"月上柳梢头,人约黄昏后""不见去年人,泪湿春衫袖""凤箫声动,玉壶光转""众里寻他千百度,蓦然回首……"

再比如，你想练书法，关于唐诗宋词的字帖比比皆是啊，找本喜欢的又练字又学诗词，一举两得。

说到诗词的用处，给大家讲个爱情故事。

他喜欢她很久了，但是一直没有机会表白和展示，两个人所有的接触时间就是每天晚上一起上晚自习，但是一起陪伴的同学也很多。

那是一个春天的夜晚，夜月高悬，柔风拂面。在回宿舍区的路上，正说着天气的美好，他脱口而出"夜月一帘幽梦，春风十里柔情。"一起同行的同学有人点赞，有人惊叹。她撇撇嘴，这谁不会，有本事再来一句。好啊，又来一句"云想衣裳花想容，春风拂槛露华浓。"这个我们都会啊。他说那就来个是人都不会的吧，"新莺始新归，新蝶复新飞。新花满新树，新月丽新辉。"……

都没听过，一片喝彩，果然是人都不会。

谁会谁不是人。

她当然不肯就此服输，说有本事你就每天背五首春天的诗，一直背到春天结束。

老天有眼，这是一个稳定相处的时间约定，也是一个可以让他发挥的题目，想都没想就接受挑战。

后来，他连续背了五天，发现肚子里实在没货了……于是跑了趟书店，淘到了一本武林秘籍：《咏春古诗百首》。

再后来，一起上自习的人越来越少，到最后就剩了两个人。

有些人是厌倦了每晚自习，有些人是厌倦了每晚听诗，有些是厌倦了每晚听他背诗……

在这个春天快要结束的时候，有一天晚上，他按照惯例准备继续背诵咏春古诗的时候，女孩突然打断了他，说不要再背了。

他知道，时机差不多了，正所谓皇天不负有心人。那一晚月色迷人，春风撩人。

她说：不要再背了，以后都不用再背了。

因为我也买了一本《咏春古诗百首》。

哈哈哈哈哈哈哈哈。

这真是个让人悲伤的故事。

四

言归正传，下面说第二种方法：由浅入深慢慢学。

欣赏诗歌就像刷朋友圈，随手翻页，寻找自己感兴趣的朋友或者题目，然后点进去读一会，看完感觉不过瘾就多点开几个，久而久之，就学会了寻找诗词和欣赏诗词。

简单说，诗词有五个欣赏角度：看作者，找故事，品内容，学词句，赏韵律。

首先，我们读诗歌要先看作者是谁，因为作者决定了文章的内容和质量，不排除个别人偶有佳作，但是几率太低。就像有些人的朋友圈你是会屏蔽的，比如爸爸妈妈，比如爷爷奶奶。因为他们的朋友圈题目往往是"可怕！……""惊爆！……""有毒！……""真相！……"

好的作者，质量可靠，比如李白和杜甫。

李白和杜甫都很喜欢发朋友圈，但是风格不同。李白喝个好酒要晒一下，"兰陵美酒郁金香，玉碗盛来琥珀光"；看个月亮也勾勒个图片，"小时不识月，呼作白玉盘。又疑瑶台镜，飞在青云端"；甚至不知不觉还会炫耀自己的过去，"昔在长安卧花柳，五侯七贵同杯酒"；当然，偶尔也发发心灵鸡汤，"人生得意须尽欢，莫使金樽空对月"。

杜甫就不同，发的多是国计民生，针砭时弊，"信知生男恶，反是生女好。生女犹得嫁比邻，生男埋没随百草。"偶尔也发发旅游记录，"会当凌绝顶，一览众山小"；还有跟好基友的感情记录，"正是江南好风景，落花时节又逢君"；想念李白的就更多了，多到让人浮想联翩，容易遐想甚至瞎想，不再列举。

五

看完作者，开始第二个角度：找故事。

要想看懂诗人的字里行间，就要清楚他们分享时的心境，与其达成共鸣，读完别忘了再深情地点个赞。

任何一首名扬千古的佳作背后都有故事或者事故。举个例子，我们都会背一首诗：故人西辞黄鹤楼……

这就有故事，也有背景。

大唐开元十六年（728年），国家领导人唐玄宗励精图治，形势一片大好，尤其是进行公务员考试制度改革，提高了科举考试的地位，使得读书人更有机会实现自己治国平天下的抱负。老一辈的张说、张九龄等都通过考试进入政府机关，仕途大好，年轻的如王维也靠着艺术特长加分中了进士，前途无量。

此时，李白接近而立之年，却一直在外面游手好闲，所谓"一生好入名山游"，从甘肃到四川，从重庆到扬州，寻神仙谈方术，旅旅游耍耍剑，一路走一路玩。这一年在武汉，约上比自己大十二岁的孟浩然，两个以潇洒著称的文人喝着酒，谈着理想，说着说着就聊到了"去年考中的王昌龄已经在政府如何如何了"，英雄萧瑟，心潮起伏。孟浩然忍不住了，双眼放光，一跃而起，"明年我再去试试"。

几天后，李白伫立江边，默默看他远去，写下"故人西辞黄鹤楼，烟花三月下扬州。孤帆远影碧空尽，唯见长江天际流。"

六

接下来第三个角度，品内容。

这首词开头用"故人"，因为之前两人就认识。"烟花"不仅仅是"日出江花红胜火，春来江水绿如蓝"的盛春美景，还是"北堂夜夜人如月，南陌朝朝骑似云"的莺莺燕燕，扬州在唐代属于市井繁华地，温柔富贵乡。"十年一觉扬州梦"，爱情圣地，风流无双，声名远播，"非诚勿扰"。

在李白的眼中，"烟花三月是折不断的柳，梦里江南是喝不完的酒"，在这暖暖的季节好兄弟老孟上考场前到扬州潇洒走一回，远远的小船里似乎也有自己的影子，总这么押着也不是办法，会不会有一天自己也像老孟一样放下身段去考那么一次？最后还是摇了摇头，去扬州玩玩可以，去长安考试，还是算了。望着长江远处水天相接，遐想这黄鹤楼仙人飞天的传说，心中默念：当你背上行囊卸下那份荣耀，我只能让眼泪留在心底。面带着微微笑，用力地挥挥手，祝你一路顺风。

诗的后两句写景妙在动静结合，孤帆与碧空融为一体，无尽的一幅水墨画，以蓝色为背景，一点小舟似行非行，这种画面的震撼力如同"大漠孤烟直""千山鸟飞绝"一样，静谧中蕴含动感，"言有尽而意无穷"，从意到景都含蓄隐忍，富有张力，达到了文学中的美。

写得好！

七

当然，第三句历史上还有另一个版本，"孤帆远影碧山尽"，到底哪个好，仁者见仁智者见智，这里就涉及遣词造句。

接下来，谈谈第四个角度：学词句。

提到遣词造句，最出名的莫过于"推敲"的典故。故事里的贾岛属于苦吟派诗人，写诗写得苦哈哈，是个纠结帝，写诗的时候每个字都要反复掂量，"两句三年得，一吟双泪流"。这天想到"鸟宿池边树"，后半句纠结是"僧敲月下门"还是"僧推月下门"，结果半道撞上了京城市长韩愈的车子，韩市长一番指点，留下一段佳话。

词句的美妙需要琢磨，一字之差，意境迥异。比如"人面不知何处去，桃花依旧笑春风"的笑，"春风得意马蹄疾，一日看尽长安花"的疾，"沾衣欲湿杏花雨，吹面不寒杨柳风"的沾，"小山重叠金明灭，鬓云欲度香腮雪"的度，"东风夜放花千树，更吹落，星如雨"的放，都是点睛之笔，换成其他字韵味全然不同，相信这都是苦苦思索，反复推敲得来的。

再比如，回文诗也是词句技巧的一种，就是正读倒读都是绝佳的句子。苏东坡曾写道"潮随暗浪雪山倾，远浦渔舟钓月明"，看起来只是普通写景描画的诗句。亲，接下来就是见证奇迹的时刻，我们现在从后往前读，"明月钓舟渔浦远，倾山雪浪暗随潮"，竟然没有违和感，意境不减，文字游戏玩出了花样和水平。

读诗歌读到这一步，就读到了语言的美，读起来就不再是一头雾水，一脸茫然，而是"书卷多情似故人，晨昏忧乐每相亲"。

八

如果语言之美嫌麻烦，那就说说第五个角度：赏韵律。

所谓"好读书不求甚解"，有人问你诗句到底讲什么意思，其实不必解释，就对着他露出神秘的微笑，说不定他也受到刺激回家翻诗词去了。

诗词格律严谨，读起来朗朗上口本身就是一种愉悦感，像快板、顺口溜、歌谣等也有这个规律，比如"玲珑塔塔玲珑，玲珑宝塔十三层"等等，读来甚爽。

我们知道苏东坡还有首出名的诗，"赏花归去马如飞酒力微醒时已暮"，因为断句不同，可以变成好几首诗。

比如：

赏花归去马如飞，去马如飞酒力微。

酒力微醒时已暮，醒时已暮赏花归。

明清时期更是盛行，有咏四季的也很有意思，列举一首：

春（莺啼岸柳弄春晴夜月明）

莺啼岸柳弄春晴，柳弄春晴夜月明。

明月夜晴春弄柳，晴春弄柳岸啼莺。

所以诗歌大可不必供置于庙堂，望而生畏，生活中随手翻出几篇读一读，跟古人谈谈心，寻找下韵律和文字的妙用，就如同欧美人玩 crossword puzzles，"采菊东篱下，悠然见南山"，生活不仅仅是眼前的苟且，一抬头就是诗和远方。

九

说到最后，说不定还是会有朋友问要读什么书。

读书总是好事，那就成人之美。读书肯定读经典，其实大家肯定都知道《唐诗三百首》或者《宋词三百首》，但是很多人背不下来，毕竟加一起要六百首。如果你嫌数量太多了，那就少一点，叶嘉莹先生最近有一本书叫做《给孩子的古诗词》，诗词加一起218首，还可以跟孩子一起读。

如果你兴趣超过这个层次，可以另外辅以相关书籍，比如朱自清的《诗言志辨》或者瞿蜕园和周紫宜的《学诗浅说》，打打诗的基础，再加上《唐诗鉴赏辞典》一类的赏析类书籍，就算是得窥门径，如果行有余力，读到钱钟书先生的《宋诗选注》之类书籍，应该就可以报名参加下一届中国诗歌大会了。

期待你。

12.
聊聊内向这个事儿

很多人都觉得自己性格内向,甚至认为自己当下的命运也全是性格造成的。每每听到这样的抱怨和倾诉,我都会想起我自己。其实,性格一直是我惆怅多年的心病……

我从小就是一个极度内向的人,所谓上树掏鸟蛋等等传统定义中的男孩特质在我身上并不明显,我手中也会有鸟蛋,但通常是看别人爬树掏鸟蛋,等人家下来分一个鸟蛋。在妈妈眼中,我是一个非常听话的乖孩子,主要是因为我不像别的小男孩一样淘气,从而让妈妈省了不少心,但是小时候极度老实的孩子将来可能更麻烦。

性格内向的另外一个特征就是不怎么讲话,这个毛病一直伴随我很多年,甚至成为我生命的底色。

因为小学成绩优异(成绩优异这四个字只伴随我的小学五年,之后每况愈下,再后来彻底绝缘),免不了有很多机会在全校表彰大会上发言,我总是会戴一个亲戚送我的公安大盖帽,大盖帽正好把眼睛遮住,自己上台就兀自低头念稿子,念完就下台。上台前心砰砰砰乱跳,下台后还要砰砰砰乱跳,在台上心更加是砰砰乱跳,有时候心跳的声音甚至大过我发言的声音,我甚至为了不讲话而刻意多错几道题考第二名或者第三名。但是人算不如天算,即使多错几道也能考第一,这就全靠小伙伴的衬托了。

小学的时候,我基本不和女生讲话,那时候的男生女生之间还是划三八线的时代(注意我用的是划,不是画)。男生女生之间划三八线应该是特定时代的产物,主要是用这种外在形式表示自己想跟女生拉开距离的决心。决心的表现形式就是用刀子在桌子上划深深的沟痕,沟痕越深表示决心越大,仇恨越深,越容易受到同类的尊重和认可(注意我用的是同类,不是同性)。如果哪个男女同桌的课桌面上没有这个,那就可以视为感情不错,那就可以拉过来进行道德批判和口诛笔伐了。其结果很凄惨,就是所有男生都不会跟他讲话,用孤立他的方式来表达跟他道不同不相为谋的决心(其实是用这种方式来掩盖自己内心的羡慕嫉妒恨)。

认真想来,我小学还是有过两个女同桌的,一个好看,一个没那么好看,好看的那个我看了心会砰砰砰乱跳,没么好看的那个我看了心也会砰砰砰乱跳。好看那个我是主动给划了三八线,因为我不想被广大男生孤立(我从小就特别有集体荣誉感),但是她过线了我从来不用尺子戳她;没那么好看的我也是主动给划了三八线,而且执行力度比较严格,她的胳膊只要靠近三八线,我的尺子就会靠近她的胳膊。但是,总体来讲,我是基本不和女生讲话的,或者也讲,但是脸会红,这个习惯一直保持到高中,当然,这个毛病现在很值钱也很值得怀念。

后来,有一件事情改变了我的人生,那是一个关于猪大肠的故事。

我小时候很挑食,这个好习惯一直保持到了现在。我确实很挑剔,味道奇怪的东西和长相奇怪的东西我基本都不吃,比如臭豆腐,比如各类动物的心肝脾肺肾肠胃以及各类动物的血,所以虽然我到南京已经很多年了,但是我基本上没怎么吃过鸭血粉丝汤。所以,猪大肠这种听起来恶心、看起来奇怪的部位,肯定不在我的饮食许可范围之内。这是故事的背景。

有一次,到一个远房亲戚家做客,午饭的餐桌是一个大圆桌,对于幼小的我来说,我只能够到面前的一个菜。农村不比城市,那圆桌肯定是不可以旋转的,大家吃饭的方式是过一会儿换一换盘子,这样每个人能调剂下。

也许就是命运的安排吧,饭开始的时候,我的面前赫然放着一盘猪大肠。此时，我的面前有两个选择，一个是站起来或者对主人说，我想换换菜，那我就必须要开口讲话；另外一个，就是吃猪大肠。人生的纠结莫过于此，不想选却不得不选。

思考一阵之后，我的决定是，吃猪大肠。

已经记不得猪大肠是什么味道，反正就是往嘴里塞，然后随便嚼两口简单囫囵吞下，幸好盘子不大，还有些蔬菜，我也就这样咬着牙，屏住呼吸拼命往嘴里塞我这辈子再也不想吃的猪大肠（写这段文字的时候竟然胃里也是一阵风起云涌）。有一个成语叫度日如年，不是说日子过得很快乐像过年一样，应该说日子过得很痛苦，像没有钱的人过年一样。终于，猪大肠被我吃得差不多了，我也看到了曙光，因为当这个菜已经没剩多少的时候，主人无论如何也要给我换换菜了。

这时候，高潮出现了，男主人对着女主人喊了一嗓子：没想到这小家伙这么喜欢吃你做的猪大肠，再给他来一盘猪大肠！

我苦苦坚守的心理防线在一瞬间坍塌、崩溃、粉碎，终于，我人生中第一次战胜了自己的胆怯，喊出了我的心声：我不要吃这个东西，我想换一个菜吃！

依稀记得，当时有泪珠从我的小脸划过。

依稀记得，除我之外，一桌子的欢声笑语。

我亲戚摸着我的脑袋，说何必呢。

何必呢。

其实，一直到现在，我都不是一个外向和自来熟的人，我要讲话的时候通常是不讲没办法、不讲不合适、不讲不礼貌，既然讲了，那就争取讲得好一点儿。

性格大概确实可以改变命运，不过，我也相信：生活的磨砺可以慢慢改变性格。

因为，每个人都可能遇到自己的猪大肠。

13.
感慨人情凉薄，不如强大自我

一

我曾写过一段话：这两年找回了很多很多老朋友，尤其是我小学、初中和高中的同学、老师、班主任……

就是这句，引发了一些朋友的回复和讨论。

有一条是这么说的：川哥，我想最近不是你找回了好多同学，而是很多同学找回了你，人情薄凉就是这么回事……

我回复说：他们都存着跟我有关的记忆，所以，也算彼此成全。

不过，他所提及的这个话题很典型，我们成长路上其实绕不开。

那就一起来谈谈。

二

在我们不名一文的时候，在我们还没有证明自己的时候，在我们不是名人还只是人名的时候，我们确实可能会面对冷遇，不被重视，遇到我们认为的不公，得不到我们想要的尊重……

我们似乎有理由说：这真是个功利的世界！

我不这看。

我一直认为：这个世界对你的评价，取决于你的实力。

你可以说这个世界很功利，也可以说这个世界很公平。

毕竟，你看看前面这些条件：不名一文，没有证明自己……

问题来了：那我们凭什么要世界的青眼相看？凭什么世界对我们温暖有加？

感慨人情凉薄，不如强大自我。

没有强大以前，不妨慢慢蜕变。

三

这个话题可以讨论具体一些。

多年以来，我自己一直有个原则：无论做兼职还是找工作，只要我想要这份工作，我肯定不问待遇，从来不问。

我 2006 年去新东方应聘的时候，面试回来，有很多人问我新东方给开多少工资，我说不知道。他们会说那你没问么？我说没问啊，我又不是冲钱去的，为什么关心这个？

别人就会从嘴边不屑地发出一声"切"。

新东方吸引我的有两个，一是上课被尊重的感觉，二是一笔特殊的经历。将来这笔经历肯定值钱，即使一分钱不给，我也愿意尝试。更何况好歹还有钱，我当然不需要问给多少。再退一步说，给你多少钱，取决于你值多少钱，还没有证明自己之前，你说你值多少钱？

所以跟薪酬有关的事儿，我从头到尾一个字没问。

我后来到南航工作，刚入职的时候，也有很多亲友关心，南航给开多少工资？我说不知道啊，没问啊，给多少是多少啊。

很多人又不相信，觉得不可思议。

我心中想的还是那句话：没有证明自己以前，你觉得你值多少钱？

你证明了自己很值钱，你觉得一个很需要你的单位会不给你钱？

不给也没关系，只要你值钱，只要你证明了自己，这里不给，别处会给。

四

其实,如果说人情凉薄,我应该是有不少体验。

讲两个故事。

第一个故事,2017年,十九大结束以后,我回到我的山东老家。

市里活动安排得挺满。我在市里给全市的共青团干部讲课,在我当年的高中体育馆给全县的干部和师生讲课,在我当年的初中跟教过我的老师们座谈回忆过去……

介绍我时,都会提到优秀毕业生等的客套介绍语。

但是,我必须承认,我从来都不是传统意义上的优秀学生。

我初中的时候没有考过几次第一,也没有考过几次前三,应该没考过几次前五。

我高中的时候更惨,因为学习不好,当年是需要额外缴费的学生。

当年,我去学校报到比别的同学晚两天,等正常的考生安排完了,才是我们这些递补进来的学生。所以我进入学校的时候,大家都在上课,也没有人管我,也看不到新生报到处或者指示牌,我就一个人在偌大的校园里到处找宿舍和教室。找来找去找不到,又自卑羞涩不敢开口找人求助,疲惫不堪的自己蹲在学校的大树下茫然四顾。

我姐姐当时读高二,她在楼上的窗户里看到了我蹲在地上那种可怜窘迫的模样,当时就看哭了。

不过,我想说的不是这些痛苦和黑色时光。

我想说的是,我肯定不会选择性遗忘,我也坦承我过去所有的成长。

但是,我也肯定不会感觉回到当时找不到存在感的母校就有争一口气的快乐。

当年也许我确实没有得到诸多特别的恩宠、照顾或者青眼相看,那是因为我当年也确实没有凸显让人眼前一亮的天赋、才华或者能力。

我对所有培养过我的母校和老师充满感情,何况那里还寄存着我的青春。

寄存着一个对未来充满迷茫却依然坚定跋涉的少年的梦想。

所有母校老师回忆中的我,都是我,不管模糊还是真切。

至于今天受到的种种礼遇和没有想到,也不至于感到快意或者悲哀。

五

第二个故事,关于出书的故事。

这几年我陆陆续续出了好几本书。

我现在出书确实容易多了,每想到一个选题,都会有十几家出版社想合作。

也渐渐有了讨价还价的空间和余地,也能享受一线作者的条件和待遇。

但是,过去很难。

真的很难。

十年前,我捧着自己积攒了几年的书稿到处求爷爷告奶奶,然后四处碰壁。

我把我的书稿寄给出版社编辑,收到的多半是淡漠的回应和苛刻的条件。

一般作者出书自己要付钱,两三万是起步价,一级出版社更是要四五万起步,你自己还得负责销售或者回购一批回来自己卖。

版税?开什么玩笑,给出版就不错了,哪里有版税。

我记得特别清楚,当年我拿着自己润色加工后的讲课稿《中国传统文化概论》到处找出版社,找了很多家。

无一例外，每一家出版社都要我自己花两三万买书号，然后印刷小几千册，我还得负责买一部分。

我大概还是看得起自己的，我说我这本书如果花一分钱出版，都是对我的侮辱。

一晃十年，这本书最终落在了商务印书馆。

我把过去的这些花絮讲给编辑们听，他们回复也很直率：此一时也，彼一时也。

六

我讲这些，不是想说，这个世界就是这么功利，人情就是这么凉薄。

我只是相信，我们都要经历一段被人认可的时光。

在慢慢强大的路上，我们要看淡所谓薄凉。

有时候，换位思考下，确实也是时机未到。

比如说传统文化的选题，我们很清楚，十年前出我这种高校学生工作者写的书，确实没市场。

但是今天不一样，在中国日益走近世界舞台中央的今天，谁都知道我们要开始寻根之旅。因为我们不可能在别的国家的发展轨迹里找到自己的未来，我们之所以成为我们，中国之所以成为中国，答案只能在我们的传统文化里。

我们需要不忘本来，面向未来，吸收外来。

只不过我想的早一点，十年前我就坚信这一点，所以十年前我就开始讲传统文化，琢磨传统文化，但是那时候很多人看不到。

比如说在并不算景气的出版市场，任何一家出版社都不能以亏本为代价为目标。换位思考，人家为自己的出版社多争取些利益，这并不能说多么的残酷无情和不可接受。

换句话说，现在的种种待遇是因为你证明了这几年在不断雕琢自己,不断超越自己,不断挖掘自己的价值。

过去的几年,我的每一本书都能让出版社盈利,这是证明自己的过程。

你自己值钱了,当然有人愿意给你投资,因为你值。

当你把百分之九十八做好的时候,全世界都愿意为你做剩下的百分之二。

这很现实,这很功利,但是这也很公平。

七

我也一直有自知之明。

过去有,现在也有。

2007年前后,我因为担任女足世界杯的翻译官,带着英格兰国家队在我们的天津、上海、成都、杭州四个城市打比赛,结识了不少人,包括很多政府的官员,很多体育部门的主管,很多体育场馆的负责人。

大家也会很客气,说徐老师以后到这个城市一定要打电话给我,我去机场接你;你一定要到我这里来做客;你一定要来我这里游泳、看球、锻炼……

当年,过去的十几年,我从来没有在有需要的时候打扰任何一个人,没打过电话,更没有去任何一个人那里游泳、看球、锻炼……

人必须要有自知之明。

因为我知道十年前的那些客气话和人家递过来的名片,只是工作相关,只是业务往来,只是萍水相逢,只是当时我的身份重要,只是当时我的平台挺好。那时候的我不是真正的强大,我们也不是建立在平等关系和深度交往基础上的真正朋友。

如果你真的没有自知之明,其实可能找寻的就是尴尬。

八

现在也是,因为各种机缘,也会认识各种牛人大咖。

有身家不菲的老总,也有社会各个层面的精英。

我很少去骚扰别人,我也很少给别人添麻烦,更加不会在聊天聚会兴致上来的时候炫耀我跟谁谁是朋友,然后当场给人家打电话让人家电话里说两句表明我没有吹牛。

你觉得是朋友,人家未必觉得是。

当时加了个好友,不代表你们就是一路人。

或者也算是朋友,但是仅限于当时的那个场合与环境。

我们永远不应该用别人来支撑自己的强大,而应该把心思放在经营自己上。

九

话说回来,如果你在顺风顺水的时候对这个世界没有那么多不切实际的期待,你也就不会在自己失魂落魄的时候有那么多感慨;如果你没有对今日的车水马龙得意忘形,你也不会对将来的门可罗雀耿耿于怀。

所谓宠辱不惊,所谓物我两忘,不过是对自己有清醒的认知与评价。

这个世界对你的评价,永远取决于你自己。

过去是,现在是,将来也是。

感慨人情凉薄,不如强大自我。

青春与追求

1.
是时候谈谈独立思考了

一

在这个世界，保持独立挺难的。
不管是经济独立、思想独立，还是金鸡独立。
因为独立往往意味着做自己，自己做。
独立往往意味着不能依赖别人，不能跟随别人。
但是很多人学不会。
毕竟，长期以来，我们习惯了从众，习惯了跟随。
习惯了把决定的权利、判断的权利、辨别的权利交给别人。
如果凡事靠自己，会本能地慌乱。
多元的世界会有多元的选择，选择多了自然是好事。
但是如果面前有了选择却没有选择的能力，道路依然曲折。

二

网络时代教会我们不少语录，或者所谓语录。
比如："如果天空是黑暗的，那就摸黑生存；如果发出声音是危险的，那就保持沉默；如果自觉无力发光，那就蜷伏于墙角。但不要习惯了黑暗就为黑暗辩护；不要为自己的苟且而得意；不要嘲讽那些比自己更勇敢热情的人们。我们可以卑微如尘土，不可扭曲如蛆虫。"
有人告诉你，这是曼德拉说的。

比如:"雪崩时,没有一片雪花觉得自己有责任。"

有人告诉你,这是伏尔泰说的。

比如:"愿中国青年都摆脱冷气,只是向上走,不必听自暴自弃者流的话。能做事的做事,能发声的发声。有一分热,发一分光,就令萤火一般,也可以在黑暗里发一点光,不必等候炬火。"

有人告诉你,这是鲁迅说的。

比如:"起初他们迫害共产党员,我没有说话,因为我不是马克思的信徒;后来他们迫害犹太人,我没有说话,因为我是日耳曼人;再后来他们迫害天主教徒,我没有说话,因为我是新教牧师;最后他们迫害到我头上,我环顾四周,却再也没有人能为我说话。"

有人告诉你,这是美国波士顿犹太人屠杀纪念碑上马丁·尼莫拉的短诗。

比如:"我们知道他们在说谎,他们也知道他们在说谎,他们知道我们知道他们在说谎,我们也知道他们知道我们知道他们在说谎,但是他们依然在说谎。"

有人告诉你,这是俄罗斯作家亚历山大·索尔仁尼琴说的。

耳熟能详么?

深以为然么?

全盘接受么?

三

我们就从语录出发,聊聊什么是独立思考。

独立思考就是用自己的头脑去判断,去质疑,去求证。

独立思考,就是你逻辑体系的建构从基座到支撑都要来源可靠,有所依凭。

真相只有一个,真实的力量才最强大,不要人云亦云。

比如曼德拉到底有没有说过这话?在哪里说的?在什么场合

说的?

比如美国纪念碑上到底有没有这些短诗?短诗原文是怎么说的?

不是说这些语录的内容就不行不好,而是希望从语录入手,聊聊独立思考。

如果从最开始就没有理性和质疑的态度,或者说你思考的很多个环节链条是由虚假的证据和素材构成的,这样建成的一座逻辑大厦会足够牢靠吗?

四

同样,我们还可以补充更多语录。

比如:世界上只有一种真正的英雄主义,那就是在认清生活的真相后依然热爱生活。

比如:群众从未渴求过真理,他们对不合口味的证据视而不见。假如谬误对他们有诱惑力,他们更愿意崇拜谬误。谁向他们提供幻觉,谁就可以轻易地成为他们的主人;谁摧毁他们的幻觉,谁就会成为他们的牺牲品。

比如:大众没有辨别能力,因而无法判断事情的真伪,许多经不起推敲的观点,都能轻而易举地得到普遍赞同。

比如:群体感情的狂暴,尤其是在异质性群体中间,会因责任感的彻底消失而强化。

比如:有时候真实比小说更加荒诞,因为虚构是在一定逻辑下进行的,而现实往往毫无逻辑可言。

比如:流言这东西,比流感蔓延的速度更快,比流星所蕴含的能量更巨大,比流氓更具有恶意,比流产更能让人心力交瘁。

这些有没有出处?

有。

它们分别来自于罗曼·罗兰、勒庞、马克·吐温和钱钟书。

五

什么是独立思考?

独立思考就是我告诉你了,你也最好带着点质疑精神,确认这些话的真实性和可靠性。

不要大家都说,你也跟着说,不要大家都信,你就跟着信。

毕竟"羽毛量多,其重可使舟沉。物轻量大,亦可使轴断。众口一词,虽金石亦可熔化;多人毁谤,纵骨肉亦遭毁灭"。

有出处么?

有。

来自《史记·鲁仲连邹阳列传》。

这个时代的我们似乎都缺少了求证的耐心和质疑的精神,我们喜欢偷懒,我们害怕辛苦,我们不想花费时间去判断真伪对错,我们也不想去考证谁是谁非,最好你就直接告诉我们,到底谁是坏人,然后我们一拥而上,一起把他吃掉。

头脑是自己的思想自留地,不是别人的观点跑马场。

网络上有个著名句型:有些东西限制了你的想象力,比如贫穷限制了你的想象力,比如善良限制了你的想象力……

其实,限制你想象力的,主要是你的态度。

六

这个世界是善,是恶?

其实也简单,有善有恶。

所谓三观,就是给你一副眼镜,寻找光明,或者黑暗。

这个世界每天都在发生着形形色色的事情,总有捕捉不完的焦点,议论不完的话题,光靠阅读娱乐八卦就可以虚度一生。

你认为这个世界是什么样，往往就越来越相信就是这个样。

于是，这个世界也就真的成了这个样。

所谓独立思考，就是不要轻信，不要盲从，不要认为这个世界只有一副面孔。

这个世界一直有美好，也有丑恶，有正义，也有冤屈，有光明，也有黑暗。

得益于部分媒体的放大和聚焦，得益于追新猎奇天性的推波助澜，得益于大数据的推送和强化，在我们的怀疑和本就模糊的信仰之下，我们有了自己的"黑色词典"。在我们曾经的"词典"里，城管可能是要打人的，警察可能是要滥用职权的，官员可能是有多套房产的，教授可能是要变野兽的，导演可能是要潜规则的，地上躺着的老人可能是要讹诈你的⋯⋯

我们就这样被驯养，你的浏览历史暴露了你的习惯你的喜好你的注意力，于是就可以给你推送足够多的符合你口味的食粮，你喜欢八卦就给你推送八卦，你喜欢娱乐就给你推送娱乐，你喜欢看暴力就给你推送暴力。

于是在这样的逻辑之下，我们变得越来越单薄，而且凭空多了很多不信任感，于是我们开始怀疑，开始抛弃，开始颠覆，然后呢？

然后，我们恐慌了。

然后，我们迷茫了。

七

生活确然是存在种种丑恶和谬误的，我们不是活在真空。

但是，这个世界的主流和走向一定是更加光明，更加美好。

因此，生活的种种丑恶和谬误并不是教我们做一个怀疑论者，生活也不是教我们整天生活在不信任的恐慌之中，生活不是教我们整日惶惶如在地狱。

生活只是教我们做一个聪明的好人，不给坏人作恶的机会，不给好人受伤的可能，发现真善美，鞭挞假恶丑，这才是美好生活和美好世界。

唯有如此，才可能不轻信、不盲从、不上当、不受骗，才可能遇到满腹经纶、学高身正的教授大师，才可能遇到慧眼识才的导演，才可能遇到感恩戴德的跌倒老太太，才可能遇到热心助人的警察叔叔……

当然，也才可能用正确的经典名言来激励自己奋斗不息。

在任何时代，美好的未来都不可能在善意的恶搞、轻松的颠覆和随意的解构中找到出路，我们还必须回望来时路，还必须勤于思考，勇于担当，善于总结。

所以，是时候谈谈独立思考了。

2.
青年节里谈中国

在五四青年节,我们一起谈中国。

一

最近的几年,我们的视野里突然多了一些概念,比如中国模式、中国道路、中国自信等等,而中国文化和中国故事更是随处闪耀。

为什么?为什么要强调中国这个定语?

另外,"普世价值"这个在过去略显中性的词汇现在也被重新审视,我们不再说普世。

为什么?普世究竟怎么了?

道理很简单,普世就是普适,普适就是通用,通用就意味着放之四海而皆准。那么问题来了,通用的标准谁来制定?评判的依据谁来掌握?放之四海的责任谁来助推?

答案很明显,谁的话语体系,谁来决定标准;谁制造的概念,谁来确定内涵;谁建构的体系,谁有动机推广到全世界。

问题的关键在于,使用谁的话语体系,就要匹配谁的标准,就要受谁的制约。而在话语体系的融入和模仿照搬的问题上,我们吃过亏,上过当,走过弯路,交过学费。

二

先讲两个故事,也许看起来跟主题并不相干。

说说《读者》和《读者文摘》的纠纷问题。《读者》杂志我们都无比熟悉,它创造了中国杂志的很多纪录,稳居中国期刊排名第一,亚洲期刊排名第一,世界综合性期刊排名第三,可以说有华人的地方就有《读者》,被誉为"中国人的心灵读本""中国期刊第一品牌"。

但是它创刊时的名字并不叫《读者》,而叫《读者文摘》,就是这个名字引发了一场风波。1982年初,美国杂志Reader's Digest(译为《读者文摘》)致函杂志社,指出中国版的《读者文摘》侵权,要求中国版的《读者文摘》道歉并改名,中美两家杂志社的版权之争从此开始。到了1992年,争论再次升级,美国《读者文摘》再次委托律师致函中国《读者文摘》,要求停止使用中文商标《读者文摘》。最后,这个长达十几年的纠纷,以中国版的《读者文摘》败诉而告终,1993年3月号《读者文摘》刊登征名启事,1993年7月号《读者文摘》正式改名为《读者》。

第二个故事,谈谈语法。我们从小就学语法,但是很多人都有误解,以为中国的语法应该就像中国的文字源远流长,历史悠久,一枝独秀,称霸全球。其实,我们的语法研究比西方晚很多年,只是个新兵,不过百年历史,而英语和印欧语系的研究可以追溯到两千多年前,"语法"这个词当然也不是我们的本地货。我们就是仿照西方的语法来建立我们的语法体系的,但是模仿也带来了问题。清末国语运动后,马建忠、黎锦熙、高名凯、王力、张志公等学者仿造西方语法开创语法研究的学问,1898年马建忠参照拉丁语法体系,在《马氏文通》一书中创造了一套汉语的语法体系,这是中国语法学的发端。然而,汉语不同于西方语言,我们的名词没有宾格主格的变化,也没有性和数的区别,动词不分人称,也没有时态,没有严格意义的形态变化。这一不同于欧洲语言的特点,使得在历史上很长一段时间内,汉语被很多语言学家认为没有语法,也没有词类。直到20世纪著名历史学家威尔·杜兰在《文明的故事》第一卷《东方的遗产》一书中仍然认为汉语没有语法和词类。

三

故事讲完了,再看开篇的问题。

两个故事角度不尽相同,有版权的纠纷,有模仿的问题,但背后的道理是相通的也是易懂的,就是当别人建立了一个体系在那里,你要想融入,就必须改变,变成别人可以接受的模样,或者别人希望你变成的模样,否则,你就是有问题的。

在这个世界上,只要你使用别人的话语体系,只要你使用别人的标准,也就意味着要使用别人的词语、别人的定义和别人的概念,别人也就同时拥有了肆意指摘和评头论足的权利。秦始皇为什么要车同轨,书同文?就是为了建立统一的标准。如果说硬件技术的统一标准是为了对接的便利和进程的融合,那么本应该百花齐放、满园春色的思想、文化、精神如果也强求统一,那就将引发无休无止的争吵和批判。而且,当你使用别人的标准来映照自己的时候,会突然发现自己很多的不适应甚至不正确,于是,对自身的怀疑和自我否定也就随之而来。

比如中国的市场经济改革已经很多年,也取得了举世瞩目的成就,但是在武林中还是没有名号,很多人还是不承认中国是市场经济(或许等到中国成了世界最大经济体的时候,才有资格重新定义市场经济)。同理,用别人的体系和坐标来映照,中国的语言是有问题的,你看这么多东西用"语法"都解释不了,汉语根本就不符合语法,竟然没有单数复数和主格宾格,那汉语必须要改;中国的医学当然也是有问题的,因为你们不符合西医标准,你们竟然靠刮痧,竟然用针灸,竟然讲脉络,竟然练气功?在别人的手电筒照射之下,你经常是被批判的,这是不合理的,那是不合法的,这些又是不合情的,你们这样不是自由,你们这样不是民主,你们这样是侵害人权,你们必须要改。问题还不止于此,别人还拥有话语和体系的解释权,就是别人可以修改，可以偷换概念、偷梁换柱，可以指鹿为马、指桑骂槐，可以双重标准，可以双重人格。

四

话语体系的建立者，近代以来毫无疑问是西方，现在毫无疑问也是西方，但是未来，不能毫不犹豫认准西方，或者不应该只是西方。

所以，我们必须要走自己的道路，因为这个世界上没有两片相同的树叶，没有两个一样的国家。如果说我们的民族文化、国土面积、人口密度、历史传承、地理环境跟别的国家统统都不一样，凭什么思想、道德、伦理、文化、制度要一样？或者，又为什么要一样？

所以，我们要走自己的道路，还因为我们的祖先不在西方。我们过去有自己的模式，将来也必须有自己的模式，尤其在虚心学习别人之后的中国模式。我们有几千年的治理经验，我们有自己一脉相承的传统文化，我们有自己亘古不变的炎黄尧舜。过去我们说"天不生仲尼，万古长如夜"，其实没有仲尼，我们还有孟子老子墨子韩非子，万古也并不如夜。同样道理，这个世界永远不是只有一盏灯可以照亮通向未来的道路。在轴心时代，这个世界上同时拥有老子、孔子、苏格拉底、柏拉图、基督耶稣和释迦牟尼，这个世界从来都是将来也一定是百花齐放。

五

强调中国模式和中国话语，还有一个现实的国情问题。我们需要虚心学习，但不能是没有标准、没有原则、没有坚守地盲目学习。看看一些人，他们眼睛里只有西方，电影看西方，经济学西方，科技跟西方，技术仿西方，节日随西方，甚至语言都在学西方。看看我们周围学英语的，即使我们知道中国生产了世界上最多的"哑巴英语"患者,即使我们知道中国生产了世界上最多的英语专业学生,我们还是不知道躬身自省,还是不知道及时调整,还是忍不住从中学开始学英语,从小学开始学英语,甚至从幼儿园就开始学英语。

说说美国。在过去,辉煌和荣耀都不属于美国,人类荣耀的历史上镌刻着希腊罗马,镌刻着泱泱大中华。中华在很长的时间里就是世界第一,美国是否能够延续千年超越它们的光辉时刻?恐怕也只能拭目以待。

这个世界上只有一个美国,没有也不会有第二个美国,因为没有任何一个国家能够重现美国之所以成为美国的内部和外部环境。而且实践是检验真理的唯一标准,美国通行价值也实行了这么多年,可有第二个富强民主文明的美国出现?

美国又允许么?

六

这个世界上只有一个中国,中国只能有一种文化。我们的未来就是要打造中国模式,坚持中国道路,培养中国自信,涵养中国气质,宣扬中国故事,传递中国声音。只有民族的才是世界的,只有特色的才是优质的,所有一味模仿却不知为我所用的邯郸学步,都只能踩在别人的巨大脚印里,也只能卑微地活在别人的阴影里。我们的未来,注定不可能在其他国家和民族的发展中通过模仿和复制而找到出路。

七

说中国其实是为了说青年,谈未来目的是为了靠青年。国家和人一样,国家不能成为别人的附庸,青年也不能复制任何人。国家和青年都要做唯一的自己,而不是第二个别人,如果眼睛里老是看着别人,也就迷失了自己。

　　寻找属于我们的中国道路,这就是中国的命运,也是所有青年的责任。

3.
道理你都懂，不是真的懂

一

一个学生在网吧里待了一天，我从网吧里把他揪出来。
阳光下，脸色憔悴，头发打绺，黑色的衣服上布满了头皮屑。
聊了很多，关于未来、关于学习、关于梦想……
他突然咧嘴笑了：老师，大道理我都懂，但是我做不到。

二

一个学生一边和我聊天，一边不时地查看手机。
没忍住，问他：有什么大事，要一直不停看手机？
老师，这就是我的一个烦恼，快考试了，控制不了玩手机。
把手机关了就行了啊。
把网络关掉就行了啊。
上自习不带手机就行了啊。
但是，老师要是有人联系不上我怎么办？
跟父母说下就行了，生命里有几个人离开你不行？
点点头，转身要离开，又回头：老师，道理我都懂，但是，我做不到。

三

学生失恋了,跟我倾诉,谈到前男友的种种不堪。

听得忍无可忍,问她:事实这么清楚,分手不是很好?

但是,我还喜欢他啊,习惯了有他,失去会难过。

我们都要学会习惯,习惯了得到,习惯了失去,习惯了更好的生活。

不往前走,怎么能看到更好的风景?

老师,道理我都懂,可是我就是很难过,我该怎么办?

四

为什么道理都懂,却做不到呢?

衣橱里的漂亮衣服穿在身上,却扣不上扣子,你知道,该减肥了。

但是,一个月后,你很可能依然穿不上那件想穿的衣服。

道理,好像也懂了,不减肥就穿不上好看的衣服。

但是没有行动,为什么呢?

这是个古老的命题。

五

两千多年前,我们的先辈就说"非知之艰,行之惟艰"。

翻译成白话:道理我都懂,就是做不到。

有一部电影,叫做《闻香识女人》。

里面有句台词:"Now I have come to the crossroads in my life. I always knew what the right path was. Without exception, I knew. But I never took it, you know why? It was too damn hard."

意思不复杂:走到人生的十字路口,毫无疑问,我知道哪条路是对的,一直都知道。但是我从未做过正确选择。理由很简单,因为这条路实在太难了。

知易行难,诚哉斯言。

六

你说你都懂。

其实你不懂,或者,不是真懂。

不只是我这么说,有一位智者也这么说。

他说:"未有知而不行者,知而不行,只是未知。"

他现在也很红,他叫王阳明。

有很多学生,在考试前一天,总要刷夜,提醒也无效。

道理我们都懂,但是没复习完,心里很不安。

有一天,一个女孩子在考试开始的三个小时前晕倒了。

被送进医院,进了急诊。

过了一个小时,女孩子醒了,问她:感觉如何?

她说:我以后再也不刷夜了。

刷夜对身体不好,这个道理她应该真的懂了。

还是王阳明,他又说:知行合一。

是了,知道然后体验或者实践,这才是真的懂了。

七

有句话大家很熟悉。

听过很多道理,却依然过不好这一生。

为何?因为道理在听,而人生要过。

所以，听懂是骗人的，实践是可靠的。

比如坚持才会成功，比如人要有梦想，比如爱拼才会赢，比如只要功夫深铁杵磨成针，比如老天给你两只耳朵一张嘴是为了让你多听少说……

但是，好像没用。

我想减肥，但是我迈不开腿，管不住嘴。

我想谨言慎行，但是我修养不够，经常冲动。

我想认真学习，但是我忍不住打开手机。

……

所以，是真的懂了？

不是真懂，也不是真的想改。

八

道理就是经验的积累和升华。

经验是怎么来的呢？经验是无数次的试错、改错和坚持。

所以，道理是别人的，道路是自己的，听别人的道理，还必须要走自己的路。

否则，道理就永远真的只是道理，变成了无比正确的废话。

我可以给你一把梳子，但是前提是你得有头发。

九

纸上得来终觉浅，不往前走很危险。

要真想改变，你必须行动，必须前行，必须试探。

我们有没有见过一个早起勤奋谨慎诚实的人抱怨命运不好？

我们有没有听见一个全力以赴刻苦努力的人感到迷茫？

当我们在感慨、抱怨，抑或享受、炫耀所谓"迷茫"的时候，他们正在奋力前行。

当我们在以"没有方向""没有动力"而松懈以及轻易原谅自己的时候，他们正在咬牙坚持。

当我们在为选这样还是选那样而纠结烦恼的时候，他们已尝试了各种可能并找到了真正适合自己的路径。

当我们因为目标不明而裹足不前的时候，他们早已在无数次实践和探索中明确了自己的方向并义无反顾地奔向远方。

十

抱怨读书无用的人，往往没看过多少书。

抱怨无法改变的人，往往没做过多少改变。

一直在前行的人，往往没时间纠结。

时间不够用的人，往往没工夫迷茫。

在青春最好的年龄，就应该奔跑起来。

不要害怕尝试，不要因为"难以权衡""不好选择"就左顾右盼纠结烦恼，不要因为"看不清楚""想不明白"就停下探索的脚步。

生活中有些需要坚守的信条。

你的每一次用心的准备，都将为你在未来的选择增加几分从容。

你的每一次辛勤的付出，都将为你在未来的选择带来更多可能。

青春可以不迷茫。

不妨忙碌起来，不妨行动起来，不妨充实起来。

以开卷有益的心态，以全力以赴的姿态。

4.
静水流深,不妨认真

一

有很长一段时间,写网文少了。
主要是写书稿,写教案,写笔记。
没写也不代表没想,只是代表没想好。
聊一个很重要的关键词:反思。
节奏慢下来,最适合反思。
反思过去的状态。
反思现在的主题。
反思今后的方向。

二

先说说过去。
我们生活在充满信息和情绪的世界里。
中国,世界,人类,医护,疾控中心,公共卫生管理系统……
粮食,蔬菜,口罩,疫苗,咖啡,美联储……
日本,韩国,意大利,伊朗,美国,英国……
恐慌,牵挂,忧虑,感动,焦躁,愤怒,自豪,无奈……
各种信息扑面而来,各种情绪快速迭代。

三

占有往往不是单向的。

我们占有了信息,也被信息所占有。

我们绑定了手机,也被手机所绑定。

我们消耗着时光,也被时光所消耗。

"五色令人目盲;五音令人耳聋;五味令人口爽;驰骋畋猎,令人心发狂;难得之货,令人行妨。"

重要,都很重要。

关心,都要关心。

但是,在我们劳累和疲惫的时候,可能要问一些问题:

我们的视野里那么多焦点那么多信息,哪些长成了筋骨肉?哪些长成了精气神?哪些应该要断舍离?

如果一些信息错过了,我们还是不是我们?

如果一些信息错过了,世界还是不是世界?

四

对一些人来说,资讯就是生活,网络就是工作。

对一些人来说,资讯就是资讯,网络就是工具。

工具不能成为内容,目的不能取代过程。

我们要关注世界的信息,间接地感知别人的观点。

我们更要在意我们的判断,我们的实践和我们的生活。

我们当然要关注这个世界,我们也要体验这个世界。

也要走进平凡的生活,走进真实的世界。

看看地头,看看田间,看看工厂,看看车间。

看看超市,看看公园,看看广场,看看车站。

那里有灰尘,那里有光线。
那里有阴冷,那里有温暖。
那里有概率,那里有规律。
那里有问题,那里有答案。
那里的表情不会骗人,那里的眼神不会骗人,那里的生活不会骗人。
现实究竟什么样,别忘了去现实里找答案。
除了手机,除了信息,还可以投入生活,关注窗外。
还可以学习、跑步、踏青、看书、写字、练琴、健身……
在这些充实向上的时光里,心情也会变得平静和充实。
因为你的眼睛在观察,因为你的身体在延展,因为你的生命在生长。

五

再说说现在的反思和未来的方向,讲一个小故事。
去年参加了几场学术会议,有发言有研讨有交流。
有一次,一个高校的学者现场主题发言提到我。
"你看咱们徐川老师,做得多好。不过,要是没有网络……
其实,他也就那样。"
现场互动,直来直去,不算突兀。
现场是一片欢笑,我也笑得很欢。
毕竟,这也就是个玩笑。
但是,我其实没有当成玩笑。
因为,我觉得很有道理。
这应该是玩笑,这肯定也是事实。
其实,我也就那样。
不是么?不承认么?不接受么?

不承认那就多问自己一些问题。

哪方面是专业的?

英语专业? 文学专业? 历史专业? 哲学专业?

能翻译还是能同传? 通览过哪些史学名著?

是熟悉古代史还是近现代史,中国史还是西方史?

喜欢传统文化? 懂多少? 读过几本经史子集?

是熟悉礼俗丧葬还是地理环境还是科举兵制?

如果定位是一名思政教师,那请问:哪方面是精通的?

读过《马克思恩格斯全集》还是《列宁全集》?

通晓《毛泽东选集》还是《邓小平文选》?

掌握经典马克思主义还是当代马克思主义?

或者,至少读过多少单本? 多少单篇?

能熟读《共产党宣言》《反杜林论》还是《实践论》《矛盾论》《新民主主义论》?

……

这样的追问可以一直持续。

然后,再问自己:有么? 行么? 专业么?

没有。不行。不专业。

认真起来回答,都是浅尝辄止,都是点到为止。

如果不是都或者不都是甚至都不是……

那么,结论很明显了。

其实,也就那样。

六

多说一句,我们需要这样似乎不和谐不悦耳的声音。

如果你希望你的生命在生长,你就会真地闻过则喜。

因为我们都愿意听好话,因为我们都愿意说好话。

但是耳边的好话和周围的好人未必能让我们成为更好的人。

点头的未必真心认同。

摇头的可能真心否定。

夸赞的可能是敷衍。

批评的可能很认真。

真的要认，才叫认真。

物理学上有个基本的机械运动叫做"简谐运动"。

简单说，就是偏离的状态总是要回归。

如果说我们被各种评价裹挟得忘乎所以，那要记得不管走多远，早晚要回来。

而且，你偏离得越远，支撑得就越吃力，回归得弹力就越大，出丑的可能就越大。

如果你不想要跌下来的痛感，也就不要迷恋飘起来的虚荣。

气球吹起来是慢慢的，瘪下去是很快的。

火箭升上天不容易，平稳着陆更不容易。

玩笑好玩也好笑，不过也往往有道理。

不然玩笑就会一直开，不然玩笑就会变成笑话。

七

由此，我们再聊聊广度与深度。

拿英语举例子，学英语的过程大家都熟悉。

我们搭上了精力，换取了经历。

到最后往往……也就那样。

为什么？

我们没有付出？没有花费时间？没有花费精力？

很多人在英语上付出的时间和精力都是惊人的。

甚至很多孩子在中文基础都没怎么打好的时候就开始学英语。

没有练听力？没有背单词？没有做阅读？没有写作文？

应该都有，但是我们不精通，我们没深度，我们不扎实。

我们应该都听过《我有一个梦想》，但是有几个人背得下来？

我们应该都学过《葛底斯堡演讲》，但是有几个人记得内容？

我们应该都看过《老友记》，但是有几个人能脱口而出模仿几句？

其实随便找一个影视经典，你熟悉到能够脱口而出，英语也能登堂入室。

方法简单，简单粗暴。

可惜，大部分人做不到。

长期以来，我们偏好广度，我们忽视深度。

广度代表探索未知，拓展兴趣，伸长手臂。

精度代表反复琢磨，聚焦一点，做深做透。

延展手臂，放松身体，伸伸懒腰都是舒服的。

但是重复锻炼一块肌肉，或者重复一个动作是枯燥的。

我们很容易认为自己在某个方面不行，没有天分。

比如运动、音乐、绘画、唱歌、演讲、组织、表达等等。

但是很多人其实从来没有围绕某一个具体的技能投入过很多精力和时间。

这样的画面就是大家烂熟于心的一幅图。

找石油或者打水井，你有很多点，你有很多付出。

不代表你有水，或者油，也就是资本和成就。

结局大概就是我们所熟悉的打井取水，看似多点开花，似乎左右逢源。

可惜，就是欠缺让生命绽放光彩的那一口源头活水。

八

我们的话语中有个热词，叫斜杠青年，指多重职业、多元身份甚至多重技能。

但是斜杠青年不管有多少斜杠，最核心的是最前面的那个1。

一定有个1，有很多0，这才是斜杠青年。

但是如果没有那个1，再多的0也就是0。

那么多个0或者那么多的斜杠选项可以看作你的广度。

但是你一定要有个1，有个代表你精度的1，也就是要有斜杠中的第一栏。

有人说健康是1，健康当然可以是1，但是很多人都有这个1，或者不能靠这个1立身。

所以，你还需要一个1。

你的专业，你的技术，你的能力，你的优势。

你的核心竞争力，你的不可替代性。

我们似乎什么都懂，什么都知道。

但是知道得都不多，不精，不深，不透。

我们不是反对广度，更不是反对广泛涉猎。

我们是反对只有广度，或者只满足于广度，只停留于广度。

我们满足于一知半解。

我们满足于浅尝辄止。

能不能踏实一些？

能不能扎实一些？

不要装，不要撑，不要躲。

装的东西早晚会现出原形。

撑的东西早晚会力不从心。

躲的东西早晚会强力反弹。

九

这些年写文章也有这个感受，越来越难写。

过去是靠经验，靠文字，靠案例。

但是有问题。

有些文章和主题已经写过了，怎么能写得不一样？

很难。你还是你，主题还是那个主题，文章却不再是那个文章？

不太可能，因为你没有比过去成长和高明。

所以，就免不了发发旧文章，所以，就免不了炒炒冷饭。

有些新朋友会觉得挺好，有些老朋友会觉得无聊。

因为这是浪费时间，因为没有新的收获。

所以，根本问题在于自己没有新的提升。

另外，经验主义容易遇到瓶颈，或者遇到高级的问题，解决不了。

求职可以靠经验，求学可以靠交流，专业可以靠经验。

人生呢？思想呢？素养呢？

这需要高级的指导，需要更高的站位，需要透彻的说理。

马克思说：理论只要彻底，就能说服人。

说到底，还是自己不专业。

十

问题找到了，方法和路径也就有了。

要聚焦，要专业，要积累，要沉淀。

知道很容易，做到不简单。

那就早点开始。

多输入，少输出。

多积累，少卖弄。

多收敛，少张扬。

多充电，少消耗。

厚积薄发，稳扎稳打。

聚焦主责主业，关注学科学术。
长期多积累，偶尔露峥嵘。
经常在思考，偶尔才发声。
我们都一样，我们都要成长。
说到成长，不是我们每一天经历过的都会长在我们身体里。
形成生命延续的经历才会长在身体里。
也就是说，你要围绕一个主题和一条主线长期积累。
而不能是打一枪换一个地方，每天都在关注不同的东西，疲惫而无所得。
要形成生命的延续，要能延续昨天的积累，要能支撑明天的需要。
这样的成长才是真正的成长。
要做积累性学习，不要做消耗性付出。
让你每一天的精力和付出都跟明天和未来相对接，而不是毫无关联。

十一

在前行的路上，会有很多人给你很多建议。
听起来都很有道理，但往往都是别人的逻辑。
所以永远要记得，可以听别人的话，但要走自己的路。
有人想戴王冠，所以要承其重；
有人想摘玫瑰，所以要承其痛。
但是为什么要戴王冠、要摘玫瑰？
这个世界很大，这个世界很美。
其实从来不是只用一朵最美的花来定义一个春天。
其实从来不是只用一条最宽的路来定义一份成功。
你要知道自己想去哪儿，你要知道自己能去哪儿，你要知道如何到达那里。

有了方向，有了道路，有了坚持，也就可以安心生长。

不急不躁，或快或慢，都会是最幸福的模样。

5.
相信，所有的善行都有意义

一

经常会被问到很多问题。
比如说对别人好有什么用？你对别人好，别人又不一定领情。
比如说为什么要对别人好？凭什么付出的是我不是他？
比如说为什么要帮助别人？为什么要做一个好人？
比如说你对别人好，谁会记得你？
比如说你这样坚持有什么意义，能改变别人么？
这些问题肯定都有答案。
可是，不好回答。

二

因为我们在做很多事情的时候并不会做这么多权衡和斟酌。
如果你心中已经有了这么多计较，往往已经偏离得太远。
并不是所有的善良和行为都有功利性和目的性，都一定要想着有回报。
我们做很多事情也并不见得是为了要达到什么目的或者获得什么回报。
那么，问题来了：是什么让我们坚持？
是因为快乐，是因为有意义。

是因为付出的时候、助人的时候我们往往能感受到快乐，也会让别人同样感受到快乐，而这些快乐和温暖本身，就是坚持的意义。

那么，每一次善行都有意义么？

都有。

三

想起一个故事，特别经典，也特别老套。

一个暴风雨后的早晨，有个男人来到海边散步。他注意到，在沙滩的浅水洼里，有许多被昨夜的暴风雨卷上来的小鱼。小鱼被困在浅水洼里，虽然大海近在咫尺，但它们回不去了。被困的小鱼有几百条，甚至上千条，用不了多久，浅水洼里的水就会被沙粒吸干，被太阳蒸干，这些小鱼都会死去。

那个人继续朝前走着。他忽然看见前面有一个小男孩，走得很慢，而且不停地在每一个水洼旁弯下腰去——他在捡起水洼里的小鱼，并且用力把它们扔回大海。那个人停下来，注视着小男孩，看他在拯救小鱼的生命。

终于，那个人忍不住走了过去："孩子，这些水洼里有成百上千条小鱼，你救不过来的。"

"我知道。"小男孩头也不抬地回答。

"哦？那你为什么还在扔？谁在乎呢？"

"这条小鱼在乎！"男孩一边回答，一边拾起一条鱼扔进大海。

"这条在乎，这条在乎，还有这一条，这一条，这一条……"

其实，我们的每一次善行也都像这个小男孩，你不一定能够挽救所有人，也不一定在每个人身上都能看到变化和回报。

但是，每一次都有意义。

而且，这意义是双向的，对双方都有意义。

留给别人的是温暖，留给自己的是美好。

四

我在微信公众号后台看到一条留言。

"冒昧问一个问题，您有没有在华东师范大学对外汉语学院上过学？和我认识的一个前辈同名，不知道有没有可能是您？"

我回复了三个字：必然是。

然后，就收到他或者她一条很长的回复：

"徐老师，其实谈不上认识您，2008年的时候我准备考华东师范大学对外汉语学院的研究生，遇到瓶颈坚持不下去了。后来自己偶尔在华东师大的考研论坛上发了帖子，很快得到了您的回复。那时候您前前后后回答了我很多的咨询和问题，还鼓励我说，只要坚持不懈，把过程做到问心无愧，好的结果往往是水到渠成的。我到现在还记得这些话，当时还把这些话做成了桌面鼓励自己。

不过后来，很遗憾，我还是没能考取华东师大的研究生，而是直接工作了。

一转眼，这都已经快十年了，现在我是一名中学老师。回头想想，人生能有几个十年呢。感谢您当时对我的指导和激励，我将终生不忘。很幸运又在朋友圈的一篇分享文章中发现了这个很熟悉的名字，试着留言问了问，没想到真是您，也是冥冥之中的缘分吧。看到十年过去了，您还在启迪和开导后学和青年，真是功德无量……"

看完沉默了很久，满满都是幸福。

这种感觉特别像十年前自己随手埋下了一颗种子，年深日久便也忘了还有这么一段缘分，却在十年后猛然收获一树绿荫。

喜出望外，我甚至有些感谢自己。

五

说起来也是一段行走的时光，2005 年前后，我开始混论坛，自己一边复习考研，一边在论坛里给别人解答各种困惑烦恼，也慢慢积累了些人气，2006 年还开了博客给粉丝好友答疑写文章。

那个时候特别单纯，特别快乐，而且最开始我也只是备考者，但是因为心态从容，也就安慰和鼓励了更多同路人。

因为能够帮到别人，因为能够让别人少走一些弯路，也就觉得特别美好，也就坚持着回答了很多人的很多咨询。

但是，那个时候没有想过坚持有什么意义，也没想过要什么回报。

或者如果说有意义的话，就是因为每一个咨询的人都需要，这一个也需要，那一个也需要。

别人的需要不就是坚持的意义么？彼此温暖，让世界更加美好不就是坚持的意义？就算他们已经不记得了，我当时依然快乐，我现在依然快乐，在未来的时刻我想起这些也依然会觉得快乐。

他说是功德，我说是快乐，而且快乐一定是越攒越多。

彼此陪伴的意义就在于，我们共同行走了一段时光，我们共同见证了彼此的一段青春岁月。然而我们终将慢慢模糊今天的岁月，直到有一天，有人帮你回忆帮你打捞，帮你还原一个十年前的青春。

彼此感激，相互成就，共同见证。

六

感谢互联网的发展，给了我一个咨询平台，服务着三十万人，有青年，有同事，有学生，有老师，有同行，也有八竿子打不着、一辈子也不会见面的人。

我依然像过去一样，听着别人的诉说、抱怨、求助和分享，或者给予安慰，或者加油鼓励，或者给出建议。

是不是有用，我不知道，我知道的是既然有人在问，我就应该像那个沙滩上的小男孩一样，顾不上想着有什么意义，只顾着下一条咨询，再下一条咨询，再下一条。

不同的是，内心里我越来越坚信每一次付出都是有意义的，虽然我不知道所谓的意义什么时候、以什么方式来告诉我。

或者，这本身就是一种等待的美好，惊喜一定会来。

七

几年前，我也收到过一封信，其实也是一个小故事。

"徐哥你好，请允许我这么称呼您。我现在还是个大二的学生，还记得今年年初因为爷爷去世，一下子内心感到崩溃，上课不管怎样都无法听进去老师所讲内容，现在想起来都有点可怕。那时的我非常惧怕死亡，就像一只漂流在大海上的小船甚至是树叶，漫无目地漂着，我不断想去打断这种有些错误甚至是消极黑暗的想法。我尝试着去找过心理医生，但是成效并不显著。有一天，我的一位学长跟我说，有个微信公众号，抽空看看或许对你有帮助。也许就是冥冥之中的注定吧，那时我看到您的第一篇推送就是《答学生问：谈谈生死》，顿时，我的脑海里就像在暴风雨即将来临的时候，一束阳光照射进来，一切风平浪静。我不知道为什么当时自己能从那样的心理阴影中走出来，或许这就是徐哥您不同凡响的地方吧。从那以后，您以前的以及后来的推送我都会认认真真地看，我想要从中得到我想要的东西，让自己的心理也获得更多的营养和成长。我希望我的朋友们也能看到这么干净纯粹的公众号，我就把您的文章分享给他们看，希望他们也得到成长。毕竟，我们不只是要学到课本上的知识，有时我们更需要心灵上的成长。谢谢徐哥！"

这个留言的朋友来自江苏大学，已经毕业，前程锦绣，一切安好。

我很感谢，我很温暖，我很得意。

其实，我也是需要鼓励的。

我们所有的前行都需要时不时有人告诉我们，要继续，要加油。

但是有时候我们都是这样的默契，我不问，你不说。

偶尔说一下，效果也很好。

八

也有人说你相信好人有好报吗？

我相信，但是我并不追求所谓好报。

其实我们做很多事情，并不是为了福报，或者也不是因为相信所谓果报，而是因为我们做这些事情会感觉到很快乐，感到幸福和愉悦。

或者就算是有所谓福报，那是因为每一次善行都埋下了一个小小的伏笔，而这样的伏笔多了，未来自然而然就多了一些美好。

而这些美好就是在一遍遍地提醒着我们：相信，每一次善行都有意义。

6.
谈谈怎么学党史

一

先说一个词：恐慌。

1939年，毛主席在延安就曾提到这个词：恐慌。

他说："我们队伍里边有一种恐慌，不是经济恐慌，也不是政治恐慌，而是本领恐慌。过去学的本领只有一点点，今天用一些，明天用一些，渐渐告罄了。好像一个铺子，本来东西不多，一卖就完，空空如也，再开下去就不成了，再开就一定要进货。"

你开了个超市，不能光卖，还要进货，不进货就要关门大吉。

所以，朱熹也说"问渠那得清如许，为有源头活水来"。要想水流清澈，就要持续输入，源头鲜活。

所以，我们也说"流水不腐，户枢不蠹"。要流动起来才能保持新鲜，而新鲜流动的起点就是要有不断的输入。

所以，习近平总书记也讲，如果不加强读书学习，会有问题，会出现"三化"，"知识就会老化，思想就会僵化，能力就会退化"。

说回自己，这几年本领恐慌的感觉越来越强烈，觉得底气不足，功力不深，储备不够，也就渐渐觉得应该先攒攒，多攒攒。

所以，我对自己说，要多输入，多充电，多修炼，少输出。

二

"本领恐慌"最好的药方就是读书和学习。

我们聊过如何读书,今天说说聚焦式读书。

所谓聚焦,就是看书不能太泛太杂,我们需要广见博识,我们需要在成长的一些阶段做一个杂食动物,就是什么都吃,只要能强筋健骨,只要能健壮生命。但是我们也需要聚焦,或者我们更需要聚焦,尤其是在浅阅读的时代。

我以为自己读书走过一段弯路,直到自己开始反思。

原来主要是靠兴趣牵引或者问题推动。一个月里看的书涵盖好多个主题,诗词歌赋、人类简史、量子力学、马列经典……都好看都想买都去翻一翻。看完了也就看完了,回头一年下来好像买了不少书,应该看了不少书,但是主要看了哪几个主题的书,哪些方面的认识深刻了,也不好说。

这个世界上好书太多了,经典也太多了,哪里能看得完。如果看到什么书好看就买什么书,最后就是书会越攒越多没地方放。

书堆在一起没有问题,但是知识也会堆放在一起,杂乱无章没有变成体系,过程自然是愉悦的,不过我们要的不只是看书的体验,还有思想的生长。

三

我们不能老是满足于什么都懂,然后什么都不精通。

我们似乎什么都懂,什么都知道。

但是知道的都不多,不精,不深,不透。

我们不是反对广度,更不是反对广泛涉猎。

我们是反对只有广度,或者只满足于广度,只停留于广度。

我们满足于一知半解。

我们满足于浅尝辄止。

不要装,不要撑,不要躲。

装的东西早晚会现出原形。

撑的东西早晚会力不从心。

躲的东西早晚会强力反弹。

看书很杂有什么问题?

主题太分散,不聚焦,没有形成合力,各是各的,各行其是,没有沿着一个主线生长,也就无法枝繁叶茂。

如何破解?

聚焦主题,强化链接。

简单说,一段时间应该集中阅读和学习一个主题,也许风格类型各不相同,但是能够让我们通过不同角度强化对一个主题的学习,能够让我们的知识进行连接。

四

用这个方法,我们谈谈怎么学党史。

横看成岭侧成峰,我认为在一个聚焦的主题下,依然还有很多角度。

比如,人物的角度,歌曲的角度,诗词的角度,理论的角度,信仰的角度,精神的角度,画作的角度,文献的角度,语录的角度,等等。

比如说,人物的角度。

人物是历史中的人物。我们学习党史可以从历史的长河中去观测每个人的抉择,也可以从个体的角度去看待宏大的历史。

比如领袖人物。我们看看党史就会发现,选择一个领袖挺难,大浪淘沙。

我们党从建党到成立新中国，用了 28 年。从 1921 年到 1935 年遵义会议之后确立毛泽东在党中央和红军的领导地位，这是 14 年。也就是 28 年里有一半的时间在寻找合适的领袖。

先是陈独秀。陈独秀没有参加一大，但是因为他的名望、声誉和号召力，在缺席的情况下被选为中央局的书记。然后一直到大革命失败，陈独秀都是我们党的负责人，之后离开领导岗位。

然后是瞿秋白。瞿秋白因为在五大前后的表现，很得共产国际代表团和莫斯科其他驻华代表的欣赏。1927 年 8 月 7 日，中央紧急会议改组中共中央领导机构，组成以瞿秋白为首的中共中央临时政治局。至此，党的负责人完成了从陈独秀到瞿秋白的转移。但是，很快，左倾盲动给中国革命造成了损失。

之后是向忠发。共产国际认为陈独秀和瞿秋白都是知识分子，一个右，一个"左"，反映了知识分子的"动摇性"，必须由工人成分的人物担任中共领袖。基于这个背景，工人出身的向忠发被指定为中共最高领导人。结果，事实证明，这只是"平凡可笑的人物扮演了英雄的角色"，1931 年 6 月 22 日，向忠发被国民党政府逮捕，随即叛变，次日晚即被枪毙。

还有李立三。向忠发虽然是名义上的最高领导人，但由于思想水平较低，缺乏马克思主义理论素养，无法驾驭全局，实际上并没有起到党的最高领导人作用；而在工人中具有巨大威信，在工作中十分活跃而有魄力的李立三，在党中央逐渐起了主要领导者的作用。当然，"立三路线"同样给革命造成了重大损失，在六届四中全会上，李立三被撤销中央政治局委员的职务，离开了中央领导岗位。

然后就是大家比较熟悉的王明、博古。

一直到我们党独立自主地选择了张闻天、毛泽东。

这就是人物的角度。

另外，了解一个人物，除了可以从历史中寻找线索，也可以看跟人物有关的传记、相关的年谱。

多方映照，互相链接，会更容易形成全面的认识。

五

比如说，歌曲的角度。

歌曲的背后就是历史，就是时间，就是故事，所以歌曲里的党史，也是一个很好的角度。

这个百年历史中，早一点大家比较熟悉的歌曲，应该是《打倒列强除军阀》。

这是1926年国民革命时期唱遍大江南北的歌。不过很多人不知道，这首歌是借用《两只老虎》填词创作的。

歌词是"打倒列强，打倒列强，除军阀，除军阀。

努力国民革命，努力国民革命，齐奋斗，齐奋斗……"

大家再看歌词，是不是发现这段文字会发音。

当然我们可以沿着时间的脉络继续梳理，可以吟唱"红米饭那个南瓜，挖野菜那个也当粮"；也可以吟唱"一送里格红军，介支个下了山。秋雨里格绵绵，介支个秋风寒"；可以吟唱"夜半三更哟，盼天明，寒冬腊月哟，盼春风"；也可以吟唱"南泥湾，好地方，好地方来好风光"；可以吟唱"对敌从不抱幻想，我们还要更警惕，紧握枪，打败美帝野心狼"；可以吟唱"我不知道你是谁，我却知道你为了谁"；当然，也可以吟唱"万水千山不忘来时路，鲜血浇灌出花开的国度"……

你看，从昨天到今天，党史也可以唱着学。

六

比如说，诗词的角度。

我们党的一百年留给我们很多很多红色诗词。不管是"我的自白书"还是"砍头不要紧",不管是"大雪压青松"还是"旌旗十万斩阎罗",不管是"孩儿立志出乡关"还是"百姓谁不爱好官",背后都是历史,都是记录,都是故事,都是见证。

比如说,毛主席在1925年的时候写过一首词:《沁园春·长沙》。

"独立寒秋,湘江北去,橘子洲头。看万山红遍,层林尽染;漫江碧透,百舸争流。鹰击长空,鱼翔浅底,万类霜天竞自由。怅寥廓,问苍茫大地,谁主沉浮?携来百侣曾游,忆往昔峥嵘岁月稠。恰同学少年,风华正茂;书生意气,挥斥方遒。指点江山,激扬文字,粪土当年万户侯。曾记否,到中流击水,浪遏飞舟!"

只看字面,什么感觉?潇洒少年,意气风发,指点江山,豪情满怀。

其实,字里行间还能看到追问。

你看,有这句:"怅寥廓,问苍茫大地,谁主沉浮?"

这句话才是重点,要追寻答案。

我们看看写作时间,那是1925年,深秋——"独立寒秋"。

当年发生了什么事?很多事儿。

1925年3月,孙中山去世。1925年8月,廖仲恺被刺。两位都是国民党元老,也都是力主国共合作的。

时间往前拨一年,情况还不太一样。

1924年1月,国民党召开了第一次全国代表大会,第一次国共合作开始。李大钊、毛泽东等人成为国民党的中央委员或候补委员。

但是国民党右派对于共产党人的加盟一直有不同态度,其中就包括最近很火的《觉醒年代》里面那个吴稚晖。

孙中山先生在世的时候德高望重,局面能镇得住,两位元老相继离世后,形势就在慢慢地发生变化。

同样是在1925年,中共四大上,毛泽东未能继续当选中央执行委员会和中央局委员,8月又遭湖南省长赵恒惕电令缉拿。

此时的秋当然是"寒秋"。

也是这一年,毛主席发表了《中国社会各阶级的分析》一文。对当时中国的各个阶层进行了深入的分析。开篇就是直指要害的总结:谁是我们的敌人?谁是我们的朋友?这个问题是革命的首要问题。

当时的国共合作已经越来越同床异梦。

中国的大地上还是军阀林立,列强横行。

谁来救中国?"问苍茫大地,谁主沉浮?"

有没有答案?

有。

1936年2月,毛主席东渡黄河,踏雪行军,看到满目雪景,诗兴大发,写下了千古名篇——《沁园春·雪》。

其中就有答案。

作品1945年刊印出来以后,影响极大。以至于蒋介石找了不少写手准备对冲,打压风头,可惜做不到。

这就是另外的故事了。

七

我们都要读书,都要读经典好书,都要聚焦主题读好书。

有了本领恐慌,有了持续的输入和阅读,有了聚焦主题的阅读和学习,产出是水到渠成的。

总之,我们都要成长,都要进步,然后在彼此见证中一起前行。

7.
今天再谈马克思

先说一个怪现象。

有没有注意过党章开篇有句话让人琢磨半天?

就是这一句。党章总纲规定:"中国共产党以马克思列宁主义、毛泽东思想、邓小平理论、'三个代表'重要思想、科学发展观、习近平新时代中国特色社会主义思想作为自己的行动指南。"

咦,问题来了。

一个管理着全世界最大人口、这个星球上最有影响力、没有之一的执政党,缘何在指导思想的旗帜上第一个写上的是马克思的名字?马克思可是个洋人,为什么我们不首先写某个中国人,以某个中国人的主义为指导?

要知道,我们泱泱大中华,物华天宝,人杰地灵,为什么不是秦皇汉武,为什么不是唐宗宋祖,为什么不是孔孟老庄?

为何单单是马克思?为何单单是马克思主义?

要了解什么是马克思主义,你得先认识马克思。

今天,我们再来谈谈马克思。

一

"今天再谈马克思",当敲下这句话时,脑海中首先浮现的竟然是同学们在微信朋友圈发的那些表情包。

比如:长须茂盛如雄狮般的马克思身着一西式正装,目光如梭、表情坚毅,亮点是右手伸出两指,摆出"胜利"姿态。有意思的是,这幅图片被很多人设置为微信个人头像……三个字："你赢（很）了（二）"。

比如，马克思恩格斯两人，一前一后，恩格斯坐在马克思身后略高的位置，双眉紧锁，表情困惑，脱口而出："你在写什么？"一旁的马克思目不斜视、奋笔疾书："管他呢，写了又不是我背。"……

比如，马克思正气凛然，颇具领袖气派，且右臂伸直，指点江山，激扬文字，配字如下："你们尽管背，考到了算我输！"……

有才自然是有才，颠覆肯定是颠覆。

但问题是，为何很多同学愿意花那么多时间去制作或转发这些表情包，而不愿意把更多的时间和精力用到复习备考马克思主义基本原理概论课上呢。

一定是哪里出了问题。

二

炸开脑洞想想看，假如马克思老人家突然活过来，见诸此情此景，老爷爷会有何表情、作何感想。开心、欣慰？淡漠、无视？抑或震惊、不解，困惑、想不开？

老人家的想法不好猜，因为历史没有如果。

在好玩至上的年代里，政治理论课的老师，得学会用更好玩来击败好玩。

关键的一点在于，我们玩完之后，用一句歌词来追问自己：还剩下些什么？

严肃崇高的经典，纵使不好玩，但经典终究是经典。

很多人生活在洞穴假象中，没弄明白经典，只好恶搞经典。

马克思只是恰好其中一例而已。

三

谈及马克思,用一首歌来形容特别恰当。

《最熟悉的陌生人》。

不是么?

我们从中学到大学,一直在学马克思。但是很多时候,我们学的只是马克思的表层,不包括他的内里;看到的只是马克思的身体,不包括他的灵魂;读到的只是马克思的教条,不包括他的精神。

所以,他是我们最熟悉的陌生人。

中华人民共和国宪法明文规定:"中国各族人民将继续在中国共产党领导下,在马克思列宁主义、毛泽东思想、邓小平理论、'三个代表'重要思想、科学发展观、习近平新时代中国特色社会主义思想指引下,……发展社会主义市场经济,发展社会主义民主"。

令人遗憾的是,在将马克思的名字写入宪法的国度里,很多大学图书馆和各大城市书店里摆满的马克思主义相关书籍,往往却不怎么受人待见。

那么,真正的马克思到底是怎样的?他是谁?他从哪里来?他又要到哪里去?

四

伟大也要有人懂。

马克思并不是脱离尘世的人,他也有过青春。

了解伟人,有个好办法,就是看同龄时代的他在想什么。

我们的青春躁动、不安、迷茫、多情、冲动……

马克思呢?

1835年,17岁的马克思中学毕业,那年他写了一篇题为《青年在选择职业时的考虑》的中学毕业论文。

作为青少年的马克思，竟然在文中深刻阐述了今天看来只有中年、中老年抑或老年人才会去思考的哲理性关键词："高尚""劳动""安静""尊严""幸福"……

"如果我们选择了最能为人类而工作的职业，那么，重担就不能把我们压倒，因为这是为大家作出的牺牲；那时我们所享受的就不是可怜的、有限的、自私的乐趣，我们的幸福将属于千百万人，我们的事业将悄然无声地存在下去，但是它会永远发挥作用，而面对我们的骨灰，高尚的人们将洒下热泪。"

读一篇文章，能够有一句话，在某一瞬间，触动人的内心最深处、最柔软的地方，足矣。

这句话，可以当做我们的 QQ 签名，抑或微信签名。

"面对我们的骨灰，高尚的人们将洒下热泪。"

大多数凡人想到的不过是今生今世，眼前苟且，而少年马克思的笔下，分分钟想到的都是生生世世，诗和远方。

五

凡事，有其果，必有其因。

马克思为什么在少不更事时便立下滔天志向，且终生不渝？

不妨从源头看看。

马克思出生在一个无比吉利的年份：1818 年。这一年，是大清嘉庆二十三年；按照大天朝天干地支纪年法，是戊寅年。按中国人的算法，马克思是属虎的。

如果你还想知道更多八卦，马克思是金牛座，O 型血。

继续八卦，马克思是哪里人？

不好说。

大中小学的历史和政治课本都清一色地告诉我们，马克思的故乡是德意志联邦普鲁士王国的莱茵省小镇特里尔。

正确的填法似乎应该是，姓名：卡尔·马克思；性别：男；国籍：德国；籍贯：莱茵特里尔。

可是，事实果真如此吗？

真实的情况是，马克思小朋友出生的时候，还没有德国这个国家呢。要知道，普鲁士猛男、铁血首相俾斯麦成功统一的德意志帝国是在 1871 年，那个时候，马克思都已经 53 岁了。

那么，马克思是普鲁士人吗？籍贯要填普鲁士？这样也不妥。原因很简单，如今普鲁士这个国家早就不存在了；二战结束后，甚至连德国的普鲁士省也被取消了。

那到底是哪里人？马克思出生的家乡特里尔，在公元 293 年成为罗马帝国的西部首都，但在随后的 1500 年里逐渐衰败，直到 1794 年拿破仑的军队开到这里，才开始轰轰烈烈的共和革命。1797 年，特里尔作为莱茵联邦的一部分，正式并入了法兰西共和国。

所以说，马克思原本是法国人，而不是普鲁士人。

我们课本上讲的马克思是德国人，也不能说错了，因为它是按照特里尔现在的归属国而言的。

幸好，马克思本人好像不太在乎自己的国籍，因为不久之后，他在很长一段时间内，实际上变成了一个无国籍人士。

好男儿志在四方，马克思四海为家。

六

今天有个流行词，叫"拼爹"。

如果命运不怎么幸运，没给我们安排一个好爹。我们有这么一句话勉励自己：没有伞的孩子要努力奔跑。

好爹就是一把好伞。

但是大家有没有想过这么一种情形，一个人明明有把好伞，还跑得比你这个没伞的快,那么,将会是一番什么样的情形?

你的人生还有希望吗?

如果早年的马克思也"拼爹"的话,很有资本。

他爹是一名律师,而且是一位具有文青特质的开明律师,爱好古典文学和哲学,能熟练背诵伏尔泰和卢梭的观点。再往上他爷爷也是一名律师。所以我们课本上说,马克思出身于一个律师家庭。

一直以来,西方国家收入最高的两个职业:一是牙医,二是律师。马克思的家境如何?由此可见一斑。

从血统论来看,马克思的血液里流淌着犹太人的基因。在犹太人的方言中,才财兼备的家庭叫犹太拉比,不光要有钱,更重要的是很有教养、充满智慧光芒。

中国有古言云,富不过三代。但马克思的父系有五代是犹太拉比。这还没完,马克思要"拼妈"也同样有的拼,他的母亲是荷兰裔,名叫罕莉娅,不知道上溯到多少代人,也是欧洲大拉比。

就连后来成为马克思岳父的路德维希·冯·威斯特华伦,也能熟练地背诵《荷马史诗》中的许多篇章和莎士比亚的一些剧本。

就连马克思的姨妈也是鼎鼎大名的飞利浦公司的创始人之一。

现在,我们生活中的很多词被滥用了,例如贵族,精英,再如高富帅、富二代。

假如世界上果真有这些词汇,马克思才是真正意义上的贵族、精英、高富帅、富二代。

我们会发现一个现象,很多文明、政党、宗教、主义的先知和创始人,很多高尚的、纯粹的、脱离了低级趣味的革命者,往往不是因为"仇富",恰恰因为自己出身高贵,甚至甘愿放弃手中的荣华富贵,甘于清贫和落魄。

马克思就是这样。

他看穿了财富,参透了高贵,厌倦了高高在上。

他要搞点大事情。

8.
马克思的朋友圈

一

这世上有两样东西不可直视,一是太阳,二是人心。

来自东野圭吾的《白夜行》。

这里的人心,说到底是人内心的想法。我们最自豪的事情,大概就是成为自己小时候所梦想成为的样子。

可惜,一般人真的不能理解马克思内心的想法。

因为他的人生从来不按照套路出牌。

23岁时,才华横溢的马克思通过匿名答辩获得博士学位,他的博士论文题为《德谟克利特的自然哲学和伊壁鸠鲁的自然哲学的差别》,这篇论文的学术深度,甚至连今天的一些教授都不一定能读懂;25岁时,他娶了一位男爵同时也是特里尔政府枢密官貌美如花的女儿为妻,工作是自由撰稿人,是《莱茵报》实际上的主编。

金榜题名、洞房花烛、激扬文字……

夫复何求?

二

世俗地说,他正走向人生巅峰。

想象一下这样的人生,朋友圈几乎都是达官贵人;在他眼前,灿烂的个人前程如平坦的大路一般展开。未来,向着年轻的小马同志扑面而来。沿着这条平坦的大路,卡尔·海因里希·马克思博士,按理说不应该成为全世界无产阶级和劳动人民的伟大导师,而原本应该成为"马克思爵士""马克思部长""马克思行长"——最不济也会成为"马克思教授"。

你好,人生赢家。

然而,从那时起,马克思仿佛是预谋已久地轻易抛弃了那些唾手可得的荣华富贵,从此开始了40年的流离失所、40年的笔耕不辍、40年的革命斗争。等待他的命运是一贫如洗、儿女夭殇,昔日家产万贯的富家子沦为了求乞者,风华绝代的贵族小姐为了一口面包不得不反复典当祖母的婚戒,原本可以享受优渥生活的儿女,七个中有三个被活活饿死,甚至连丧葬费都是借来的……

他怎么了?

三

常识、经验和理性已经完全不能解释马克思的命运,更不能解释马克思仿佛是自讨苦吃的选择。

但是,一定有原因。

唯一能解释这一切的,也许是他在博士论文中振聋发聩的发现:知识不是来自经验,也不是来自理性,因为知识,就来自凝视他人的目光,倾听他人的呼吁,并立志为他人做些什么。

加官进爵、锦衣玉食之事,呵呵,皆浮云耳。

从个人的功利得失来说,马克思自25岁起的人生是失败的;就家庭的幸福安康而言,马克思不是一个合格的儿子,更称不上是一名称职的丈夫和孩子们可以从物质上依靠的父亲。

马克思从来就不是一个家事国事天下事,事事都关心的人。

他所关注的,似乎从来只有天下事。

鱼与熊掌不可兼得。历史上的伟大人物,思想上富有甚至爆表者,常常是以生活上贫苦潦倒为代价的。

马克思是何等绝顶高深之人,其实他早就看透了高贵富足都是劳累费心之事。

他要做一个极简之人。

四

我们来聊聊马克思的朋友圈。

如果马克思也玩微信,他的朋友圈会是怎样的呢。

他的微信好友你首先会想到谁?

恩格斯……

除了恩格斯,还能不能再想到几个有点难度、有点档次的?

卢格、魏德迈、鲍威尔、海涅、李卜克内西……

对,还有燕妮……

当然,顶级的、置顶的、特别关注的星标好友,那绝对是恩格斯。

马克思和恩格斯之间是什么关系呢?

世俗地说,应该是好基友。

人之大忌在推己及人。诸位,不要推己及人。

为什么要以基友之心度伟人之腹?

别忘了我们课本是怎么描绘他们之间伟大友情的:同志般的伟大友谊……

控制下情绪,严肃点好吗?

用列宁的一句话来形容他们之间的友谊,那就是:马克思和恩格斯之间的友谊,已然超越了古往今来所有关于友谊的传说。

如果你老觉得用"同志"这个词有点不妥,那我们还是用俄文的"同志"来描述吧。

同志一词的俄文怎么说,товарищ。

知道你也看不懂,来,跟我读:哒哇力是一(是一连读)。

假如马克思在朋友圈发一篇文章（注意，如果是他发的文章，那绝对是原创，不会转发，因为转发的文章都没有马克思自己写得好），那么第一个点赞的人，一定是恩格斯。

恩格斯堪称是马克思的铁粉。

那么，他俩是怎么认识的呢？

翻开历史，你会发现，他俩相识于1842年。

那时，小马24，小恩22。

正是风华正茂、粪土当年万户侯的年纪。

那两人是不是一见如故、一见倾心呢？

非也。

五

革命的旅程往往充满坎坷、挫折和迂回。

革命友谊也不例外。

如同武侠小说里所描绘的场景一样，两人也是不打不相识。

其时，马克思身无分文、穷困潦倒，标准的月光族一枚；而恩格斯呢，是比马克思早年有过之而无不及的富家子弟。其家族祖祖辈辈都是富有的大工业者家庭，曾祖父的那个年代，就开了一个名字听起来很浪漫、名曰"花边厂"的工厂，并且获得了象征着他们家族地位的盾形徽章。到了恩格斯祖父这一辈，纺织工厂规模越做越大，父辈们都寄望恩格斯继承家业，成为一代商业传奇。

你好，又一个人生赢家。

然而，恩格斯出牌也没什么套路。

早在柏林当兵时，小恩就给小马主编的《莱茵报》投过稿，22岁的恩格斯有次路过《莱茵报》，还进去跟24岁的小马哥坐了坐。

但这次两人互相都没留下啥好印象。

马克思有点瞧不上恩格斯。

这种瞧不上，不是一般人想的仇富、仇官，痛恨富二代。

而是思想、立场和三观上的。

那时，恩格斯是一个叫做"自由人团体"文艺青年圈子的成员，而马克思有点看不上这个团体，对恩格斯也有偏见。

这个名曰"自由人团体"的圈子，其实就是以前的"青年黑格尔派"。好玩的是，早年的小马哥也曾加入过，还一度成为这个团体的意见领袖。只不过，后来马克思的思想境界提升了，也就慢慢脱离并有了不同的立场和见解，而这个圈子没有马克思也就慢慢沉沦下去了。

社会我马哥，什么没玩过？

六

那么，后来马克思和恩格斯又是怎么走到一起的呢？

这就不得不提到巴黎一家非常有名的咖啡馆，叫做普罗可甫咖啡馆。

1686年这家咖啡馆开张的时候，名流云集。几乎所有的巴黎文艺青年，全都跑过去了。诸如思想家卢梭、伏尔泰，文学家雨果、巴尔扎克，连军事家拿破仑都跑去秀一把，而且拿破仑去的时候居然没带钱，把自己的军帽押了，赊了个账喝杯咖啡。

这顶军帽后来也成为镇店之宝。

1844年，两个人正是在这家咖啡馆里相识相知的。

以前，马克思不待见恩格斯，是因为两个人不是一个量级。

但是老话说得好，士别三日，当刮目相待。

短短两年，恩格斯的理论水平突飞猛进，已经大大接近马克思了。

两人一谈就是十天。

十天。想想那画面有多美。

事实上，咖啡馆事件只是一个偶然因素。

马克思主义教导我们，历史发展是必然与偶然的奇异结合。

马恩相识相知，必然因素就在于他们都对劳动人民持有的赤诚之心，以及代言工人阶级的相通立场和决心，就在于他们对历史和社会发展规律的认识趋于一致。

综上所述，马克思和恩格斯属于慢热型的，一见不合，二见倾心，再见从此难舍难分。

这就是：一次冷，终生热。道相同，所以谋。相看两不厌，唯有恩格斯。

从此成就史上最伟大也最拉风的 CP。

没有之一。

七

关于两个人，我们所知道的故事和情节，大都是恩格斯怎么倾囊相助去帮马克思解决经济困难。

是不是可以这样形容：恩格斯是潜伏者，潜伏在资本主义社会腐朽企业的内部，披着万恶资本家的狼皮，通过帮父亲工厂打理生意赚取利润来资助马克思从事革命事业。

马克思赊账，恩格斯付费。

国产谍战片《潜伏》的德国版。

印象中，恩格斯就是马克思追求政治思想道路上的"清道夫"。

而实际上我们都很清楚，好朋友一定是志同道合，势均力敌，互帮互助。

恩格斯有难，马克思同样付费。

有次恩格斯"犯了事"，急急忙忙跑到瑞士去流亡，走的时候太急，盘缠都没带，连吃饭的钱都没有了。马克思知晓后，把家里的钱财归拢归拢，一毛不留地给恩格斯寄了过去。

毫不吝惜，专门利"恩"，真正的君子之交。

当然，除了生活上的互帮互助、相互扶持，更重要的是在事业上。

在个人特质上，马克思如同一名张扬洒脱的文科男，恩格斯好比一个低调内敛的理科男。

马克思文思如泉涌，恩格斯严谨而克制。

如同鲍叔牙之于管仲，周恩来之于毛泽东，恩格斯说："我永远都是第二大提琴手"。

马克思去世时，《资本论》只出版了第一卷，剩下的都是些潦草的笔记和手稿。

历史的书写者，交给恩格斯。

八

老马的笔迹堪比草书，除了燕妮和恩格斯，没人读得懂。

这时候，恩格斯的余生数年如一日，只做一件事。

在比马克思多活的 12 年中（马克思 1883 年去世，恩格斯 1895 年去世），恩格斯的晚年就是帮马克思整理《资本论》后两卷书稿。

那时的恩格斯，已年过六旬。

他放弃了自己的写作，帮马克思整理著作。

而且，在著作的署名上他没有留下自己的名字，署上的都是马克思的名字。

有人问他你为什么这么做，你不累吗？

恩格斯回答说，我乐意！

后面这句话感人泪下——

他说：通过整理书稿，我终于又可以跟我的老朋友在一起了。

列宁一语中的地评价道："他为天才的朋友树立了一块永不磨灭的纪念碑。无意间，他的名字也被镌刻在了上面。"

人生得一知己，死亦何惧？

9.
如何评价马克思

一

马克思,生于 1818,逝于 1883,享年 65 岁。

中国有句古话叫盖棺定论。只有一个人真正从肉体上告别这个世界了,你才能对他进行客观准确的灵魂评价。

一个十恶不赦的人,做了一辈子坏事,但弥留之际揭露了惊天秘密,也许一不小心居然拯救了一个国家甚至一个民族。

人性善恶充满了种种可能性和不确定性。

凡人不好评价,伟人更是如此。

马克思逝世的日子,是 1883 年 3 月 14 日。

仔细想来,对马克思最为中肯客观的评价只能由一个人给出,既不溜须拍马,亦不中伤诋毁,只能是马克思最亲密的战友和最传奇友谊的革命同志恩格斯的评价。

恩格斯的评价也是一篇经典,叫《在马克思墓前的讲话》。

二

这篇文章,是人类历史上哀悼文的典范。

在这篇短短 1200 多字的哀悼文中,恩格斯一贯严谨地写道:

"正像达尔文发现有机界的发展规律一样,马克思发现了人类历史的发展规律,即历来为繁芜丛杂的意识形态所掩盖着的一个简单事实：人们首先必须吃、喝、住、穿，然后才能从事政治、科学、艺术、宗教等等；所以，直接的物质的生活资料的生产，从而一个民族或一个时代的一定的经济发展阶段，便构成基础；人们的国家设施、法的观点、艺术以至宗教观念，就是从这个基础上发展起来的，因而，也必须由这个基础来解释，而不是像过去那样做得相反。"

这段话其实讲了马克思的一个伟大理论贡献，就是我们课本上学到的历史唯物主义。

接下来，恩格斯讲到了马克思另一个伟大理论成就，也就是发现了资本主义社会剥削和压迫工人阶级的秘密所在。

这一点，不用我说，大家都知道。

那就是剩余价值学说。

接下来，恩格斯继续严谨地说道：

"一生中能有这样两个发现，该是很够了。即使只能作出一个这样的发现，也已经是幸福的了。但是马克思在他所研究的每一个领域，甚至在数学领域，都有独到的发现，这样的领域是很多的，而且其中任何一个领域他都不是浅尝辄止。"

这段话又给我们什么启示？

用中国移动的一个品牌来比喻，马克思就是全球通。

早期社会主义活动家，大制糖商的儿子——莫泽斯·赫斯曾经这样介绍青年马克思：……你将会看到最伟大，也许是当今活着的唯一的真正的哲学家……他具有最深刻的哲学头脑，又具有罕见的智慧；如果把卢梭、伏尔泰、霍尔巴赫、莱辛、海涅和黑格尔结合在一起（我说的是结合，不是凑合），那么结果就是一个马克思博士。

这么多伟大人物的结合体，人类已经无法阻挡马克思！

最后，一贯严谨的恩格斯竟然禁不住动情地说道：

"而我敢大胆地说：他可能有过许多敌人，但未必有一个私敌。""他的英名和事业将永垂不朽！"

如果你读过这篇文章,从中选一句话作为微信签名,你会选哪句呢?

我选这句:"他可能有过许多敌人,但未必有一个私敌。"

对比一下吧,我们大都是怎么面对仇人的?

有人说,我这人从来都不记仇,我有仇一般当场就报了。

你看你这是什么水平。

再看看人家马克思,"未必有一个私敌"……

此种境界,令人叹服。

三

网络上流传着所谓什么是成功男人的标配,具体如下:3岁,不尿裤子;5岁,能自己吃饭;18岁,能自己开车;20岁,有女朋友;30岁,有钱;40岁,有钱;50岁,还有钱;60岁,还有女朋友;70岁,还能自己开车;80岁,还能自己吃饭;90岁,还不尿裤子;100岁,还没有挂在墙上;300岁,还挂在墙上。

如果说上述段子有一定道理的话,那么最难做到也是已达最高境界的,无疑是最后一条。

这里的挂在墙上,绝非只是挂在你家墙上,或者你村里的墙上,而是全世界很多角落的墙上。

2018年,已经是马克思出生后的整整第200个年头。

照这样的趋势发展,马克思符合这个段子对成功男人的最高标配,已是板上钉钉。

有些人死了,他还活着。

四

辛弃疾在《水调歌头·壬子三山被召陈端仁给事饮饯席上作》中

感慨道:"一杯酒,问何似,身后名?人间万事,毫发常重泰山轻"。

什么叫"毫发常重泰山轻"?

就是指人世间的各种事经常被颠倒,本末倒置了。

2008年国际金融危机爆发,"马克思现象"再一次在西方世界生成,西方人每每在生死存亡的关键时刻都会不约而同地想起这位伟大思想家,这次也不例外。

难怪西方学者直言:为什么他的时代不在了,他还在?

关于马克思,谣言也不少。

与其因为庸俗的传言而推己及人、以己度人,不如踏实潜沉地读一读伟人的著作和思想。

人最可怕的不是读书少,而是——读书很少,想法很多。

鲁迅在《战士与苍蝇》一文中这样写道:

"战士战死了的时候,苍蝇们首先发现的是他的缺点和伤痕,嘬着,营营地叫着,以为得意,以为比死了的战士更英雄。但战士已经战死了,不再来挥去他们;于是乎苍蝇们即更其营营地叫,自以为倒是不朽的声音,因为它们的完全,远在战士之上。"

五

让我们用一个大家都很熟悉的例子来做评价吧。

1999年9月,英国广播公司(BBC)面向全球展开了一个千年思想家的评选,投票是国际互联网上公开征票,票询一个月之后统计的结果是马克思位居第一。相对论的提出者、传说中人类历史上智商最高的Top10成员之一的爱因斯坦屈居第二。

这个例子因为举得多了,看起来似乎没有特别之处。但仔细想想,却惊心动魄。

大家可以想下,这个搞评选的国际知名传媒公司来自英国,而英国是什么性质的国家?

老牌资本主义国家。

再想下,马克思跟资本主义国家、跟资产阶级的关系是怎样的呢?

在马克思的笔下,他立誓要做资本主义制度的掘墓人。

然而,资本主义国家的知名传媒却仍然将千年第一伟人这一殊荣授予马克思。

所以说,马克思就是这样一个人,他在世时是一个思想家,是一个灵魂人物,他去世之后其思想的力量更是展现出了惊人的爆发力,不但全世界的无产者都听从这样一位革命导师的思想指引,甚至连其一生的对手和死敌都将他奉为内心深处的 No.1。

六

斯人已去,精神不死。

大家有没有过这样的经历,身着华丽的衣服出席同学聚会或者生日 party,感受到的只是一群人的孤独;曾经亲密的恋人、朋友和知己,天各一方后仿佛两人之间筑起了高高的藩篱;即使是亲近如生身父母的家人,也总有难以启齿的时刻……

这种"变得陌生的感觉"在哲学上被称为"异化",英语中有 beside oneself 的表达,即就像是自己脱离了身体站在一旁的状态,我从自我中离开,如同"肉体脱离",在我之外像别人一样观察自己的感受;其德语叫做 Entfrenmdung,字面意思是指"使疏远"和"陌生化",这就是一种异化。

无论是谁,身在何处,去往何方,我们都会在生活的各种层面感受到异化,并且为了克服异化,付出各种努力。

当人与人之间的关系都依赖于物,通过物连接起一个社会的网,当这个物质消失时,关系也就随之断开了。而人与人的情感碰撞哪里去了？思想交流哪里去了？人人生存在属于自己的铁屋子中，渴望有人走进屋子，却又将偶然闯进屋子里的人驱逐出去。

历史和实践一直都在证明：马克思是对的，马克思主义是科学的真理。

七

究竟什么是马克思主义？

简单说，马克思主义是一个系统的、严密的、具有整体性的科学理论体系。

从马克思主义哲学，到马克思主义的政治经济学，再到科学社会主义理论，这一理论体系仿佛一个金字塔：哲学位于塔的底部，构成理论基础；政治经济学位于塔中，构成理论中坚；科学社会主义位于塔尖，构成理论归宿。

这个体系基本反映了马克思从早年到中年、再到晚年的思想历程，而且其层层铺垫、步步推进，最终形成的是一个严丝合缝的科学理论体系。

更重要的是，这一科学理论体系是不断发展的，不是静态而是动态的，用一个严肃点的术语表示，叫做"与时俱进"。

在这一科学理论的指引下，巴黎公社的无产阶级运动初试啼声，苏联创建了人类历史上第一个社会主义国家，二战后以马克思主义为指导的社会主义国家如雨后春笋般纷纷建立……

八

回到开始的问题。

我们今天为什么将马克思主义刻在我们党指导思想的旗帜上？

其实，开始的开始，本来不是马克思主义。

最早，我们搞洋务运动，是学习西方，学习英国，师夷长技以自强。

结果，甲午中日战争蒙受奇耻大辱，我们输了个彻头彻尾，加深了中国半殖民地化程度的同时，也直接导致了洋务运动的破产。

然后，我们搞戊戌变法，是学习日本，谁打败了我们，我们就拜谁为师傅。

结果，百日维新只坚持了103天便以六君子的流血事件而告终，学习日本也不成。

再然后，我们搞辛亥革命，是学习美国，中山先生从美国归来，带来了美利坚政治制度的先进理念，立志共和。

结果，革命果实被老辣的袁世凯窃取，民国虽然建立，但共和远未达成，学习美国又不成。

再再然后，我们搞新文化运动，是学习法国，也就是西方资本主义国家的启蒙运动。

结果，巴黎和会的分赃消息传来，五四运动爆发，用李泽厚先生的话说，"救亡压倒了启蒙"，学习法国还不成。

最后，我们在共产国际的帮助下成立中国共产党，是学习苏俄。毛主席宣告说，十月革命的一声炮响，给中国送来了马克思列宁主义。

简单说，这是历史作出的选择，这是时间给出的答案。

九

我们有今天，离不开原苏联。

可惜，造化弄人。

当年我们学习的那个对象已经不在了。

苏共已经亡党，苏联已经解体。

苏共在有20万党员的时候建立了社会主义国家，在有200万党员的时候打败了希特勒，而却在有 2000 万党员的时候溃败解体。也就是说，苏共亡党、苏联崩塌时，2000 万苏共党员中竟没有一个人像七尺男儿一样站出来力挽狂澜……

为什么？

事实上，苏联解体，正是因为放弃了马克思主义的指导地位，这一原因简单却也深刻。

从赫鲁晓夫全盘否定斯大林，到戈尔巴乔夫的所谓"新思维"改革，苏共彻底放弃了马克思主义。

苏联不在了，我们接下来的路该怎么走？

今时今日，中国特色社会主义风景这边独好，凭什么？

因为我们不但坚持了马克思主义，而且成功地将马克思主义不断中国化时代化，从而使我们的马克思主义接地气、长灵气且不断与时俱进。

十

我们再谈马克思。

我们再学马克思。

因为马克思的许多观念、思想、认识反复被证明是正确的，马克思的名字本身已成为一个符号、某种图腾。

因为马克思主义作为一种方法，作为一种看待世界、解释世界和理解世界的方法，在当今比过去任何时代都更为重要。

更因为马克思主义并不只是书本上的理论，它更是改造世界的锐利武器。

所以，让我们用马克思在《关于费尔巴哈的提纲》中的第十一条作为小结：

"哲学家们只是用不同的方式解释世界，问题在于改变世界。"

10.
我为什么加入中国共产党

一

其实，很多学生心里都有困惑：为什么要入党？

不入党行不行？入党有什么好处？不入党有什么坏处？

但是，很多人不敢问，不敢说，怕说不好，不好说，觉得还是不说好。

于是，问题就一直是问题，困惑就一直是困惑。

有这么不好说吗？

不过，总有同学敢问，敢说。

有同学说，他有资格被发展为党员，但是他还没想好，问我怎么看。

我说很好看。

我特别欣慰，因为他在思考，有判断，想抉择。

人不思考，和咸鱼有什么分别？

别人都说好，你就去做，你是别人的牵线小木偶吗？

即使所有人都告诉你这是个好事，你没想好，那就要慎重。

这才是你自己的生命，这才是你自己的选择，这才是为自己负责。

为什么要加入中国共产党？

这是他给我的问题，也是我给自己的命题。

我们今天一起来聊聊。

二

我大学毕业之前才成为正式党员，不算早，很多人很早就是党员。

当然，这不好比较，我也不羡慕，我们都有自己的人生，不能老是看着别人。

如果你的眼睛一直盯着别人，也就迷失了自己。

其实，我很多条件早就具备了，比如群众基础很好，威望很高。

班级里各种投票，只要是正面的，只要我参加，基本我就是最高票。

有时候我还是全票，也就是说连我自己都觉得我挺好的。

但是我什么都好，就是学习不好。

于是，威望再高，基础再好，成绩太差，还是没有资格入党。

万事俱备，只欠东风。

后来东风来了，但是风太小，成绩有好转，但是不够好。

我成绩一直拼命追赶到大三才逐渐符合条件。

于是，我开始激动万分地靠近梦想。

那么，问题来了，我为什么要加入中国共产党？

三

有很多同学一谈入党动机都是套话连篇，动不动就"从小爷爷对我说"。

纯粹是为了让自己显得基础牢固条件成熟，随时把爷爷搬出来忆苦思甜。

要么是：从小爷爷对我说，吃水不忘打井人；

要么是：从小爷爷告诉我，生在红旗下，长在新中国……

要么是：从小爷爷教育我，没有共产党就没有新中国；

我一度深深地怀疑，大家是不是拥有同一个爷爷？

这些大而无当、无比正确的废话，持续了很多年，现在也在使用。

我不认为这个就不好，也不是说爷爷讲得就不对。

但是我认为你入党应该是你自己的事儿。

而且，我认为，就算爷爷真地跟你说，你们都是那么乖的孙子吗？

我从来没有这么说过，也从来没有让我爷爷现身说法。

因为我没有见过我爷爷。

四

在我入党前组织谈话的时候，学校宣传部部长让我谈为什么加入中国共产党。

我没有讲我的爷爷，我讲了一个故事。

我大学读书是在外国语学院，外国语学院当时的党委书记是毕可友。

他有个亲侄女小毕在我们班级读书，我们那时候特别羡慕。

因为有个亲戚在身边罩着，就算是同等能力看关系，至少心里踏实了一些。

小毕从来都是撇撇嘴，说你们不了解我大爷，他不会为任何人走后门。

我们就哈哈哈哈哈，傻子才信。

后来，小毕参加学院保研面试，她一直是前三名，我们学院有两个名额。

学院早就传开了，说小毕你妥妥地保研了，成绩本来就好，何况还有你大爷。

小毕一脸凶相，你大爷!

她说要是她大爷不在，说不定还好一些。

我们就哈哈哈哈哈，傻子才信。

后来，小毕果然没有上!

小毕竟然没有上？小毕确实没有上。

那几天小毕眼睛哭得跟桃儿似的，我们谁也不忍心去讨论她大爷的事儿。

不过我们也慢慢相信有个当领导的大爷有时候真不见得是好事。

她自己当然也不是吃素的，自己考研考去了北京更牛的学校。

后来，有一次采访毕书记，提到了这个话题，就说大家当时都觉得不可思议。

毕大爷说，为什么不可思议？她又不是第一名，她为什么必须上？升学考学对每个人来说都是天大的事情，她并没有特别傲人的成绩，所以也谈不上有多么大的牺牲，我相信她考研也能考得很好。而且，当你个人利益和别人的利益冲突了，党员本来就要做出牺牲和让步，不然凭什么你是党员？入党的时候都宣誓过的，要准备付出，入党不是为了能够给自己获得更多利益……

他说得特别认真，我听得特别仔细。

我脑海闪过一个词叫正义凛然，有股正气支撑的人大概都是威风凛凛百毒不侵的。

我觉得我做不了这样的人，但是我愿意跟这样的人在一起。

我觉得这才是正能量的世界，我觉得这才是我们都需要的世界。

所以，我决定加入中国共产党。

五

但是，我还是太年轻了，世界观和价值观并不会就这样轻易地生根发芽。

信念建立得太单纯,摧毁起来也特别容易。

后来,我读了研究生。

虽然我入校不久,党龄不长,但是大概因为乐于奉献和勇于担当,后来担任了党支部书记,后来竟然还以新生的身份竞选成为研究生会主席。

那时候,我们支部的核心任务就是组织政治学习,我第一次做党支部书记,第一次带领大家学习,所以我特别用心。

当时,我们的学习任务是领会上海市委主要领导同志讲话精神。

我们认真学习了三个月。

三个月以后,这个领导被抓了。

学习过程自然无疾而终。

然而,我不能接受。

接下来的很多天我特别伤心,特别难过,特别委屈。

就好像自己辛辛苦苦在海边搭建了一个城堡,一个浪打过来就全部坍塌。

回想起过去的三个月,我觉得所有的努力特别可笑,特别滑稽。

越用心越受伤,越在意越痛苦,越卖力越滑稽。

我当时想不明白,也无法向别人求助,我想不通。

很多人还会嘲笑我,有什么好委屈的,跟你有什么关系。

别人未必理解我的愤懑,未必理解信念受到冲击的迷茫。

六

时间慢慢过去了,我自己也终于可以比较平静地想清楚一些问题。

比如,其实我们不应该把入党的动机跟某个人联系在一起。

无论是正面的,还是反面的,他们都是个人,都是个体。

把信仰交给个人承载永远是有风险的,也是脆弱的。

或者说来得快，去得也快；建立很容易，摧毁也简单。

因为人是会变的，所以我们有个词儿叫盖棺论定，死了才靠谱。

尤其在别人信仰没有那么牢固、没那么坚定的前提下。

另外，我们不应该因人废言，不应该因为人出了事儿，就觉得所有的话都没道理。

市委领导当时的种种讲话不是代表他个人，讲话的意义也不能因为他个人出事儿而全盘否定。

只不过，在以德治国的传统文化中，德行有问题，那就什么都不是。

有人说：鸡生蛋，鸡也拉屎，但你肯定只吃蛋，不吃屎，对鸡如此，对人亦然。每个出色的人，都会生蛋，也会拉屎，例如他很会开公司，那你就买他股票赚钱，至于他乱讲话，你就别学。多吃鸡蛋，少理鸡屎，吸取营养，壮大自己。很多人放着蛋不吃，整天追屎，难道你靠吃屎能变壮大？

不以言举人，不以人废言，说得很严谨，做到却很难。

言归正传。

现在，我们重新来回答这个问题：今天，为什么要加入中国共产党？

如果过去我的认识肤浅，那我也要自己寻找一个答案。

这不是为了宏伟的目标，而是给自己的内心一个交代。

七

我开始读党史，我想从这个党的诞生之初开始去寻找答案。

不为了考试，不为了考级，只为了内心的平静。

只为了给内心那些涌动的不安找一个落脚的地方。

然后，我有了太多太多的疑问。

比如，一个最初只有 50 多人的政党，一个最初只有十二三个代表的大会,最小的不到 20 岁,靠什么克服千难万险聚集到一起?

比如,那些早期代表有的衣食无忧,有的在外留学,有的身居高位,是什么让他们心甘情愿抛弃一切干共产?

比如,中国近代史舞台上各种政治力量都有登台亮相的机会,太平天国运动、洋务运动、戊戌变法、义和团运动、辛亥革命……为什么是共产党一步步走到了历史舞台的中心?

比如,这个逆袭的政党诞生之初没有任何光环,没有任何背景,没有任何资产,哪里来的一往无前的勇气和底气?

比如,这个命运多舛的政党一路面临各种"围剿"追击,面临各种逃离、掉队、背叛,靠什么坚持到最后的胜利?

是谁选择了共产党?

历史,还有人民。

历史始终在观看,人民始终在判断,是什么让人民选择了共产党,而不是别的其他政党?

答案只能是两个字:信仰。

八

加入一个组织,就要了解一个组织的过去,看清一个组织的未来。

这应该是最基本的要求,但是其实这个最基本的要求我们都没做好。

我们也受了很多年的教育,但是教育我们的人并没有很好地完成这份工作。

因为我们在这么多年的教育中失去了对历史的兴趣和对选择的敏感。

历史全是细节,历史全是故事,历史充满悬念,历史波谲云诡。

历史从来都不是冷冰冰的时间、数字和事件。

历史是字里行间的生与死、血与火、灵与肉。

爱国必须懂国史,爱党必须看党史。

可惜,这个组织的过去其实很多人都不太了解,不读党史,不读党章。

我们没有经历过艰苦岁月,也就不能凭空建立起对党的感情和深情。

所以,我们要回头看,要仔细想,要慢慢走。

这个政党的历史并不遥远,这个政党的现在其实也不复杂。

知道怎么来的,才能知道身在何处,才能知道去往何方。

这是最简单的逻辑。

这个政党的未来也很容易判断,最近几年,我们见证了很多事儿。

所有人都看得到"打老虎拍苍蝇",看得到"全面从严治党"……

所有人都看得到"八项规定",看得到"三严三实"……

所有人都看得到"群众路线",看得到"两学一做"……

所有人都看得到"不忘初心、牢记使命",看得到"党史学习教育"……

越来越具体,越来越严格,越来越常态,这就是趋势。

道理并不复杂,决定一个政党生机和活力的,永远不是党员的数量,而是质量,是向心力,是凝聚力,是纯粹度。

心中没有人民,必被人民所弃。

这个政党的荣光与人民紧紧相依,未来的辉煌也必然有赖于此。

也只能如此。

这是历史给出的答案,也是中共自己的选择。

九

我想,我们今天给出的肯定不是最终答案。

或者，我们也不是想给出一个最终答案，也不应该给出答案。

现在，入党的门槛也越来越高，入党也越来越困难。

那就让真心想加入这个组织的同志们面临更多一些考验。

我认为，如果一个人没有强大的群众基础，不为大家全心全意奉献，做不到吃苦在前，享乐在后，他是没有资格入党的。

至少，在我所能辐射的范围内，就是如此的标准和要求。

如果大家都同意这样的观点，那就不只是我，而是我们。

我们来自五湖四海，为了一个共同的目标而走到一起。

同时，也应该带着每个人自己的信念和故事。

11.
我们是合格的共产党员吗

一

先讲个故事,或者事故。

时间回到 2017 年的 11 月。

从十九大的会场回来,我参加了工信部、教育部和江苏省委组织的宣讲。

其中的一个巡讲搞了个启动仪式,在高校的大礼堂,数百名师生。

仪式中安排了一个环节:重温入党誓词。

头天晚上走台的时候,工作人员跟我说:徐老师,地上有个标记,明天你就站在这个地方,然后带着大家宣誓就行了。

还嘱咐我一句:入党誓词不用背,明天这里电子屏会有提词板,照着念就行了。

我说好的,然后就回去了。

第二天上午,活动举行。

到了宣誓环节,我就带着宣讲团成员到了台上,站定。

"请大家举起右拳,跟我宣誓……"

这个时候,状况出现了。

二

现场的记者们为了抓拍我们宣誓的场景,从台下一拥而上。

结果整个提词板挡得严严实实，一个字都看不见！

一点不夸张，一个字儿都看不见。

然后我就听见身后的宣讲团成员讲了一句：完了，看不见了。

问题来了：如果我讲不出入党誓词，该怎么办呢？

其实，还能怎么办呢？

那只能一脸羞涩的笑，对着记者们摆摆手，鼓起勇气喊一句：

"各位请让一让，我们看不见了。"

请问，如果是这样，台下那数百名党员师生会有什么反应？能有什么反应？

该怎么想？或者又能怎么想？

应该会发出一些哄笑，或者还有一些议论。

这个党的十九大代表，竟然讲不出入党誓词……

这群要给我们宣讲的人，竟然要让记者让一让……

再请问：接下来我们就是再宣讲三十场五十场，哪怕场场卖力，次次精彩，能够挽得回来这一次带来的尴尬和影响么？

不能。

绝对不能。

三

当然，这都是推演。

这一幕并没有出现。

我站在台上带着大家把入党誓词重温了一遍，或者说，重背了一遍。

到了台下，有些庆幸，庆幸小插曲没有变成主题曲。

晚上，我就发了个朋友圈：讲个刺激的花絮。今天巡讲启动仪式，按照安排带领全场数百名师生重温入党誓词，当我举起右拳，惊奇地发现提词板一个字也看不见……其实也有瞬间的慌乱。庆幸功底还行，一路回忆一路重温，马上再抄一遍压压惊。

然后，收到了很多留言和点赞。

留言内容大同小异：太刺激了！好厉害！很赞！不容易！怎么做到的！向你学习！

这时，脑海里就有了一个问题：

一名共产党员，能够说得出入党誓词，就真的这么不容易吗？

四

再讲一个故事，是2015年。

背景是我跟一个研究生同学进行入党前谈话。

于是，有了如下的对白：

先聊聊党史吧，中共一大是哪天举行的？

老师，那肯定是7月1号，建党节啊。

确定是7月1号那天？

是啊，不然怎么叫建党节？老师，你说呢？

不确定就回去再查查。那说说中共一大有多少代表？

21？28？不对不对，42？

好的，别猜了。看过《共产党宣言》么？

《中国共产党宣言》？看过看过。

谁写的？

我没太注意，就是党课上发的教材。

好了，先到这儿吧，不好意思，我还不能给你写谈话意见。

……

五

这并不是结尾，对白还在继续，因为这个同学不接受。

老师，因为几个问题没答好就拒绝写谈话意见，我不能理解，我觉得一个党员是不是合格，应该有很多标准，有的人科研做得好，有的人志愿服务做得多，有的……

同学，不好意思，我打断一下，你说的那是工作表现，跟政治信仰不是一个概念，就像有人不入党同样可以取得重大成就。

老师，你这样不合理，你去随便问问同学，你看有几个能答出来。

同学，都答不出来也没关系，那就都不要加入。这个组织不缺人，只缺真心加入的人。

老师，我本科的大学我们班长成绩狂差，辅导员也让他入党了，我各方面比他强多了。

同学，那只能说明你本科的大学也有问题，你的辅导员也有问题。

老师，我觉得你这样说话我没法接受，我不觉得我原来的大学有问题

……

谈话在我的坚持中告一段落。

处理意见，是这个同学暂缓之后重新进行考察和谈话。

据说后来的谈话他对答如流。

我就在想，这个算成功的案例么？

应该不算。

因为在那一批发展的同学中，他是唯一被暂缓的。

他的结论一定是他自己有问题么？

不一定，说不定他认为我有问题。

或者他有问题，是他的运气有问题，运气不好摊上了我谈话。

如果是整个学院都是这个标准再严格要求一些呢？

如果是整个学校都是这个标准再严格要求一些呢？

也不算真正的成功。

只有全国所有的党组织在入党第一关都是严格标准,这才算成功。

但是,这个靠谁呢?

靠每一个基层党组织,靠每一名党员。

六

第三个故事,是在主题教育期间。

一个政府机关的工作人员比较真诚地跟我讨论一个问题。

他说:为啥要搞初心教育?我们每天在为老百姓办事不就是不忘初心么?

难道非要集中学习理论才叫不忘初心?不懂理论难道影响我为人民服务么?

听起来也很有道理。

我问了一个问题:最勤劳的蜜蜂和最蹩脚的建筑师有什么不一样?

他说:不知道。

"最蹩脚的建筑师从一开始就比最灵巧的蜜蜂高明的地方,是他在蜂箱里建筑蜂房以前,已经在自己的头脑中把它建成了。"

他说,你讲的有点深奥。

我笑,这哪是我讲的,这是马克思讲的。

他说,哦,说得再通俗一些呢?

可以啊。比如,对于没有方向的航船,什么风都不是顺风。

比如,你只有知道你要去哪儿,一切才会为你让路。

比如,我们既要仰望星空,也要脚踏实地,既要埋头拉车,也要抬头看路。

比如,我们走得再远,无论我们走到再辉煌的未来,都不能忘记为什么出发。

为什么学理论？为什么学思想？理论跟业务有什么关系？

如果都不知道今天的奋斗是为了什么，如果都没有思想和认识上的清醒，如果都不知道今天的奋斗是为了去向何方，如果不知道从何而来，身在何处，又如何能走得踏实、走得坚定、走得理直气壮？

七

讲完三个故事，我们来回答问题。

我们是不是合格的共产党员？

不好说。

我以为，合格作为底线和边界，应该有明晰的要求。

除了行动上要能看得出来，思想上和认识上应该也有底线和要求。

比如，一名合格的共产党员至少应该知道我们为什么叫共产党，为什么信仰共产主义；

比如，一名合格的共产党员应该至少看过一遍《共产党宣言》；

比如，一名合格的共产党员应该至少认真读过一遍《中国共产党章程》；

比如，一名合格的共产党员应该能够沿着时间的脉络大致说得清楚我们党走过的历程和苦难辉煌；

比如，一名合格的共产党员应该能够说出来入党誓词，注意：是说不是念；

……

这些要求高么？

其实并不高。

每一条都很基本。

每一条都应该做到。

每一条都必须做到。

我们都能做到么？

我们都做到了么？

有多少还没做到呢？

我不知道，我只知道我们需要形成共识。

从2016年"两学一做"提出要"做合格党员"算起，一晃就是好几年。

如果当年有命题，今天我们可以交上一份及格的答卷了么？

再看看我们身边，每年那么多党组织那么多党员都在重温入党誓词。

重温了这么多年，依然要念么？

是不是重温一辈子也记不住？

那究竟是记不住还是没想记住？

连入党誓词都记不住，那我们算合格的共产党员么？

八

初心，是我们的话语中最热的词汇之一。

我们的初心还在么？

中国共产党人的初心我们都清楚：为中国人民谋幸福，为中华民族谋复兴。

但是人民不是抽象的概念，是我们每一个人具体服务的每一个对象。

民族复兴也不是悬在半空，也一定要在每一个人的努力奋斗中实现。

我们还是要多想一想，我们还是要想清楚。

我们要想一想是不是因为走得太远，忘记了为什么而出发？

我们能不能回过头来，能不能多回头看看，能不能先把短板补齐，能不能先把基础夯实，能不能先让内心坚定？

九

说到初心，讲一个人。

国家荣誉获得者，"人民科学家"叶培建院士。

他有各种身份各种头衔。中国科学院院士，航天科技集团五院技术顾问、研究员，南京航空航天大学航天学院院长，嫦娥一号总设计师兼总指挥，嫦娥三号首席科学家，嫦娥二号、嫦娥四号、嫦娥五号试验器总指挥、总设计师顾问，火星探测器总指挥、总设计师顾问，最美奋斗者……

但是他说：荣誉不是给我的，是给团队的，航空航天都是系统工程，靠个人做不起来，我只是千千万万个中国航天人的代表之一，这都是大家的功劳。几十年来，面对一切诱惑和干扰，我心里只有一个想法，就是要为中国航天做点事。我在国外读书的时候，向大使馆递交了入党申请书。我深深地体会到：中国人民是伟大的、中华民族是伟大的，世界上就没有什么可以难倒我们和阻挡我们前进的步伐；我们每个人都是国家的一分子，只有把自己的成长放在国家发展和利益的大局中，才能发挥一点作用，才能做出一点事情，才能有所贡献！

如今的叶培建院士每个月到南航一次，亲自到课堂、到教室、到宿舍，作报告、讲示范课、开研讨会，不讲待遇不提条件。

以报国为方向，以科研为支撑，以教育为延续。

这是院士的不忘初心，继续前进。

说回我自己，也一直在反思。

很多人对我有很多称呼，比如川哥、徐老师、徐书记等。

这些分别是青年朋友的称呼、课堂的身份、工作的身份等。

经常会有人问我喜欢哪一个？

非常肯定，我喜欢第一个。

因为第一个是情感的认同，是亲近的表征，是保质期最长的称呼。

也正是第一个称呼以及第一个称呼背后的认可,才有了今天的微信公众号,才有了48小时有求必应有问必答的承诺,才有了我和青年朋友的彼此信赖,才有了全国30万的青年好友,才有了多年以来一以贯之的咨询答疑,也才有了全国五一劳动奖章,才有了我们对问题的共同面对,才有了2016年的一篇《我为什么加入中国共产党》,才有了《顶天立地谈信仰——原来党课可以这么上》的通俗读物,才有了后来更多人的关注,才有了全国最美教师的称号……

没有第一个称呼,就没有后来的这一切。

但是,问题来了,我和当年还一样么?

一样也不一样。

一样的是我和当年一样清醒,从未动摇。

不一样的是我也真的和当年不一样了。

比如,我已经不能像当年一样陪伴学生、服务学生。

写专业的文章多了,给青年的文章少了;

开会的时间多了,跟学生交流少了;

讨论宏观命题多了,解答具体问题少了;

……

都重要,都有意义,都要做。

但是,还是要有反思,还是要有改变,还是要想想当年。

十

2016年,那时候,很多人知道我,更多人还不知道我。

那时候,我还在默默生长,也才刚刚出第一本书。

那时候我还没有很多荣誉,那时候我拥有的最大财富就是喜欢我的学生。

那时候,我的梦想是什么?

在第一本书的后记里，我写过这么一段话。

"我希望我能一辈子跟学生在一起。其实，一直以来，我对自己的定位都十分明确，我愿意终生与学生为伴，我不羡慕任何的所谓升迁，也没想过任何的所谓跳板。我是不可以离开学生的，没有学生我就是无源之水无本之木。学生就是我工作的生命和工作的全部，我认为学生也需要我。我所追求的目标也从来没有变过，我一直追求有尽可能多的空间和自由跟学生在一起，聊聊传统，说说文化，讲讲礼仪，谈谈表达，吹吹牛皮，侃侃规划。

这就够了。

这就好了。

这就够好了。

我愿意终生与学生为伴。

这是我的心愿，也是我的信念。"

十一

走得再远，也不能忘记为什么而出发。

走得再远，也不能忘记从何而来，因何而在，去往何方。

说给自己，也说给所有人。

12.
我们一起谈信仰

一

世界上最富有终极关怀意识的职业是什么？

中国的门卫。

因为他们每天都在反复追问：你是谁？你找谁？从哪里来？到哪里去？

其实，人活着无非也就是这几个问题。

谈到终极关怀，有一个词就躲不过去，那就是信仰。

问题来了：什么是信仰？我们为什么要有信仰？信仰有什么用？

今天当我们谈论信仰的时候，我们究竟在说什么，我们又该怎么做？

二

先说第一个问题。

什么是信仰？

有人说赚很多很多钱就是信仰，有人说当很大很大官就是信仰，有人说正义公平法治就是信仰，有人说真主上帝就是信仰，有人说共产主义就是信仰……

你看，答案纷纭复杂，我们莫衷一是。

那信仰究竟是什么？说起来比较抽象，还是讲个故事吧。

二十多年前,我还在农村读初中,那时候我们周围还有不少打架斗殴的现象。常见的套路是这样的:大家正在上晚自习,突然进来一些小混混,手里拎着板凳腿,跑进教室里,一踢桌子,你就是徐川吗?

我说我是啊。

你就是啊?好,给我打!

后来长大以后也经常有很多人问我,你就是徐川吗?

每当这时候,我都犹豫半天……

三

生活有时候就是这么简单粗暴。

问题来了,那如果被打了怎么办呢?

通常来说,有三种化解方式:

第一种,虚张声势吓唬人。嘴里的台词是这样的:你有种别跑,你给我等着!我喊人去(然后,打人的在这儿等着,然后一直等着……)。

第二种,画个圈圈诅咒你。嘴里念念有词:善有善报恶有恶报,不是不报时候未到,人在做,天在看,早晚会有报应的(当然要把握时机,通常在打人的还没消失但又刚好听不太清楚的时候……)。

第三种,坚决不能放过你。报告老师,报告校长,最后报警,必须要有说法,不能轻易放过你。

其实,这三种回应方式对应的就是三种相信。

第一种,相信暴力,以暴制暴,当然有些只是虚张声势。

第二种,相信报应,天理循环,报应不爽。

第三种,相信规则,相信正义,以法律为准绳,以事实为依据。

所以,回头来看这个问题,什么是信仰?

宗教是信仰吗?金钱是信仰吗?权力是信仰吗?

是，但不完全是。

四

信仰的起点不能太低。

因为信仰关乎人生全部的目标和最后归宿，也是人生发展的动力和精神支柱。既然如此，这个目标太低就很容易实现，想不通时会无助，想透彻了会无聊，无路可走很麻烦，一眼到头也无趣。

比如说，金钱可以是信仰，所以有人要钱不要命，所谓"人为财死，鸟为食亡"。

金钱作为奋斗目标可以，但是作为信仰有问题。

为啥？因为层次太低，因为容易实现。

只要辛勤劳动，只要努力进取，我们就可以赚钱，就可以攒钱，就可以有钱。但是，有了钱以后怎么办呢？再赚更多的钱？再然后呢？

如果信仰的选择就是金钱、名声、权力，那就可能有钱乱花，有名乱来，有权乱用，因为这就已经是终点，没有下一步。

人生还在继续，已然没有追求。所以富可敌国依然可能怅然若失，功成名就依然可能壮心不已。

信仰的选择也不是别无选择。

也就是说，能够成为我们信仰的，通常不是因为我们没得选择，就拿来作了奋斗目标，而是我们有各种选择，经过反复比较最后进行的判断，而这种判断别人不一定理解，自己却非常坚定。

跟信仰相联系的名字，哪个是别无选择的？

你看看孔子，你看看释迦牟尼，你看看马克思，你看看恩格斯，你看看毛泽东，你看看周恩来，你看看朱德，你看看彭湃……

他们都有选择，都有很多选择，只不过最后的选择很多人不一定理解。

如果不了解信仰的力量,大概也不能理解为什么很多人明明衣食无忧明明家境优渥,却为了别人的幸福、国家的幸福、民族的幸福或者全世界绝大多数人的幸福开始颠沛流离前途未卜的生活。

信仰,顾名思义,信,笃信不疑,仰,仰望崇高。所有"信仰"一定既要"信",又要"仰","信"则坚定不移,"仰"则很难到达。

说完了信仰是什么,那信仰有什么用?

五

接下来,我想做个导游,我想带你去一个地方。

那里很美好,天空一碧如洗,白云擦过耳边,时而天地澄澈,时而云雾茫茫,你可以尽情地自拍、发定位、晒到朋友圈……

那里很荒凉,天空中连鸟飞过的痕迹都没有,只有皑皑的白雪和桀骜的岩石,你可以尽情地发呆、放空、思考人生……

那里很凶险,海拔将近5000米,稍微走一点路你就会气喘如牛,就会四肢麻木,就会眼前发黑,500米的台阶,你可能会走上一个半小时,你可以尽情地享受那种高原缺氧给你带来的征服千难万险的快感……

所以,你要穿上厚厚的羽绒服,背上几个氧气瓶,兜里揣上巧克力,出发前再喝上几罐饮料来补充体力,当然你还要吃一顿丰盛的早饭。然后坐上缆车穿云入雾到达山顶,最后"征服"那最后200米的海拔。

这里是雪山。

是不是很美好?

六

当然很美好。但是,如果你什么都没有呢?

如果你手无寸铁,如果你没有羽绒服、氧气瓶,如果你没有巧克力和缆车呢?

在山上饿了吃什么?渴了喝什么?累了在哪儿休息?晚上怎么睡觉?

在我们当代人看来,这些似乎都是无法解决的困难。

问题来了。

80多年前,那群衣衫褴褛、骨瘦如柴的红军战士,携带着沉重的装备,是怎样一步步从山脚开始,克服严寒,面对冰雪,熬过高原反应,丈量那一座座人迹罕至的雪山。

是什么能让他们毫不犹豫地去爬那鸟儿也飞不过去的雪山?

是什么能让他们在寒冷、疲惫、高原缺氧的痛苦折磨下一往无前?

是什么让他们能够义无反顾地相信胜利一定在前方,希望一定在前方?

是追击的敌军和炮火吗?不,因为我们知道,他们可以退缩,可以彷徨,可以犹豫,甚至可以逃离。

是丰厚的粮饷、高官厚禄的许诺吗?不,因为他们谁都不知道,自己能否活着走下雪山,他们中的很多人没有机会看到最后的美好。

那是什么呢?

没有别的词,只能是信仰。

那信仰有什么用?信仰是希望,信仰是力量,信仰让我们成为了我们,信仰让中国走到了现在。

七

今天当我们谈信仰,我们又该做什么?

介绍一个男神。

现在男神的名字被滥用和泛用,一时间似乎到处是神,让人精神恍惚。

男神男神,既然赋予神性,就必然有让我们难以企及的境界和人格,有超越时间和岁月的特质。

我们口中所谓的男神,几人配得上?

他才是真的男神。

他的名字对于亿万中国人来说耳熟能详;他的语录是亿万中国人成长路上的精神指引与前进航灯;他比很多所谓男神的生命力都持久,他是几代人学习的榜样,因为他举国上下掀起了无私奉献、助人为乐的热潮。

有人猜到了,他是雷锋。

他有信仰,也有目标:"人的生命是有限的,可是,为人民服务是无限的,我要把有限的生命,投入到无限的为人民服务之中去"……

目标宏大,如何落实?

雷锋做得不复杂,"出差一千里,好事一火车"。

信仰崇高,行为具体。

我们不必要把信仰本身挂在嘴边,也不见得每时每刻都要去对照最高目标,只要方向正确,只要砥砺前行,就是在向着信仰逐步靠近。

我们在爬泰山的时候,不会时时刻刻都能看见南天门,也不必每一步都想着南天门,只要不停步,只要坚持走,只要方向对,我们就能到达南天门。

中国人有句职业规划,叫"修身齐家治国平天下",就是从自己做起,从身边开始。

那我们能不能以自己为圆心,慢慢让自己强大,慢慢把责任扛起来?

八

多说一句爱国,我们是不是真的热爱我们的国家?

有人说当然热爱,爱国是人类的本能。

那我们会爱国么?

不见得。

爱国并不能完全等同于参观走访、观看影片、集体宣誓、正襟危坐、肃穆庄严。

其实,我一直有一个疑问,我们真地了解祖国么?我们真地热爱祖国么?很多学生不知道中国为什么叫中国、华夏、九州?为什么我们叫炎黄子孙,为什么山西简称晋、山东简称鲁、甘肃为什么叫甘肃、宁夏为什么叫宁夏?我们的赵钱孙李周吴郑王都是怎么来的?数字有哪些禁忌?颜色有哪些文化?怎么叫信口雌黄?什么是熟人社会?中国为什么重集体?我们为什么叫乡土中国?怎么又算是农耕型社会?这些再具体不过的问题背后,其实就是我们的祖国和祖国的文化。

一个人如果不了解民族历史,如果不关心国计民生,不熟悉传统文化,他凭什么建立对这个国家的感情?他哪里来的文化自信?

那该怎么爱国?

道理是一样的。

我们可以从身边入手,从生活入手,从常识入手。

比如我们都有祖籍,我们都有姓氏,我们都有家乡,这里面是不是都是文化?比如我们每年都有传统文化节假日,这里面是不是都是文化?

九

我们都不是孤岛,我们彼此相连,我们决定了并决定着这个社会的走向。

赠人玫瑰,手有余香。

我们不妨先设定一些小目标,从自己开始,从身边开始,从热爱集体开始,从热爱组织开始,从热爱祖国开始,让我们在通向信仰的大道上携手前行。

13.
百年五四谈青年

一

那一年的五四,一晃已过去一百多年了。

100多年前的神州大地,山河破碎,风雨飘摇。

你方唱罢我登场,各种力量开药方。

曾经轰轰烈烈的太平天国运动和义和团运动早已烟消云散;洋务运动的图强之计已经随着曾经"亚洲第一"的北洋舰队沉入海底;戊戌变法的维新梦想虽然宏大却经不起顽固派的轻轻一推;辛亥革命的胜利成果最终被手握重兵的袁世凯窃取……

中国依然是列强环视,民不聊生。

> 俄罗斯自北方,包我三面;英吉利,假通商,毒计中藏;法兰西,占广州,窥视黔桂;德意志,胶州领,虎视东方;新日本,取台湾,再图福建;美利坚,也想要,割土分疆。这中国,那一点,还有我份;这朝廷,原是个,名存实亡。替洋人,做一个,守土官长,压制我,众汉人,拱手降洋……

字字看来皆是血,陈天华写成了《猛回头》。

从1840年第一次鸦片战争开始,无数仁人志士便开始了强国富民的苦苦探索,无数次的尝试,无数次的失败,权臣靠不住,皇上靠不住,农民起义不行,民族资产阶级也不行……

强国的道路在哪里?富民的希望在哪里?

我们在黑暗和痛苦中隐忍，煎熬，思考，探索……

二

100年多年前的那天，奔涌的地火找到了出口。

巴黎和会传来消息，中国代表提出废除外国在中国的势力范围、撤退外国在中国的军队和取消"二十一条"等要求，被列强操纵的会议拒绝了，竟然决定将德国在中国山东的权益转让给日本。

我们有数十万中国青壮年被送到欧洲战场，我们有无数人客死他乡……

我们不是战胜国吗？

或许曾经有那么一刻，我们还在幻想，有良知的外国人会帮我们主持公道；或许曾经有那么一刻，我们还在幻想，在构建世界新格局的时候我们是不是可以搭个顺风车；或许曾经有那么一刻，我们还在幻想，战胜国的身份依靠外交，应该可以争到哪怕一点点面子……

可是，任人宰割的国家哪里有幻想的权利？

最后一丝希望，破灭了。

中国外交失败的消息传来，中国人民愤怒了。

100年前的那天，五四运动爆发了。

三

一百多年前的那一天，一场运动席卷全国，一声口号响彻神州。

"中国的土地可以征服，而不可以断送。中国的人民可以杀戮，而不可以低头。国亡了，同胞们起来呀！"

1919年5月4日，北京三所高校的3000多名学生代表冲破军警阻挠，云集天安门，提出"还我青岛""废除二十一条"，要求惩办曹汝霖、陆宗舆、章宗祥。

学生游行队伍移至曹宅，痛打章宗祥，火烧赵家楼。

有人以为，这就是五四运动的全部。

当然不是，大幕刚刚拉开。

1919 年 5 月 7 日，长沙学生举行"五七"国耻纪念。

1919 年 5 月 11 日，上海成立学生联合会。

1919 年 5 月 14 日，天津学生联合会成立。广州、南京、杭州、武汉、济南的学生和工人给予支持。

1919 年 5 月 19 日，北京各校学生同时宣告罢课，天津、上海、南京、杭州、重庆、南昌、武汉、长沙、厦门、济南、开封、太原等地学生先后宣告罢课，支持北京学生的斗争。

面对国家危亡，先进的青年知识分子站了出来！

1919 年 6 月 5 日，上海工人开始大规模罢工。

1919 年 6 月 6 日、7 日、9 日，上海的电车工人、船坞工人、清洁工人、轮船水手，也相继罢工。上海工人罢工影响各地，京汉铁路长辛店工人、京奉铁路工人及九江工人都举行罢工和示威游行。

面对国家危亡，工人站了出来！

1919 年 6 月 6 日，上海各界联合会成立，反对开课、开市，并且联合其他地区，全国 22 个省 150 多个城市都有不同程度的反应。

面过国家危亡，全国人民都站了出来！

面对强大社会舆论压力，曹、陆、章相继被免职，总统徐世昌提出辞职。

1919 年 6 月 28 日，中国代表没有在和约上签字。

五四运动开启了一个新的时代——指明了无数青年人苦苦挣扎的出口，惊醒了千万中国人浑浑噩噩的梦魇；实现了全国各阶层在爱国主义大旗下的第一次大团结，掀开了历史的新篇章。

可以说，没有五四的启蒙，中国可能还要在黑暗中摸索多年；没有五四的洗礼，可能也不会有马克思主义理论的风靡；没有五四的中国，很难想见何时会迎来民族解放和繁荣富强。

而这些伟大成就的推动者，就是那年的那些青年。

从游行的队伍中，从激昂的情绪里，镜头切近，我们来认识一个青年。

四

他叫施滉。出生于1900年，云南洱源人。

1917年，他以第一名的成绩通过北平清华学校的考试，也就是今天的清华大学。

接下来，就是要去北京面试，当时中国风雨飘摇，民不聊生，就算是在自己的国土上，想从云南去北京也要冒着莫大的风险。

是冒着生命危险去上学，还是在老家过安稳的日子？

施滉和父亲拿着借来的路费，从昆明出发，借道越南，再转往天津，几经辗转才到达北京，凭借面试的突出表现，顺利成为一名清华学子。

1919年，五四运动爆发，施滉投身洪流，举着拳头，扯着嗓子，流着热泪，怀着激昂。

1924年初，在赴美国留学深造之前，施滉特意和同学一行赶往广州，拜见仰慕已久的李大钊和孙中山先生，两位先生说："中国最初送出到美国的学生，大半都变成美国人，回到国来看到种种腐败的情形，不是想法子改良，反而张口闭口的 you Chinese 没有希望了，we American 怎样怎样，像这种的亡国奴要他何用，你们切要小心。"

汽笛鸣起，海风劲吹，"此去西洋，深知中国自强之计，舍此无所他求。背负国家之未来，取尽洋人之科学。赴七万里长途，别祖国父母之邦，奋然无悔。"当年，正值青春的刘步蟾站在船头这样说的，而施滉在赶赴美国求学的船头上，想必也是这样想的。

因为，他正是这样做的。

1926年，施滉获得了美国斯坦福大学的学士学位，1927年在美国与留美学生罗静宜喜结连理，1928年获得了斯坦福大学的硕士学位。

美好的人生即将开始，安逸的生活在向他招手，一面是当时世界上最强大的国家美国，一面是积贫积弱、风雨如晦的故乡中国，如何选择？

或者，还需要选择么？

五

施滉的选择很坚定，返回中国，参加到艰苦而危险的革命斗争当中。

1931年6月，施滉在香港被捕，同时被捕的蔡和森被敌人杀害，施滉在组织的营救下出狱。他在和妻子回忆狱中斗争的时候诙谐地说道："你若被捕，打你，你不理他，他自然没有办法。"

在严刑拷打之下的选择是"不理他"，区区三个字，"或云言者痴，谁解其中味！"

出狱后，施滉被派往北方工作，历任中共河北省委宣传部部长和省委书记。有一次，施滉和父亲在北平见了面，父亲担心他的个人安危，就劝他说，你还是回家乡吧，谋个职务不是很好么？施滉回答说，我回家乡工作，只是对二老有好处，而我在外面工作，将对全国人民有好处啊。

1933年冬，由于叛徒的出卖，施滉被捕。

1934年初，在雨花台英勇就义。

六

五四运动埋下无数个伏笔，留下了无数的精神财富。

比如，爱国。

"国不可以不救。他人不去救，则唯靠我自己；他人不能救，则唯靠我自己；他人不下真心救，则唯靠我自己；自己要是不真心救，就是亡国奴的本性了！"

牺牲在南京的恽代英烈士这样说道。

是的。

国，是我们每个人的国。

救，要我们每个人来救。

五四运动，让千千万万的中国人幡然醒悟。

救国，可以不靠帝王将相，可以不靠才子佳人，只有靠我们自己。只有人民才是强国富民最为可靠的力量。通过五四运动，中国青年发现了自己的力量，中国人民和中华民族发现了自己的力量。

中国人民和中华民族从斗争实践中懂得，中国社会发展，中华民族振兴，中国人民幸福，必须依靠自己的英勇奋斗来实现，没有人会恩赐给我们一个光明的中国。

七

比如，初心。

就在 1920 年冬，在一辆悄悄从北京出发赶往天津的骡车上，在一座"夜寂人静，青灯如豆"的古庙里，李大钊和陈独秀促膝长谈。他们说了些什么内容我们已经无从得知，但是结果已经昭告天下。

那就是：建党！

五四运动为什么彻底？

因为参与者是最广大的人民群众！

五四运动为什么伟大？

因为唤醒的是最广大的人民群众！

五四运动为什么毫不妥协？

因为依靠的是最广大的人民群众!

这个崭新的政党正是从五四运动中获得了强大的发展密码和茁壮的生命基因:植根人民、依靠人民、服务人民。

当我们在追忆革命英烈的时候,我们经常会发现,他们太伟大了,伟大到我们似乎难以理解,我们会发出疑问:到底是一种什么样的力量,让他们可以"已摈忧患寻常事,留得豪情作楚囚",可以牺牲生命却"不要别人记得我"?

冷少农烈士,在给母亲的一封信中这样写道:"你老人家和家庭中一切人过去和现在的痛苦,我是知道的,但是无论怎样的苦,总不会比那些挑抬的、讨田耕种的、讨饭的痛苦……我因为见着他们这样的痛苦,我心里非常的难过,我想使他们个个都有饭吃,都有衣穿,都有房子住,都有事情做。……这样的事情是一件最大而又最复杂的事情,我要这样干,非得把全身的力量贯注着,非得把生命贡献。"

那是 1930 年 3 月 31 日。

人民福祉,悠悠万事。

"幼有所育、学有所教、劳有所得、病有所医、老有所养、住有所居、弱有所扶""要保证全体人民在共建共享发展中有更多获得感。"

为中国人民谋幸福,为中华民族谋复兴。

几十年过去,弹指一挥间,初心没有变,也不能变。

八

比如,传承。

一个人的选择,诠释生命的意义。

一群人的选择,决定国家的命运。

南京有个雨花台。从 1927 年蒋介石发动"四一二"政变叛变革命到 1949 年新中国成立前夕,在雨花台,有成千累万的烈士长眠于此,最小的只有 16 岁,他们都是和施滉一样,坚定地在心中刻下了国家和人民。他们大多家境优越，他们大多受过高等教育，他们大多很年轻，他们大多没有人知道姓名，或者，他们也没想过会被记住姓名。

在雨花台，还有这样一位年轻姑娘，她叫郭纲琳。

郭纲琳，出身于江苏省句容的一个大家族，她被捕后，家人为了维护家族声望，千方百计设法营救，只要在国民党准备好的"悔过书"上签个字，就可以释放出狱，可是每次，她都选择了忠于自己的信仰。

有一次，她的父亲请当时的国大代表、国民党中央民训部视察专员巫兰溪来劝郭纲琳"悔过"。巫兰溪对郭纲琳说："你父亲托我来看你，现在不少人都悔过了，出来了，你就出来算了。你将自己的生命和青春自行断送，又有谁能记得你呢？"

郭纲琳答道："革命者的青春是美好的，我早已将她献给了伟大的祖国。为了追求我的最崇高理想，我可以献出生命、青春和一切，我并不希望人们记起我、说起我，我只希望他们朝着自由幸福的道路上前进，朝着祖国独立的道路上前进！你们是不可能理解我的心情的，人民却会理解我今天斗争的意义。"

"我并不希望人们记起我、说起我"，可是，历史不会忘记，人民也无法忘记。

时间回到1986年夏天，著名的科学家邓稼先在病重期间，非常想去天安门广场看一看。面对高耸的人民英雄纪念碑，邓稼先止不住心潮澎湃。他问身边的工作人员："再过几十年，还有人记得我们吗？"

今天，我们纪念五四，就是要告慰所有英雄的先烈，我们还记得，将来也会记得。

人民不会忘记，祖国不会忘记，历史也永远不会忘记。

我们的生命当中需要有一些坚实的东西，这就是信仰，这样我们才能在每一个人生的十字路口做出正确的选择，这样我们才不会彷徨和迷茫，不会忘记了自己的方向，不会陷入碌碌无为的困窘当中。

九

再说说青年，说说青春。

十八九岁的年纪，能做什么呢？

在南京雨花台，还长眠着这样一位年轻人，他叫曹顺标，出生在一个商人家庭，家庭条件很不错。但是他毅然决然地走上了革命的道路。1932 年 7 月被捕，10 月牺牲，年仅 19 岁。

曹顺标很喜欢裴多菲的一首诗，"生命诚可贵，爱情价更高，若为自由故，两者皆可抛。"背完之后，再笑着说："多好的诗啊，我现在只有二者皆可抛了。"在就义的前夕，他和难友说："死是没有什么可怕的，我自从入狱的那天起，就准备随时牺牲。如果我死了，只有两件事感到遗憾：一件是再不能革命；还有一件是我只活了十九年，还没有恋爱过啊。"

他牺牲的那一天，是 1932 年 10 月 1 日。

17 年后的那一天，新中国成立了。

19 岁，花一样的年纪，如花一样的绽放，如花一样的凋零，却又如花一样，在我们心间留下永远的芬芳。

恽代英说，我们的理想社会主义、共产主义实现了，那时的世界多么美妙啊。也许那时的年轻人，不易领会我们走过的令人难以设想的崎岖道路……我们吃尽了苦中苦，而我们的后一代则可以享到福中福。

这是那一代青年的选择。

十

1835 年，有位十七岁的青年写下了一篇文章，成为万世经典。

文章的题目叫《青年在选择职业时的考虑》。

"如果我们选择了最能为人类而工作的职业，那么，重担就不能把我们压倒，因为这是为大家作出的牺牲；那时我们所享受的就不是可怜的、有限的、自私的乐趣，我们的幸福将属于千百万人，我们的事业将悄然无声地存在下去，但是它会永远发挥作用，而面对我们的骨灰，高尚的人们将洒下热泪。"

这位青年，就是马克思。

180多年前的青年人，已经给我们做出了选择的标准。

100多年前的青年人，已经给我们做出了选择的榜样。

接力棒来到了我们的手里。

一代代的年轻人成长了起来，青年人朝气蓬勃，激情洋溢，衣食无忧，生活安宁，却也面临着重重压力，面临着每一代年轻人都要面临的问题——我是谁？我在哪儿？我该做些什么？

面对诸多困难或者诱惑，该如何选择？

十一

1835年的青年人，已经给我们做出了选择的标准。

100多年前的青年人，也已经给我们做出了选择的榜样。

正是因为他们的选择和坚持，今天的我们过得似乎还不错：

我们在国内旅行时，已经不用再借道海外；我们在国际风云变幻时，还能够安静地读书；山河破碎，颠沛流离似乎只存在历史书里；我们每个人对着自己未来的生活都有着越来越好的希望。

我们应该是幸运的。

所谓幸运，并不仅是指成长在和平安定的环境，生活在繁荣富强的国家，享受着方便快捷的设施，品尝着世界各地的美食。而是说在四十年多前，中国农村做饭还找不到柴，三十多年前，中国人还没有养成刷牙的习惯,二十多年前,中国的战机还落后一大截子,十多年前,中国的手机市场还是外国品牌的天下。所谓幸运,是指我们能看到祖国坚定向前的步伐,听见激昂冲锋的号角,亲身参与在这一场中华民族伟大复兴的洪流当中,每个人都有奋斗的责任,每个人都有成长的平台,每个人都有出彩的机会。

岁月虽然静好,世界仍不太平。

我国的周边环境仍然变幻莫测,和平崛起的步伐也并非一路坦途。所幸的是,今天我们的信心更加坚定,我们的实力更加强大,面对芯片的纷扰,我们更多想的是,好吧,那我们就自己做吧;面对制裁的压力,我们想的是,来吧,我们不怕。这自信源自一代又一代青年的正确选择,是那些年轻的时候就立下了远大志向的青年,把歼-20送上了天,把蛟龙送下了海,把高铁铺遍了大江南北,把我们的生活变成了现在的模样。但是,为了和平美好的家乡永远不燃起战火,为了每一片中国的土地都得到充分的发展和滋养,为了子孙后代在世界民族之林能够阔步前行,我们前面的道路依然漫长。

一滴水,要放在大海里才永不会干涸。

一个人,要融入到社会中才能不迷茫。

一个梦,要和整个民族的伟大梦想同频共振才能绽放最绚烂的光彩。

离开了祖国需要、人民利益,任何孤芳自赏都会陷入越走越窄的狭小天地。

十二

所以,我们需要如何选择呢,青年人?

还是用航空航天人耳熟能详的一句话作为结束吧:

祖国终将选择那些忠诚于祖国的人;

祖国终将记住那些奉献于祖国的人。

青春与陪伴

青春の批判

1.
我们需要什么样的父母

一

一直都有同学跟我诉说家庭的种种不如意,有的还有小小抱怨。

因为我们周围一定有同学衣食无忧,吃穿不愁,浑身名牌,全球旅游。

也一定有同学精打细算抠抠搜搜四处打工贷款上学,带有深深的自卑。

有的是家庭贫困,有的是家庭变故,有的是飞来横祸,有的是无法沟通。

有的是感觉被家庭所拖累,有的是遭受了在城市生活的种种尴尬和难堪。

也有的直接说痛恨自己的家庭,也有的直接说痛恨父母;

也有的说如果自己生在别样的家庭命运完全不一样……

我也说说我自己,从一件小事儿说起。

二

两年前的春节,我和我爸妈吃饭聊天。

我们能聚在一起吃饭也挺难的,不在一起住,我妈没工作,我爸在物业打工。

平时确实聚少离多,当然主要责任在我。

也有人问我爸,说多长时间能见"川哥"一次?

我爸有时候会开玩笑说:我跟你们一样,一般都是从电视上看他。

这玩笑其实不好笑,我一点儿都笑不出来。

我对工作付出很多,对家庭一直怀有亏欠。

所以,每次我们家庭小聚也像过年一样。

然后,就这么说说话,吃吃饭,难得的温情。

我爸突然冒了一句:爸妈也没什么能耐,很多事也帮不了你,知道你辛苦,知道你忙,但是我们只能看着,看着你一个人打拼,有时候看你很疲惫,我们很心疼,也帮不上什么忙,我们也没什么能力……

不知道为什么,突然难过得想哭。

我记得当时说了很多很多话,说我特别知足,从来没有抱怨。

我让他以后不要再讲类似的话,永远都不要再讲。

我特别害怕父母自责,我特别感恩家庭带给我的一切。

三

说起来,我爸妈应该没有给我特别好的物质生活。

我出生和成长都在山东农村,鲁西南地区非常典型的中国农村,从小放羊养猪养兔子,耕地打水割麦子,摘棉花收玉米,暑假就要天天割草准备家畜冬天的草料,住过漏雨漏雪的房子,赶过集卖过菜……

在我的童年我的中学我的前二十年,我们家里连一台电视机都没有。记得我上高中周围很多家庭陆续有了电视机,也有客人在我们家做客感慨说好歹弄一台黑白的看看。我爸说孩子不喜欢看电视就一直没买。我当时还特别不懂事地回嘴:怎么会有人不喜欢看电视!然后留下一屋子的尴尬挥之不去,当然,后来还是没买,确实没钱买。

我家人没有受过良好的学校教育，我妈没上过学，不识字，目前会写的基本上就是自己的名字，赶集卖菜记账本统统靠自己开发的语言。我爸是高中毕业，在村子里已经算是高学历。

我上高中是四处凑钱的，上大学也是申请国家贷款，当然后来到南京工作买房子也是靠自己一点点打拼。

说这些给谁听呢？给你，给你们，给所有的青年朋友们，当然也说给你们的父母。

我想让你知道其实我们都一样，可能受了些穷，吃了些苦，只不过表现形式有些区别。

我也想让你们的父母不必自责，因为很多时候我们都无从选择。父母也不见得就想坐困愁城，也不见得就希望自暴自弃，也不见得就是甘心穷困潦倒，也不见得就是想让子女自生自灭。

有时候是他们拼尽全力，却无能为力。

问题是，即使一切都无法选择，依然不妨碍我们期待未来的美好。

一定要相信，苦难本身并没有意义，我们面对苦难的态度构成了意义。

我感激我成长中遭遇的一切，我感恩我的父母。

我们最需要的其实不是衣食无忧，是他们让我们能够成为我们。

四

1998 年，我中考失败。从那时候就开始严重偏科。中考语文差 2 分满分，数学差 2 分及格，从此这个良好的习惯一直伴随着我，终生不渝。

后来，家人认为我再复读一年估计也没什么出息和长进，于是东拼西凑交了择校费，我以递补生的身份进入县城第一中学。

我去学校报到比别的同学晚两天，等正常的考生安排完了，才是择校过来递补的学生。所以我进入学校的时候,大家都在上课,也没有人管我,也看不到新生报到处或者指示牌,我就一个人孤苦伶仃在偌大的校园里到处找宿舍和教室。

找来找去找不到,又内向不敢开口找人求助,疲倦和茫然的自己蹲在学校的大树下手足无措。

我姐姐读高二,她在楼上的窗户里看到了我那个可怜兮兮的样子,当时就哭了。

那就是我的高中序幕。

我希望能够学文科,但是那时候流行的说法是"学好数理化,走遍天下都不怕"。爸妈希望我将来能够找到工作养活自己,于是他们让我放弃了没有前途的文科。

于是我进入了高一理科1班,我的学号是78号,学号就是名次,我们班有82个人。

梦魇正式开始。

五

我们的数学老师特别关照我。

几乎每次上课都会让我回答问题,所以每次数学课我都死去活来。

每次他讲一道题目,就会问大家会不会,然后想半天,用手一指我,你来做一下。然后我就哆哆嗦嗦上台,然后哆哆嗦嗦做题,然后哆哆嗦嗦回去。数学老师就会问,对吗?全班就异口同声:不对。

他就摇摇头,自己讲。

下一堂课,他会继续问大家会不会,然后想半天,继续一指我……

偶尔做对一次,他就松一口气,好的,那这道题就不讲了。

我曾经以为是不是我家人让他特意照顾我。后来才想明白,其实他是用我做标准，只要我会了，全班都会了。

物理和化学是另外的两重打击。

我在理科班所有的回忆几乎都是这样的黑色和绝望。后来，我患上了严重的神经衰弱，晚上很难入睡，白天昏昏沉沉。

成绩和生活的不如意导致我严重的自卑和内向，不爱说话，不敢看别人的眼睛。我自己就像担惊受怕的小老鼠在校园里孤独行走，别人随便一句话都能影响我的心情。

我曾经在高中写过三年日记，如今打开真是看不下去，全是些唧唧歪歪的芝麻小事。

我跟家人提出过转到文科班，家人没有同意，劝我再想想。

六

两三个月过去了，到了重新分班的时候。

我受够了这样的生活，我决定不能再这样继续，这样下去死路一条。我并不知道我转到文科会面对怎样的挫折，但是换种活法也许还有希望。或者至少过程中我还不至于找不到一点点学习和生活的快乐。

理科生学不好数理化，走到哪里都会怕。

我下定决心自己转到文科班。

那时候转班级是要家长签字的，我没有让家长签，因为他们肯定不会签。我自己伪造了家长的签名，于是我顺利转班。

等到一切尘埃落定，我给我爸写了很长的一封信，七八页之多。

详细说明了我转班级的前因后果，说了我先斩后奏的愧疚，说了我对未来的设想。

我妈到学校来看我，我焦急地问他们的意见。

我妈说你爸很开心，因为你有主见，他说你早该这么干了。

那天的天气好像也很不错，我第一次觉得自己像个英雄。

我想我的世界和生命大概还有别的可能。

果然，我到了文科班，效果很快就显现了。

我的学号变成了60号，不再是理科班的78号，我爸妈也觉得很高兴，这么快就进步了18名。

但是他们不知道，我们班一共只有60个人。

后来，我终于跌跌撞撞考上了大学，然后开始慢慢寻找自己生命的更多可能。

七

说到父母，其实他们能够给我们的有很多很多。

比如性格，比如忍耐，比如正直，比如善良，比如坚持，等等。

小时候，村里面经常会有很多要饭的，很多很多，衣衫褴褛，拄着拐棍。但是那时候要饭的就是要饭的，不要别的，就是要一块馒头，要一碗稀饭，而且基本就是站在门口问家里有没有人，没有人回应不会往院子里闯。

也不知道都是哪里来的，肯定是有家乡的，他们也不说，或者说了我也不懂，毕竟，那个时候我的全世界也就是我们村子那么大。

那时候自己家也穷，也是经常吃了上顿没下顿，清汤寡水，桌子上的饭菜可能就是黄瓜拍拍一盘菜，洋葱切切一盘菜，过年的时候，如果能有苹果切切那就是一盘好菜。

但是在我印象中，所有要饭的只要敲开我家的门，没有一个会空着手走。

有时候赶上饭点儿，每人一小块馒头分完了，家里什么都没有了，妈妈也会把自己的馒头再掰一半，稀饭倒一半，给要饭的送到门口。

小孩子不懂事，就会讨厌要饭的，说自己都吃不饱还要给他们，以后不要给他们开门。妈妈就会不高兴,说不能这么说,都不容易,要相互帮衬,少吃点就少吃点。

后来长大些,偶尔还有来要饭的,有时候我自己在家,也从来不会让他们空着手离开。

研究生毕业后,我到了大学工作,遇到几个大学生因为白血病以及尿毒症等各种急病重病需要救助,当时能做的很有限,很心疼也很无助,就暗暗说一定要帮帮这些孩子。

2016年4月,我出版了自己的第一本书《节节向上》,那时候自己还没有什么名气,也没什么钱,连出书都要自己掏钱,不过当时就觉得可以开始做公益了,就成立了一个基金,决定把自己的所有版税都捐出来给南航需要救助的大学生。

那时候筹集了不到2万,2017年底基金已经有15万。

2018年4月,我出版了第四本书《我们来到这个世界的意义》,不只是版税全部捐,我还自己买了1000本书,捐赠给新疆、西藏、云南等边远山区的贫困学生。

我做的当然还很不够,也才刚刚开始。但是我也在想,做这些不是因为有外部压力或者图个名声甚至是不得不这么做,而是我很小的时候就知道帮助别人一定不是有钱了才能做的,公益和援助更不是大富大贵之后的副产品。

穷人其实也能给予。而且,能给别人帮助,也就不能算是穷人了。

如果什么事情都等到有钱了再做,我想真正有钱了很多人还是不会去做。

八

在我生命中有很多很多次选择,很多次背后也有纠结和犹豫,很多次的选择也不见得都能被人理解,但是父母始终坚持尊重我,尝试理解我。

这就很知足了。

比如，本科毕业我签约去富士康工作，当时签约富士康也不太顺利，父母看我态度坚决最终也就同意了；

比如，研究生我考取了华东师范大学，去读一个似乎没有前途的专业——中国古代文学，他们看我坚持也就同意了，而且我爸很够意思地说，没事儿，将来找不到工作我养你；

比如，我坚定地离开上海到南京工作，坚定地离开新东方到南航工作，坚定地放弃月薪数万去开始月薪1800的生活，他们内心里都有纠结和不解，但是看我很笃定很坚持，最后也都同意了……

于是，就这样，我成为了我，一步步走到了今天。

其实，我的很多很多选择都不是普通人可以理解的，直到今天包括在未来的很多年，我都要一遍遍解释，我确实是因为热爱教育喜欢学生才到了高校，我也知道很多人最后依然不理解。

但是我的父母都理解，都能理解，都愿意理解。

我还需要他们做什么呢？

九

我想，如果你还是个学生，我希望你不要抱怨你的家庭，不要埋怨你的父母。

我们都不能选择自己的出身和家庭背景，但是所有的背景都无一例外地成为了你的财富，只不过有些财富你看得到或者你眼下需要和在意，有的财富和磨难变成了你的骨骼和自尊，变成了你的善良和体贴，变成了你的热情和温暖。

如果你已经为人父母，我想你能理解你的孩子，每个孩子来到这个世界都不是为了活成别人，都不是为了实现你的梦想，都是为了寻找他自己，都是为了在这个世界上寻找自己生命更多的可能性。

陪伴孩子，让孩子健康快乐，让孩子热爱生活，这大概就是每一个家庭对这个世界最好的回答。

节日就一天，我们彼此的陪伴可以是一辈子。

祝天下父母，节日快乐，天天快乐！

2.
三观、父母以及儿童节

一

今天聊三个话题。
藏不住的三观。
逃不掉的父母。
做父母的责任。

二

先说藏不住的三观。
这些年网上出现一些炫富的现象和口无遮拦引发众怒的问题。
包括演艺明星直播说自己违规参加高考,包括晒违规把车开进故宫,包括晒在飞机的机长室拍照,包括高调炫富,包括晒通过特殊渠道获得的机会和荣誉等。
有一些还牵扯出家庭的问题、行为违规的问题甚至违纪违法的问题。
很多人关注的是八卦、公平等,我还关注到三观。
确切地说,除了关注和追责,还有很多人不理解的一个问题。
这个问题就是:这些人是不是傻,干就干了,去就去了,拍就拍了,为什么要说,为什么要秀?
这些人做了错误的事情为什么不知道羞耻、不知道遮掩、不知道低调？

不秀能死啊，不晒能死啊，不作能死啊？

答案是：能。

能憋死，能急死，能难受死。

因为秀、晒和作的背后就是三观，藏不住的三观。

三

我们常说有些事情藏不住，比如贫穷、咳嗽，以及我对你的喜欢。

藏不住的其实还有三观。

在一些人的三观里，如果他不认为有错，又怎么会有低调、遮掩和羞耻？

在一些人的三观里，如果事情不能炫耀和嘚瑟，那还有什么意思和乐趣？

不然开车进故宫就是为了让车沾染故宫六百年的文化气息？

不不不，故宫只是道具，大奔只是道具，一切都只是道具。

唯一重要的就是他们自己，所有的道具都是为了衬托自己。

是为了衬托那个能够也必须要被大众看到的能显摆的自己。

如果看不到，或者不能给大众看，那这事儿就没啥意思了。

这种心态也并不是今天才有，项羽早就给过总结和解读。

当年，楚霸王项羽攻占咸阳后，没想定都而急于东归，还给了理由。

"富贵不归故乡，如衣锦夜行，谁知之者！"

富贵不荣归故里，就像夜里穿着华丽的衣服行路。

谁知道？不知道，那我要这华丽的衣服有什么用？

痴迷于炫耀的人，往往是痴迷于炫耀带来的虚荣和特殊眼光。

所以，长远来看，完全不用担心这些人闷声不响，默不作声。

因为他们没想藏，不会藏，也藏不住。

四

然而，这只是第一个问题。

不妨多问一个问题：他们的三观哪里来的？

其实这些还都是年轻人，不管是开大奔到故宫摆拍的还是犯错误被关注的。

说起来都不能一竿子打死，因为还年轻，需要付出代价后的重新来过。

有些追问是给那些应该承担责任的人。

也是给儿童节所有面对子女的人。

父母。

不是么？

为什么被关注的男艺人之前会真心认为这不是个事儿？

为什么他在真诚道歉之前还连续嬉笑调侃和不以为然？

是因为父母从来没有让他从内心深处认识到这样做是不对的、是违法的。

是因为父母在他成长的过程中也必然不止一次地用过此类方法违章超车。

这一次的偶然被发现一定是很多次没被发现和未被惩罚的偶然之后的必然。

也确实有网友发现他在过去也曾经讲过这个事儿，只是那时候没被关注。

也确实有网友发现他还是党员，只不过他入党的年龄和程序也存在问题……

不管是违规入党还是改换身份，都不可能是当时一个未成年人的安排。

同样道理，开大奔进故宫的女孩也一定有父母，只不过是缺位的父母。

炫富的、功利的、嘚瑟的、作秀的三观背后一定是缺位的父母。

当然，也可能是父母没有缺位，但是正确的三观已经缺位。

五

从某种意义上说，父母类似原件，孩子好比复印件。

有什么样的父母，往往就有什么样的孩子。

或者说有什么样的孩子，往往也是因为有什么样的父母。

我们应该成为什么样的父母？

我们该让孩子做什么样的人？

我们该让孩子过什么样的生活？

后台也有不少家长咨询，内容也都是孩子的问题以及跟孩子的相处。

从撒谎到赌博到盗窃到结交不三不四的朋友等等，好多好多。

每次我都很理解，都很温和，因为可怜天下父母心。

每次到最后，我都会问一句：什么时候开始发现问题？咱们自己有没有问题？

今天的问题，一定不只是今天的问题。

现在的问题，一定是过去就出了问题。

孩子的问题，多半是家长的问题。

六

父母有多重要，曾经聊过一个现象。

在小学附近的十字路口，看到这样一幕。

人行道红灯亮起，汽车陆续起步，这时候从对面斜刺里冲过来一辆电动车。

开电动车的是个粗糙的汉子,后面坐着老婆,前面车板站着年幼的儿子。

汽车纷纷刹车避让,有一辆车刹得慢了些,差点碰到电动车。

接下来的剧情,是两口子开始对着汽车司机破口大骂……

"你没长眼睛啊,你没看到有人啊,你有种别刹车啊,你有种撞死我啊……"

当然我做了软化处理,其间夹杂着很多不堪入耳的辱骂。

有后面汽车的鸣笛,也有路边行人的指点。

这一切的焦点,都是一家人的不依不饶。

司机显然非常无奈,摆手让电动车走。

最后是老婆忍不住了:上学要迟到了,别跟他一般见识……

茫然,这是谁不要跟谁一般见识?

七

忍不住设想。

如果司机也是个粗糙的汉子,甚至是更加粗糙的汉子呢?

如果司机真的受到言语刺激,真的就不刹车踩了油门呢?

如果司机真的就没刹住车,刚才的一幕是个车祸现场呢?

我们还不至于盼望天道循环报应不爽,但是这些可能都存在。

因为无数个偶然积攒到最后,就是不知道什么时候到来的必然。

这两口子大概就真的再也没有机会上演这一出闹剧。

我们一直说父母,因为我们不能也不忍心批评那个孩子。

如果你看到那个孩子一脸茫然和惶恐的表情。

路人的指点,父母的暴躁,司机的无奈……

这就是最生动的课堂,这就是这个孩子成长的底色。

他从小就困惑,他从小就迷茫,他从小就纠结。

为什么老师和家人说的不一样？谁说得对？该听谁的？

老师还只是在课堂上言传，父母可是在现实中身教。

这个孩子将来要付出多少的努力，才能成为三观正常的孩子。

他太不容易了。

闯红灯的现象其实比过去还是要少了很多。

你看看有多少成人拉着孩子的手闯红灯？

你看看有多少成人连拉带扯地拖着孩子闯红灯？

你看看有多少成人怀里抱着婴儿闯红灯？

这些孩子多么可怜，多么让人心疼。

这些家长哪一个不是潜在的杀人凶手？

这些孩子哪一个出事不是天大的事儿？

你觉得这些家长就真的不爱自己的孩子么？

爱大概也还是爱的。

只是，方向错了，这爱也就走偏了。

藏不住的三观，逃不掉的父母。

八

回到儿童节，再谈谈父母。

父母在孩子成长的过程中，应该做什么？

我以为，主要是两个词：陪伴和发现。

先说陪伴。

我们常说陪伴是最长情的告白，陪伴也是最扎实的教育。

陪伴就是埋下一颗种子，然后一天天看着发芽生长。

陪伴就是知道什么时候浇水，什么时候施肥，什么时候剪枝，什么时候打药。

陪伴就是知道什么时候长得快，什么时候长得慢，什么时候可能还要等一等。

陪伴就是陪他读读故事，陪他做做家务，陪他玩玩游戏，陪他长长知识。

陪伴就是陪他想想未来，陪他看看世界，陪他要要脾气，陪他慢慢懂事。

在陪着孩子的时光里，植入了细节，长出了皱纹，积淀了情感。

时间不等人，孩子不等人，不要等到以后，因为他很快就不需要你陪了。

当然，每个家庭有每个家庭的现实，生活也远远不是推演这么简单和理想。

而每个上有老下有小中间有领导的中年人也一定面临生活的种种别无选择。

但我们都要尽可能努力一点、再努力一点，多陪陪那个需要陪伴的小生命。

一定是那些必须在一起的时光，才能把我们和孩子紧紧相连。

九

其实，对待孩子和对待学生是一个道理。

其实，陪伴学生和陪伴孩子也是一样的。

所有细节的植入，所有三观的夯实，所有人格的培养，都在陪伴中。

我们常常说教书育人，教书是育人的方式，但不是唯一的方式。

除了课堂，还有平时，除了知识传授，还有言谈举止。

我们都在谈思想政治工作和德育工作，这是谁的工作？

过去，一直以来，长期以来，我们的认识有问题。

我们认为是辅导员的工作，我们认为是思政课教师的工作。

于是长期以来，所有人都认为要重视，却不是所有人都重视。

思想政治工作以及德育工作是全社会所有人的工作。

是思政教师的工作，也是专业教师的工作。
是宿管阿姨的工作，也是食堂大叔的工作。
是体育教师的工作，也是学校保安的工作。
是本科生教师的工作，也是研究生导师的工作。
是所有课堂的工作，也是所有课下的工作。
是所有学校的工作，也是所有家庭的工作。
是所有教师的工作，也是所有家长的工作。
哪个环节出了问题，都会影响教育的效果。
不是么？

十

再说发现。

发现什么？发现长处，发现短板，发现问题，发现答案。

每个孩子都是独一无二的个体，都有独一无二的特质、才华和天分。

每一个孩子潜能的绽放和呈现都可以通向一个更加优秀的自己。

但是这一切都取决于父母在孩子成长过程中的敏感和发现。

每个孩子都是不一样的，当一群孩子在一起的时候，他们一定会有不同的表现。

有的好动，有的好静，有的能说，有的会做。

有的很稳重，有的很活跃。有的在观察，有的在表演。

公园里、广场上往往有很多孩子在观看老年朋友们翩翩起舞。

你一定能发现有些婴儿站都站不稳，但是会随着音乐有节奏地颤动身体，有的孩子则对这些身边的声音和节奏置若罔闻。

敏锐的父母就是要在陪伴的过程中发现孩子的兴趣、爱好、才华、天分。

他可能突然对恐龙很感兴趣，他可能突然对天文很感兴趣；

他可能突然对军事很感兴趣，他可能突然对漫画很感兴趣；

他可能突然对演讲很感兴趣，他可能突然对笑话很感兴趣；

……

对于孩子，不要着急否定他，不要着急掐灭他，不要着急规整他。

对于兴趣，不要着急用世俗的标准，不要着急用功利的剪刀。

不妨顺其自然，不妨乘势而上，不妨因势利导，不妨顺势而为。

不妨带着孩子帮着孩子陪着孩子把点变成线，把线变成面，把面变成体。

所有的兴趣都蕴含着成就一个伟大世界的起点和可能。

这些兴趣未必能让孩子成为这个方面的行家里手或者光宗耀祖。

但是生命本来也没有那么急功近利，本来也不必那么一意孤行。

生命本来不就是体验，不就是尝试，不就是发现？

不就是去寻找一个又一个未知但美好的可能？

不就是去成就一个可能比今天更加优秀的自己？

所有对世界的感知和探索都可以让他们在未来能够独自去面对更大的世界。

可以让他们在未来因为相同的体验和兴趣遇到更多的朋友，成就更大的可能。

可以让他们在未来不会一个人的时候感到孤独，不会一群人的时候感到喧嚣。

他有自己的兴趣，自己的爱好，自己的消遣，自己的坚守。

哪怕父母不懂或者不感兴趣，那也不妨陪他们一起体验和发现。

体验和发现的中间，不就是父母存在的意义，不就是最美好的时光？

陪伴和发现，两个词，一件事。

没有陪伴，就不可能有点滴陪伴过程中的发现。

没有发现，就不可能进行有方向和质量的陪伴。

十一

教育不是万能的，也不是由一个人能完成的。

孩子一生中遇到的那些人、那些事和那些环境都沉淀在孩子的气质里。

但最重要的教育环节一定是家庭，最重要的教师一定是父母。

只是，很可惜，父母上岗不需要资质，不需要证明，不需要培训。

如果一个孩子就是一张白纸，这张白纸的底色一定是家庭涂抹的。

如果这个底色画错了，后面该怎么修改？或者改起来难度有多大？

我们希望每一个孩子都身心健康，那就应该要求每一对父母都要修炼身心。

当不逃离的父母，养不跑偏的三观。

给有质量的陪伴，做有意义的发现。

节日快乐。

3.
孩子，我想做你最好的朋友

亲爱的孩子，今天是儿童节。
如果今天可以做一个承诺，我想做你最好的朋友。

孩子，我想做你最好的朋友。
如果我是你最好的朋友，我就一定不会说父母生你是一种恩情。最好的朋友一定不能整天把对彼此的付出挂在嘴上，何况，把你带到这个世界，似乎也并没有经过你的同意与允许。我们生你，只是因为我们自己需要一个孩子，我们需要一个孩子让自己变得更温柔和更完善，我们需要一个孩子让自己能有更多视角去体验这个世界。

孩子，我想做你最好的朋友。
如果我是你最好的朋友，我就一定不会说养你是一种恩情。最好的朋友把你带到这个陌生的世界，是为了陪你领略这个世界的美好与广袤，而绝不会把你一个人丢下不管。所有因为彼此陪伴而产生的各种快乐、麻烦、幸福、痛苦，都是我的选择与承诺。哪怕世界很难，我们风雨共担。

孩子，我想做你最好的朋友。
如果我是你最好的朋友，我就一定不会眼睛里老是盯着别人家的孩子，最好的朋友一定不会用他人的优秀和成功来作为你的枷锁，我会不断提醒自己，你的问题往往也是我的问题。孩子之所以不像别人家的孩子，往往是因为父母也不像别人家的父母。最好的朋友会和你一起努力，我愿意向别人家的父母学习，然后我们快快乐乐地做我们自己。

孩子，我想做你最好的朋友。
如果我是你最好的朋友，我就一定不会说你必须要变成我的样子。你来到这个世界唯一的使命就是寻找你自己，寻找你自己的可能性。而这种可能性也许跟我们所体验过的所有生活都不一样。甚至也正因为这种不一样，你才会孤单、害怕和不安，但这就是我存在的意义。我应该陪你走这独一无二的旅程，哪怕你跟别人不一样，哪怕别人看我们的眼光不一样，我应该努力让你保持你的不一样。

孩子，我想做你最好的朋友。
如果我是你最好的朋友，我就会把你当做一面自我修订的镜子。也正是因为我们是最好的朋友，所以你也会看到我的缺点和我的不足，看到我有时候消极挫败，看到我有时候脾气暴躁。但是，最好的朋友应该关注你的感受，应该看到你委屈的表情和你婆娑的泪眼。也许我确实太不完美，但是最好的朋友一定愿意为你改变。

孩子，我想做你最好的朋友。
如果我是你最好的朋友，就应该陪你试探生命的各种可能，呵护你对这个世界的好奇与兴趣。只要你喜欢，我会给你读很多书，讲很多故事，我会陪你练练拳脚，体验轮滑，学学书法，我不知道这些有没有用，但我们来到这个世界并不是为了有用，是为了体验、观察和感受，是为了将来没有遗憾地对这个世界说，我看过，想过，爱过，也感受过。

孩子，我想做你最好的朋友。
如果我是你最好的朋友，我就一定会尊重你成长的规律，让你不着急,慢慢来。我一定不会逼着你尽快上很多很多课,认很多很多字,背很多很多诗,更加不会因为别的小朋友比你认识的字多而感到焦虑。我相信只要你享受听故事和读绘本的快乐,只要你能够沉浸在美好的想象中,总有一天你会自己想着去认字,因为你想知道更多的故事,因为你想探索一个更大的世界。

　　孩子,我想做你最好的朋友。
　　如果我是你最好的朋友,我就应该陪你理解和接受这个世界的规则,让你明白尊重不等于放纵,让你明白自由的前提是不冒犯和妨碍他人。我知道你也曾经迷惑,为什么有很多大朋友在闯红灯,甚至有很多大朋友带着小朋友在闯红灯。我希望你能记得,规矩就是规矩,失守底线侥幸获益并不值得炫耀。也许闯一万次红灯都没有严重后果,但是哪怕是有一次出了问题,往往就是生命不能承受的悲剧。何况,我们很多时候尊重规则并不是为了躲避惩罚,是因为这样才可以让我们生活的世界更美好。

　　孩子,我想做你最好的朋友。
　　其实,我也知道,做你最好的朋友不会这么简单。
　　其实,我也知道,我做得肯定还不够好。
　　所以,请你原谅。
　　今天是孩子的节日,自然也是家长的节日。
　　我们一起努力,做彼此最好的朋友,好么?
　　亲爱的,节日快乐!

4.
你也需要一个好朋友

一

有很多学生跟我说不知道该怎么交朋友,其实也能理解。

很多人都是独生子女,在大学之前的很多年里,很多人都是自己慢慢长大。

没有人跟自己一起争抢,没有人跟自己一起分享。

上学了,我们虽然都有同桌,但不见得都有朋友。

进入大学,我们开始寻找自己和寻找朋友,突然发现,不会找,找不到⋯⋯

有的同学在宿舍感到孤独,有的不知道怎么跟别人沟通;

有的感觉别人拖累了自己,有的害怕自己拖累了别人;

有的在茫茫人海中找不到朋友,有的在熙熙攘攘中找不到感动;

有的愿意跟别人交朋友,但是不知道该如何踏出第一步⋯⋯

其实,所有的感情都不复杂,都是以心换心。

你愿意把心扉打开,让别人进来;你愿意进入别人内心,听别人唠叨⋯⋯

当然,你还要明白,你真不需要十个朋友,一百个朋友,一千个朋友。

有时候有一个就够了。

我讲个故事给你听。

二

我认为自己是感恩的,一直如此。

在我悲伤的时候,在我无援的时候,我会因为别人的帮助而感恩。

从此无条件对他好。

不过这种机会并不多,因为我始终不是一个悲观的人。

我喜欢雪中送炭,我看淡锦上添花。

他一开始只是我的舍友,和别人一样。

他其实没有什么特别,除了比别人胖点。

问题是,我其实一直不太喜欢胖子。

也许因为我是个瘦子。

有一天,他拉我出去喝酒,我觉得莫名其妙。

我跟他也不熟,而且也从来没有一起喝过酒,而且我也不喜欢喝酒。

不过我一直懂得尊重和倾听,他什么也不说,我什么也不问。

喝到一半,他说他失恋了。

然后开始讲他并不浪漫的故事。

也可能很浪漫,只是他不会讲。

但是我一直静静地听,偶尔点头。我确实是一个很好的听众。

那个时候我们彼此都不熟悉,但是当他伤心的时候能够想到我,我依然开心。

被人信任总是很幸福的。

三

后来,我也遇到了打击。

大一上学期的深秋,我高中一个好朋友离开了这个世界。

心痛,迷茫,不知所措。我给爸爸打电话,我想不通,怎么能说走就走了呢。

爸爸没法安慰我。

有那么多的回忆突然失去了依靠,它们想要飘走,我伸手,却挽留不住。

因为那个人已经不存在了,可是我又忘不掉。

这个世界上每天都有人离开,但他们和我无关,他们不曾在我的人生中留下痕迹。

那天是周二,班级照例进行政治学习。

我就这么一直趴在座位上,脸埋在臂弯里,大脑一片空白。

好像什么都想,又好像什么都不想。

捱到下课,我一个人在小花园里走来走去。

秋风卷着树叶在地上打滚,我的心里早已是冰雪覆盖,了无生机。

他就这么一直跟着。

什么也不问,什么也不说。

天慢慢暗下来,他说,走吧?

我说你先走吧,我想静一静自己待会儿。

那我等你,他又坐下来。

石阶很凉,冰凉。

我有点不忍,过了一会儿,叫他,走吧。

他说,对不起,我也不会说话。

其实我不需要他说话。

只要我知道我不是孤单的就好了,至少在形式上。

四

之后的几天,他每天上课都会叫我一起走。

这种默契很容易形成，心照不宣。

我等他，他等我。

有女生羡慕地说，男生能有这种友情，真好。

他不自私，也不嫉妒，只有宽容。

我是班长，每天上午十点钟开例会，我总会把书包丢给他，我去开会，他去占座。

好像天经地义，他也从不抱怨。

班级综合测评打分，我拿到最高分，他也会笑得很开心，他说这都是应该得到的。

他似乎从来不懂得嫉妒。

体育不及格，两个人都要补考。

他胖，我弱。

他 1500 米跑过了，就在台阶上等我。

等到我也跑及格了，他比我还激动。

那时候我和朋友创办了学校的第一个外语话剧团，我也给他找角色出演。

其中一场是《图兰朵》，他演一名武士，只有一句台词。

在我演出的照片里有一张能看到他，那时候还是冲印，底片没了，我把照片送给了他。

他高兴得不得了，手舞足蹈像个孩子。

他从来没有觉得有什么不妥，他好像很容易满足。

五

在一起的时候，通常是我在说话，我总可以让他开怀大笑。

他给同学写信，会用很大的篇幅介绍我，说他和我在一起有多么开心。

然后写完了还给我看。

他有时候也会幽默一下。

墙刚刚粉刷过,舍友坐在床上,头靠着墙。

他会大叫,哎呀,墙刚粉刷过!

你怎么这么不小心,别把墙弄脏了。

我笑他幽默,他说是被我传染的。

后来,我们一起去爬泰山;

后来,我们一起违反校规通宵去网吧;

后来,我们一起去济南考公务员;

后来,我们也渐行渐远……

六

我们的时间表有着太多的不一致。

我越来越忙,学院给了我更多的机会,那时候我写了无数的稿子,创办了学院的新闻中心。

我也开始创办中文报纸和英文杂志;学生会竞选,我也拿到全场最高票。

而他在大二时开始喜欢玩电子游戏,他有了很多志同道合的朋友一块上网。

他们从网吧跑到教室上课,下课再跑回网吧。

而我始终对游戏没有兴趣,更不愿意把大好的青春扔在网吧和游戏厅。

从学校到东院的宿舍有很长一段路。

不知道从什么时候起,我开始一个人回去。

有时候你会说一个人也挺好,往往是因为你只能是一个人。

所以,看着他们,有时候心里也会落寞。

其实我身边也有很多人,毕竟我有那么多学生工作,接触那么多人。

但是这什么也不代表,因为好朋友,是在心里的,不是身边的……

七

大四来得很快,尤其是在忙碌之中。

后来,我决定考研,考研期间我也逼他上自习,让他好好准备英语六级。

我到处给他借书借磁带借模拟题,他会老老实实上一小会儿然后找借口溜回宿舍上网。

其实我也很知足,因为他对英语确实没兴趣,虽然我们是英语专业。

考研结束之后的大学生活是我最迷恋的。

早上睡到自然醒,醒来去踢足球,或者打乒乓球。

然后吃午饭,下午在宿舍看电影,偶尔去作讲座。

晚上出去撸串吹牛。

我觉得这是我一生中最自由的时光。

那时候他开始买了自己的电脑,也告别了跟别人去网吧的时光。

我开始和他一起吃饭,天天一起吃。

通常是我去餐厅打饭,我买什么他吃什么。

他反正不挑食,两个人把每顿饭都吃得精光。

八

毕业论文答辩。

他第一次没通过。

中午,我找了个安静的宿舍,充当老师,模拟答辩,设想了好多问题让他回答。

时间一点点过去,我比他还急。

我不知道他要是过不了该怎么办,无法毕业对谁都是打击。

下午,他去参加二次答辩。

很多女生跟去了,他人缘也很好,女生们也都很喜欢他。

我没有去,我觉得我不用去,我该做的都已经做完了。

而且我相信我比每一个去的人还紧张。

答辩结束,在很多人的簇拥下,他打电话给我。

他说,谢谢。

我在宿舍开心地笑,如释重负。

我不喜欢我的亲人朋友跟我说谢谢。

但是我知道这两个字在他那里代表的分量。

九

毕业聚餐的那天晚上,大家都很动情,说话不再遮遮掩掩。

也有女生过来泣不成声,说曾经写给我的信,买了围巾却没敢送给我……

我感动得一塌糊涂,但是我一直没有哭。

只是慢慢享受这最后的温情。

有几个女生围坐在一起,有一句没一句,闲聊。

我和他都在。

他低头想了一会儿,转过头来看我。

他说,咱是男人,不许哭啊。

我笑,点点头。

他说,虽然我从来没有说过,其实我知道。

四年来你对我最好,一直很照顾我……

我以为我是不会哭的。

可是我早已经泪流满面。

捂住脸，泣不成声。
我只是觉得，为他这一句话，好像大学四年都值了。
不需要我去酝酿感情；
不需要任何一点点氛围的铺垫；
不需要想到过去想到将来；
只需要一句话，就可以让我泪落如雨。

十

茕茕白兔，东走西顾，衣不如新，人不如故。
我们都需要一个好朋友，哪怕只有一个。
有些人分开了就再也见不到；
有些人见到了就再也不会分开……

5.
不要尝试和全世界讲道理

一

有的人喜欢给别人讲道理。
跟舍友讲理,跟同学讲理。
跟家人讲理,跟同事讲理。
讲理,要么想为自己辩解,要么想让别人明白。
比如:你讲不讲理啊!
比如:你怎么会这么想啊!
比如:你怎么是这样的人啊!
讲不通,想不通,有的人就很生气。
所以,很多人突然想起了一个词,叫"不可理喻"。
也就是说,讲道理,按常理,谈情理,不好使。
其实,我们本来就不应该尝试跟全世界讲道理。
因为这个世界本来也不是只有一种道理。
这个世界的剧本永远不是只有一个结局。
或者如果所有剧情都是一个结局,其实也很无聊。
出人意料的故事经常有,讲几个故事给你听。

二

前不久,我在央视录节目,刚结束,有一个人冲上来。

徐老师，徐老师，关注您好久了，好激动，可以跟您拍张照么？

可以啊，我的荣幸。我走到前面站好，然后招呼他：来吧，一起拍照。

他说，不用，我给你拍照就好了。

我当时就一脸茫然：你不说跟我拍照吗？就是……你给我拍照？

他说，是啊，不然呢？

刺激不刺激？

惊喜不惊喜？

我一脸讪讪地笑，好的，好的，然后就摆了个胜利的姿势微笑着给他拍。

结果他不满意：哎呀，徐老师，你严肃点，你把手放在身体两边……

打开方式是不是出人意料？

三

暑假里，我去过一个大学跟学生交流。

结束后，有同学跑到前面来找我。

川哥你好，你说你最近出了本书，你身边有没有带？

我翻翻背包，哦，有，只有一本样书。

他一脸羞涩：我可以看看么？

可以啊，我递给他看。

然后他就一边打开，一边看，频频点头。

然后我就想他会不会就这么一直看完再给我？

突然间，他一抬头，很纯真地问我：老师，这本书你还要么？

……

猝不及防。

我竟然扭捏起来：我……其实……也就这一本……

四

前天有同学给我留言：川哥，我是你的粉丝。

我周末终于去南航了，好激动。

我回复：怎么不提前说，我周末不在学校啊，你不是白跑了么。

他说：没有白跑啊，我是去拍南航的大门的。

……

刺激不刺激？

惊喜不惊喜？

人家根本不是来找我的，我自作多情了。

这样的故事还有很多。

还有一次，我看见对面大楼里有人跟我招手。

犹豫了一下，决定还是回应，于是我也跟他招手，双方动作幅度都很大。

走近了，发现人家在擦玻璃……

刺激不刺激？

惊喜不惊喜？

五

每一次我讲给别人听，我自己都很欢乐。

其实，我特别喜欢这样的故事。

因为，这才是生活，这才是生活的真相。

真相才具有最强大的力量。

真相是什么？

真相就是生活不是只有一面，生活不只一种声音。

真相就是世界不是只有一种道理。

真相就是世界不是只有一种角度。

六

经常有同学在微信公众号后台给我留言，有没有不好回答的时候？

有。

很多。

比如我们出了本书，还算比较火。

然后，我们搞了个送书小活动。

然后，就有很多神奇的留言。

不用对号入座，没人知道是谁。

说三条。

比如：徐老师，我是一名工作两年的辅导员，我认为你要送我一本书，毕竟我在朋友圈转发你的文章了，你不送不合适吧？何况我才工作两年，我也确实买不起……

比如：徐老师，我看你给那个七十多岁的老党员送了一本，你也要给我送一本，他四十多年的党龄很感人，我四年的党龄你凭什么不送，难道党员还不平等么……

比如：徐老师，我是党校的负责老师，我看你也写了本党课教材，你寄两本给我看看，如果合适我们后面也用一下……

七

其实我都有两种选择。

第一种就是讲道理。

比如：你好，咱不能因为转发了别人的文章，就让别人感恩戴德啊。

比如：你好，你怎么都不跟我商量下就转发我的文章呢？

比如：你好，工作两年了连本书都买不起，要不，咱换换工作？

比如：你好，作为党员，咱们尊重革命前辈难道不是应该的么？

比如：你好，感谢你想用我们的书当教材，咱们能不能先买一本回来看看？

比如：你好，卖书的是出版社，作者并没有书，要不跟出版社联系下，让出版社给你邮寄？

比如……

差不多了，我只是举例说明，讲理是没有尽头的。

八

当然，我还有别的选择，如果不想送书，也可以发个微笑符号，也是回应。

我就是这么回应的。

就行了，不解释。

当然，我举的三个例子，说不定你觉得他们的留言都没问题啊。

那就没问题。

不用在后台跟我讨论、辩论和争论，也不用跟我讲理。

因为大家的理不一样，也不见得非要一样。

其实，从来没有所谓放之四海而皆准的真理。

你要相信，这个世界上一定有人不相信地球就是圆的。

你要相信，这个世界上一定有人不相信那些所谓公理。

公理就一定所有人都相信么？

当然不是。

毕竟除了公理，还有婆理。

所以我们说，公说公有理，婆说婆有理。

嗯，我说的。

九

为什么不要和全世界讲道理?

庄子给过答案。

朝菌不知晦朔,蟪蛄不知春秋。

井蛙不可以语于海,夏虫不可以语于冰,曲士不可以语于道……

我翻译下:白天不懂夜的黑。

你不要一看井底之蛙就认为是讽刺,因为我们自己也可能是井底之蛙。

所以,两个耳朵一张嘴,少说几句,多听几句。

张爱玲说,因为懂得,所以慈悲。

你懂得越多,见得越多,说话越谨慎;见识越少,底气越足。

还有个经典的小故事,叫三季人。

有人说一年只有三季,孔子的学生跟他吵,让他接受四季的结论。

孔子听了打圆场,说是的,一年三季没问题。

学生懵了,心想老师今天这是怎么了?谎话都说得这么真诚。

孔子后来解释说,很明显,他那里就是一年三季,他没见过四季,你跟他吵也没用。

十

很多人比较熟悉一句话:"彪悍的人生不需要解释"。

其实不解释也不见得就是彪悍,淡定从容的人生本来就不需要解释。

有些人不用解释,有些人解释了也没有用。

路遥知马力,日久见人心。

如果你们是萍水相逢，他对你什么印象其实真没那么重要。
如果你们是朝夕相处，他应该知道你到底是个什么样的人。
跟自己的亲人更不用讲道理，讲感情就行了。
当然，我们说的是不要和全世界讲理，不是让你一点都不讲理。
毕竟，我们在这个世界上行走的意义，是寻找同路人。
而不是跟每一个不同路的人讲道理。

6.
高铁扒门、闯红灯以及规则

一

先问一个问题。

闯红灯是不是很讨厌？

是的。

但你要相信，还有比闯红灯更加恶劣的行为。

比如，带着孩子闯红灯。

红灯还有 15 秒，直行的车停了，拐弯的车才刚刚启动。

父母带着孩子已经迫不及待开始闯红灯了。

你有没有见过红灯闯到一半，结果淹没在车流中的家长，还有孩子？

可怜，可悲，更加可恨。

我每次看到那些带着孩子在车流中躲闪腾挪的家长，都出离愤怒。

因为他们不只是对自己的生命不负责任，更是在拿着孩子的生命冒险。

尤为可恨的，是他们在孩子幼小的心里种下了一个扭曲的价值观。

这些被别人拉着手闯红灯的孩子，他自己过马路的时候会闯红灯么？

不知道。

但愿不会。

二

也曾看到一个新闻。

一个妇女带着孩子在高铁霸道耍横，硬生生逼停高铁，事后还各种狡辩死不认错。

事后被证实身份是一个学校的教师，还是教导处的副主任。

她的问题当然不仅仅在于她用自己的生命挑战规则，直接危害公共安全。

她的问题还在于她忘记了自己面前一直有个全程见证手足无措的孩子。

她的问题在于这个事件背后暴露出的素养缺陷还有个职业载体，她是教师。

她的问题在于她不仅仅是个教师，而且是个教导处副主任，还有管理身份。

你想想她教过多少学生，你内心里的愤怒就会增长多少倍。

你想想她领导多少教师，你内心里的悲凉就该弥漫多少倍。

而且非常讽刺的是，她还是优秀德育教师。

三

很多中国人现在缺一样东西：规矩。

比如，过马路不能闯红灯，这就是规矩。

比如，进别人办公室要敲门，这就是规矩。

比如，考试不能作弊，这就是规矩。

比如，当官不能腐败，这就是规矩。

比如，转弯必须让直行，这就是规矩。

……

规矩的教学效果怎么样?

不怎么样。

曾经有学生问我,为什么很多事情谁都知道不对,还是有人做?

比如,谁都知道传销是一场不归路,天上不会掉馅饼,为什么还有这么多人前仆后继,打掉一个还有一个,野火烧不尽,春风吹又生?

为什么还有这么多人相信那些暴利的承诺,愿意把钱交给明明知道是火坑的钱宝?

这些问题还可以多问几个。

为什么明知道闯红灯不对,还是有人闯红灯?

为什么明知道考试作弊后果严重,还是有人作弊?

为什么明明知道去动物园要买票还是有人私自攀爬?

答案很简单,不是每一次侥幸都会付出代价,或者不是以生命为代价。

这也是一种博弈。

四

学习规矩都是重要的,不守规矩肯定是有代价的。

为什么还是屡教不改?因为还有两点没想通。

第一点,守规矩有什么现实的好处?

比如红灯还有 15 秒,行人纷纷启动,那个再等 15 秒的,有什么好处?

比如规规矩矩按照标准速度行驶,结果被别人接连超车,有什么好处?

你全是付出,看不到收获,像不像傻子?

他没有成本,收获也有点,有没有羡慕?

第二点，不守规矩有什么现实的惩罚？

比如他一路超车不停抢道鸣笛，好像也没被撞死；

比如他随便找个理由就插队了，好像也没被打死；

比如他考试交头接耳夹带小抄，好像也没被吓死。

考试作弊代价惨重，损失的可能是学位学籍以及一辈子的幸福。

但是作弊从未终结，因为很多人相信被抓的那个只是运气不好。

于是，继续不守规矩。

于是，继续心存侥幸。

直到有一天，老虎找上了自己。

于是，真心痛哭流涕。

于是，发誓痛改前非。

可惜，老虎从来不会给重启的机会。

甚至，不会让你开口……

五

也正是从这个意义上，我期待着那个扒门的女士会受到严惩。

虽然现在处罚已经出来了，明显大家都会觉得违法成本实在太低。

这种行为应该列入征信系统，包括被列入乘坐各种国内交通工具的黑名单，让大家多多提防。

有人说是不是小题大做？

有人问何必穷追猛打？

那是因为大家忘了追问一句：如果不严惩，更可怕的是什么？

是让更多内心的恶有了释放的可能，毕竟他们一家三口还是如愿以偿坐上了高铁。

你看，你看，他们不是闹了半天也达到目的了么？一定有人这么想。

不正是因为这个泼妇和孩子前面没检票竟然也能闯进了车站才有了后来的闹剧么？

不正是一件件对底线问题的隐忍退让才让践踏底线的人越来越坚定和有恃无恐么？

不正是一件件对规则问题的边界模糊才让遵守规则的人越来越无奈和莫衷一是么？

我们讲人性，我们讲同情，我们讲博爱。

但是，我们需要底线。

规则一旦坍塌，所有人都会置于无法预知的恐惧和茫然之中。

我们对个体的同情和体谅永远不能以伤害集体规则为代价。

我们对个体的宽容和支持更加不能以损害集体安全为前提。

自己的失误只能自己买单而永远不能用牺牲他人利益的方式来弥补。

面对如此肆无忌惮地危害铁路安全和公共安全的案例，竟然还能对个体的贪婪和自私表示理解甚至同情。

要么是单纯，要么是愚蠢。

六

我们希望后续能有惩处的继续报道，还因为我们太需要强化规则意识。

一点都不夸张。

我们不能太健忘。

还记不记得八达岭野生动物园因为漠视规则造成一死一重伤？

还记不记得半年后宁波动物园再次因为漠视规则导致被虎咬死？

还记不记得南京南站因为漠视规则试图穿越轨道被高铁夹住最终殒命？

还记不记得暴走团无视交通管理规定占据机动车道结果造成一死

两伤?

还记不记得老太太因为祈福突发奇想向发动机内投掷硬币导致航班延误?

还记不记得柳州一个家长为了找孩子枉顾他人生命安全逼停过山车?

还记不记得安徽一男子无视交规横穿马路被车辆撞飞?

……

教育不是万能的,绝对不是。

也许我们还不至于悲观地说:坏人是不会变好的。

但是对一个固执地相信自己就是没有错的成年教师而言,她是不会变好的。

你看看她接受采访时的振振有词就知道了,你看看她无数次反问"我哪里错了"就知道了。

我们最大的期望是未来她能够心有戒惧,能够不敢,而不是奢望她再也不想。

如果说是教育,这是最现实的教育,也是最现实的课堂。

教育者先受教育,中央也是这么说的。

七

不过,我们还要联想到另外一个命题。

孩子的问题,往往是家长的问题和家庭的问题。

一个拥有良好家庭教育的孩子,往往会用得体的行为与人交往。

正直、向上、友善、宽容、诚信……

他当然也可能会受伤,但是这使社会更多的永远是正能量。

一个从小被错误行为示范、被错误理念引导的孩子,往往充满抗拒甚至恐惧。

人心难测、相互提防、彼此利用……

我们常说，孩子的教育一定是家庭、学校和社会三方共同作用的结果。

不过，三方的作用应该不一样，孩子的教育一定首先是家庭教育的映射。

或者我们可以说，孩子是父母的原件，是学校和社会的扫描件和复印件。

也有不少家长跟我咨询。

最多的问题是跟子女的相处问题，部分互不理解，部分势如水火。

我常问的两个问题是：

孩子不太了解您，那您了解孩子么？

您觉得孩子这些问题跟您是不是一点关系都没有？

找不到症结，怎么解开心结？

八

谁也不是道德圣斗士，也许我们确实都做不到永远不闯红灯。

但至少不要把闯红灯当成习惯，至少不应该把闯红灯当做是必选项。

至少不能把偶尔不得已为之的举动认为是主动选择，是占了莫大便宜。

对于普通人来说，这个世界上永远没有比生命更重要的事。

对于普通人来说，这个世界上永远没有比生命更加紧急的事。

的确，就算是闯红灯，我们也在百分之九十的几率下保证了存活和安然无恙。

但是谁知道那些微茫的不可预知什么时候到来？

毕竟，那些意外一旦发生，往往就再也没有弥补的机会。

而且，伤害的除了自己和孩子，还会连累本来没有责任的另一个家庭，还有孩子。

生命本来就无常，我们能做的就是在我们可以掌控的范围内，不要主动拿生命冒险。

爱自己，也爱别人，让自己活，也让别人活。

这大概应该是对自己和亲人最基本的尊重，也是对这个世界最基本的态度。

规则是所有人的背景，也许它让我们多了一些约束、一些枷锁和一些让步。

也许规则会让我们这一路看起来走得最长，感觉最累。

也许我们还会看到个别人因为漠视规则而受益或者也曾让你我变得心理不平衡。

但是也一定要相信，正是因为规则的存在让这一路没有荆棘满布，没有暴风骤雨。

也没有不怀好意的狼外婆。

7.
说说传销，谈谈防骗

一

最近，有朋友问，能不能写写传销？

其实我以前也写过，只是当你周围风平浪静的时候，往往会认为传销距离自己很远，所以也就看看罢了。如果非要用生命的代价才能唤起对某种丑恶的重视，如果非要等到自己摊上了或者关注了才开始了解某种陷阱的存在，这也许是现实，但也让人感到悲凉。

每个传销组织和故事的背后，都埋藏着很多悲伤和沉痛，包括前途尽毁，包括无法回头，包括家庭破碎，甚至人命关天。

如何避免悲剧重演才是更大的警醒。

需要反思的问题还有很多。

传销组织"赚钱"的猫腻，其模式之不合理不合法之处早已被广为揭露报道，却还有人要铤而走险搞传销，还有人明知是传销也要加入，甚至还有人在网上为传销"喊冤"。是违法成本太低？是传销组织洗脑太有效？还是人性的欲望和贪婪，想着不劳而获，想着自己不会是最后的接盘侠，想着只要有下线进来自己就有的赚？

二

回到重点，如何识别传销？

传销是有模式的，也是有套路的，有套路就可以分辨。

　　比如传销人。传销人往往一脸真诚，永远充满激情，带着神圣的使命感与责任感，劝说的时候苦口婆心，上课的时候聚精会神，吃饭的时候食不厌精，从他们眼里能够看到坚定不移和笃信不疑，甚至能够让我们联想到希望以及信仰。很多传销组织的窝点都在城中村、城乡结合部甚至是在民房或者烂尾楼，都也是在条件比较艰苦的地方。

　　我大学时有个女同学小杨，成绩优异，老实内向，后来被网友带走投身传销大军，学校费劲千辛万苦带回来，面对妈妈的以泪洗面和学校的苦口婆心，她表示痛改前非重回正轨，在隐忍了一个学期之后又义无反顾地加入传销事业，如今已经没了音讯。但是我始终忘不掉她在偶尔谈起所谓事业时眼里的神采，那是内心深处的彻底认同。

三

　　比如传销过程。传销作为骗术高明之处在于做局。做局就需要步步为营或者团伙作案，深陷传销漩涡的有两类人，一类主动，一类被动，那些自愿的就是深深相信发财致富的逻辑体系，甚至还通过"返还入门费"等方式获得了一些甜头。近日里一系列电话诈骗曝光，也都不是简单让你汇款，甚至会先汇款给你，慢慢获得你的信任，再施展骗术。诈骗电话说你获奖了你或许会怀疑，把你信息全部准确报出来你就开始将信将疑，给你个电话号码打过去对方称是公安部门一类国家机关，就由不得你不信，这就是不断求证的过程，也是对"众口铄金"的一个演示过程。

　　传销也是这样，有人负责前期诱惑，有人负责感情稳住，有人负责专业讲解，有人负责气氛烘托，甚至还会有负责扮演黑社会角色的。

四

比如传销核心。辨别传销其实也简单，传销有两步是躲不过去的，第一步是需要交钱，无论是"入门费"也好，还是"认购产品费"也好，都必须交钱，毕竟你是别人的下线，你需要提供金钱帮你的上一级解套；第二步是需要发展下线，也就是拉人头，没有下线，你自己就成为接盘侠，供养着一大批上级。

在传销的体系里，产品本身并不重要，层级的设定才是关键，没有层级就没有体系和利润的形成。这就跟商业买卖完全不同了，商业的经营以减少中间环节为要点，传销的关键以增加代理层级为核心，但发展下线是不可能无穷无尽的，那最底层的人靠什么获得可持续的利益呢？等到你所有的亲朋好友都被这个体系所捆绑，谁又为这个基座买单？等到全世界都在这个体系里，最后的接盘侠该如何获利？

五

防范传销，就想着三句话。

永远不要想着占小便宜。

我们从小就知道"天上不会掉馅饼"，即使掉了也不要去捡，因为本来就不是你的，你抢什么？何况你怎么知道那馅饼有没有毒？所以，不管是多么大的诱惑，不管是什么中奖消息，不管是什么打折链接，你自己不想占便宜，其实你就是百毒不侵的，占小便宜从来不会长久，更加可能会被利用。盘点一下被骗的各种案例，背后最多的一条教训，一定是贪图便宜。

永远不要想着迅速发财。

所以，不管是什么商务代理，不管是什么营销培训，不管是什么人生机会，你自己必须相信一切要靠实力慢慢来。我知道很多孩子很孝顺，我知道很多孩子想为家庭分担压力，这没什么问题，但是你凭什么迅速发财？这个世界哪有唾手可得的财富？机会来的比彩票还容易，你不需要斟酌下么？

永远不要轻易相信别人。

注意，我说的是不要轻易相信，不是不要相信。人生里都需要贵人，但是贵人不会那么容易出现，所以如果突然冒出来很多老乡的老乡、亲戚的亲戚、朋友的朋友，冒出来很多莫名其妙对你很热情的人，多点考验并不过分。所以，对于不确定的信息，要想办法确认。比如接通知要看官方电话，找老师要找学校老师，买车票要去官方网站，买东西要去正规超市。其实我们都有正规途径，银行有固定电话，公司有固定网站，招聘有固定邮箱，购物有正规渠道，只不过很多人为了图方便或者图便宜从而选择了旁门左道。

无论是你的银行卡出了问题，还是家长收到孩子住院或者被抓的消息，都要先问一句：是真的吗？能否花两分钟确认一下？能否找官方核实一下？

六

传销害人害己，为什么屡禁不止？

除了一些被拉被骗被控制的人以外，更多的人深陷其中是因为有利益存在，或者以为有利益存在。

天下之人，熙熙攘攘，总有急于求成的，总有想着一夜暴富的，总有想着不劳而获的。

我们都需要有梦想，但是梦想是需要汗水和奋斗滋养的。可怜之人必有可恨之处，在传销中泥足深陷的人往往不愿真正面对未来，把人生动力寄托在虚无缥缈的崇拜中和逻辑推算中，心甘情愿接收那些虚假成功案例的洗礼，憧憬讲师为他们编织的黄粱一梦，急功近利地希望可以直接复制。

这个世界没有一蹴而就的成功,更没有不劳而获的财富,就算天上真的掉了馅饼,也一定要想是不是干净,是不是安全。

踏踏实实做自己,平平安安度人生。

祝福大家。

8.
寒假，不妨用心做好一件事

一

寒假，寒冷得有了冬天的味道。

有的人还在旅途，有的人已经到家。

电视电影睡懒觉，都很好，开心就好。

有的人已经开始厌倦了日复一日的慵懒，心情也日渐荒芜，想找点事儿做。

夏天盼望冬天，冬天盼望夏天，开学盼着放假，放假盼着充实。

我们眼里总是别处的幸福。

放肆地看了几天电影，尽情地睡了几天懒觉，兴奋地见了几个朋友。

尘埃落定，似乎也没有额外和持续的快乐以及愉悦。

甚至对于有些人来说，想养成睡懒觉的习惯都不太容易。

生物钟还是会顽强地让你在熟悉的时刻醒来，在熟悉的时刻感到困倦。

二

寒假，确实是一段安静而宝贵的时光。

一段假期也是一段新的开始，

当你享受完了种种尽情挥霍，浏览够了朋友圈的五光十色，不妨静下心来,想想我们还能做什么。

我的答案很简单。

寒假,不妨用心做好一件事。

三

比如,你可以选择读一本书。

一本就够了,一本就好了。

寒假之前,图书馆会生意兴隆,各种书籍也会蠢蠢欲动。

纷纷期待被同学选中装进五光十色的行李箱,带到祖国的大江南北。

然后等待开学的时候原封不动,众神归位。

大部分确实原封不动,个别动了也只是动了动目录或者前面几页。

我们总是高估自己的安静和定力。

其实能够用心读一本书就很好了。

每一本书都是一个大大的世界,千万不必纠结于必须读完几本。

就选一本自己真心喜欢的,认真地每天抽点时间沉浸在另一个世界里尽情悲欢,随时记录自己或者开心或者不开心的情绪和心得,让自己能够跟自己对话,这个寒假就足够充实。

其实每本经典都值得反复读,所以不要贪多,一本就够。

比如你读《西游记》,你要思考为什么孙悟空还是妖猴的时候大闹天宫所向披靡,皈依我佛反而畏手畏脚到处求人消灾;你要思考为什么沙僧是妖怪的时候,大师兄二师兄两个人都干不过他,可是在归顺唐僧以后,竟然再也没有像样的战斗表现,一部经典中的那么多看似千疮百孔的疑问背后究竟几多深意?

比如你读《水浒传》,你要思考宋江被逼上梁山究竟是自己的问题还是阎婆惜的问题?宋江的老婆有问题,卢俊义的老婆也有问题,那么多好汉的老婆都有问题，是不是好汉也有问题？过得顺风顺水的宋江为什么一直想着招安，如果不招安又会如何？

当然，你还可以思考杨过到底怎么剪指甲，可以思考葫芦娃洗头到底要不要把小葫芦拿下来，小葫芦里面到底是不是洗发水等，带着问题读书大概会让你多一个丰富多彩的世界。

四

比如，你可以选择去一个地方。

在家里待久了，你要出去走走看看，让身体或者心灵继续上路。

身体老是不动会发胖，心灵老是不动会发慌。

其实去哪儿不重要，重要的是想好为什么去，以及去了想得到什么。

可以是国内，可以是境外，可以是近处的都市铁岭，可以是远处的异域风情。

世界那么大，真该去看看。

看一看，也就拥有了更加丰富的体验，也就有了更加真实的答案。

你可以说这是知行合一，也可以说"纸上得来终觉浅"，总之要看看。

旅游其实也是读书，是读当地的文化，当地的历史，当地的风物。

所以，旅行之前要看看那里的历史，读读那里的书。

我从来不会赤手空拳去旅游，一般会带着问题和求证。

比如我去美国之前梳理了中美文化对比的五十个问题，读完了《中美文化对比概论》；我去日本前读完了《暧昧的日本人》以及《中国缺什么，日本缺什么》；我去新加坡之前也看完了《狮城新加坡》……

去哪里都不重要，重要的是想好了再去，带着目的去，带着问题去。

你用心，旅途就不会肤浅；你有心，旅途就不会孤独。

无论是旅途或者心路，都不会随波逐流没有方向。

当然，有人会说旅游是一件费钱的事儿。

其实没有比知识和旅行更加便宜的投资了，一本万利。

你得到的是一个更大的世界，你得到的是一个不同的视角，你得到的是一个丰富的自己。

其实，我们在无用的事物上浪费的时间和金钱更多。

每个人心里可以自己算一算账。

五

比如，你可以选择修一门课程。

后台有人留言，忍不住凄凄惨惨，说挂科了怎么办。

曾经沧海难为水，其实没有什么怎么办。

死去活来不一定是深情厚谊，也有可能是没见过世面。

挂科从来不是一件可怕的事，只不过是你少见多怪，习惯了做强者。

如果你从来没有挂过科，自然是一件很拉风的事儿，不过也顶多就是拉风而已。

如果你不幸挂科了，接下来你将要接受和面对的是更加丰富的心理考验，比如震惊、屈辱、彷徨、失落、懊悔等不一而足，无论是哪一种，都是心灵和情感的丰富。

其实我们都需要知道失败的味道，都需要体验失落的情绪，只不过你们习惯了优秀，习惯了所向披靡，习惯了高高在上。

其实，这从来不是世界的常态，将来你会更明白。

所以，挂了就挂了，寒假里用心把这门功课补好。

当然，有的人挂科不止一门，那就让寒假更加充实一些。

大学，还是要习惯面对失败，除了成绩，还有交际，还有爱好。

第一次认真做自己，你需要更加努力。

六

当然，我们还可以养成一个习惯，从事一点兼职。

这个习惯可以是练练书法，可以是学学古筝，可以是下下围棋……

这个兼职可以是教教英语，可以是讲讲数学，可以是发发传单……

其实，做什么都好。

不要贪多，想好，用心做好一件事儿，就很好。

七

让我们一起开始寒假的节奏，一起开始慢节奏的生活。

在一路奔跑之后，我们都需要停下歇一歇，往后看一看，往前想一想。

看看走过的路，想想读过的书。

如果一件事做完了，做好了，可以再多做几件。

我也要看几本书，去几个地方，写几篇文章。

你从来不知道，就这样坚持一下，你就比绝大多数人都多走了几步。

你从来不知道，所谓优秀，不过就是这样的坚持再多一点点，再久一点点。

寒假快乐！

9.
我依然坚信这个世界的美好

一

近期,有些酒店安全的问题引发关注,因为带入感很强,所以人人自危,而且岌岌可危。

我也愿意大家多一些小心,多一分安全。

当然,提醒归提醒,我依然坚信这个世界的美好。

我依然坚信这个世界值得你我留恋,而不是冷眼旁观,甚至转身离开。

那些所谓的挫折、谎言、欺骗、暴戾、恐怖,都只是珍珠外面的灰尘。

不是因为我是男的,很难成为别人的猎物,很难引起别人的兴趣。

毕竟这个世界犯罪分子不是只有男性,或者男性也不是只对女性下手。

而是相比我遇到的丑恶,我遭遇了更多的美好。

也愿意为一个更加美好的世界而努力。

二

那一年,上海。大雨瓢泼的夜晚。

艰难地撑着伞,我从大华清水湾赶往中山北路。

路上,一个中年妇女把手提包顶在头上,匆匆赶路。

没有多想,我把伞伸了过去,罩在头顶共同的天空。

她愣了一下,身子有意识往旁边闪:你,你要干什么?

我说,大姐你好,我去中山北路,应该顺路,雨太大,一起走吧。

她没说话,迅速扫了我一番,也许是在确定我构不成什么威胁。

雨确实太大了。

否则她也许会说不用了,我也许就不会这么主动。

三

一路无话,只有狂暴的雨敲打着伞面,掩盖着我们彼此的拘束与尴尬。

分别的路口,她终于开口了,小伙子,谢谢你!

挥手道别,我一路都觉得温暖,恨不得为自己点赞。

我想,这段同行的路对她大概也会是美好的回忆。

其实,美好还未必只有这些,也未必到此为止。

说不定,下一次大雨,她愿意捎带另外一个顺路的人。

四

那一年,我自己孤身一人去青岛求学。

贴身的衣服里,是家人为我凑齐的学费。

临行密密缝。

确实如此,我妈把学费用针线密密缝在衣服里面。

当年银行卡异地有手续费,我们舍不得那几十块钱,决定自己随身带。

那一列火车人烟稀少,整整一节车厢好像只卖了两张票。

一张是我的,一张是我的邻座,一个山东汉子。

上车时，他正在午餐。

五大三粗，威武雄壮，板寸头。

上身一件背心，隐隐约约看到脖子往下纹着两条青龙，当然远了看像两条带鱼。

他自己要了一瓶二锅头，一碟花生米，两个凉菜。

我笑了笑，算是打了个招呼，然后坐在对面百无聊赖看窗外的风景。

窗外其实没什么风景，于是我开始假寐，只能假装睡觉。

五

我是不可能睡着的，因为我身上揣着几千块钱。

假装睡觉趴了四十分钟，撑不住了。

想想还有七八个小时的路程，我决定打破僵局。

于是我开口跟他搭讪，问他是哪里人。

如果他不理我，我就找机会换个地方坐。

他很豪爽，也很健谈，或者说可能也觉得旅途无聊。

他说自己是山东人，准备开个饭店，所以正在到处看看行情，跑了一些地方，也不太理想，准备到青岛看看。

我确实是一个比较好的倾听者。

接下来，我就像一个捧哏的相声演员一样，不时地用"哦"，"是吗"，"那不容易"，"太厉害了"等等来让他的演讲和倾诉能够维持和继续。

他显然也很欣赏我的倾听，自己也表达得很畅爽。

六

时间果然过得很快，到青岛已经是华灯初上。

他说,兄弟,你晚上住哪里?

我其实举目无亲,到学校已经没有轮渡,只能过一夜再走。

他见我犹豫,估计我没有去处,就直接过来帮我拎包,说跟我走吧。

然后,我就老老实实跟着他走了。

我们就一起找了小旅馆,他付了房费,然后带我出去烧烤啤酒。

一直到这个时候,我都只是觉得温暖。

晚上,电话给我爸妈报平安。

我说,我太幸运了,遇到一个大哥,人很好,订了宾馆还带我去吃夜宵。

我爸妈犹豫半晌,说要小心。

我说人家特别好。

我爸妈犹豫更久,说越好越要小心。

看看在旁边抽烟等我的他,我似乎也有些犹豫了。

烧烤啤酒结束,我们回宾馆休息。

我其实一直不敢睡,半夜还不时伸手摸摸衣服里面缝好的学费。

直到天快亮时,我撑不住了,彻底沉沉睡去。

七

醒来时,同行的大哥已经洗漱完毕,买好了早点等我起床。

然后,他打车送我到渡口,还抢先替我付钱买了轮船票。

挥手道别,他回青岛自己家,我去青岛开发区。

等他人影不见了,我开始放下行李仔细检查有没有丢东西。

没有,什么都没丢。

什么都没丢。

我却怅然若失地坐在行李上。

看着轮船激起的巨大浪花,心情似乎也起起伏伏。

我为之前的种种揣测而羞愧,为我的种种不安而好笑。

后来,我们联系了很多很多年。

一直都是好朋友。

八

我大概属于运气比较好的,这么多年,遇到过不少人,经历过不少事。

美好的感情和美好的经历我能脱口而出。

但是上当受骗的次数少到我都想不起来。

当然,也可能是我受骗了到现在都没发现。

不过,我认为那也是一种美好。

大学毕业那个暑假,我去青岛的一个外语培训学校(朗文学校)打工教英语。

我没有地方住,也不舍得住宾馆,就把桌椅拼一起睡觉。

仅仅过了三天,学校校长就让我晚上睡校长室,他自己回家睡。

然后扔给我一个钥匙圈,上面是学校所有房间的钥匙。

他让我无聊时看电视,看书时去会议室,吃东西去休息室。

离开朗文学校时,他开车送我去火车站。

掏了几瓶水放我背包里,说缺啥不能缺水,让我常回学校看看。

其实我一共就在朗文学校待了20天。

没忍住,我问他,你当初给我钥匙时就不怕我偷了东西潜逃么?

他说:不怕,我相信自己,我也相信你。

十一年以后的中午接到一个电话,电话那头熟悉的音色让我脱口喊出:张校长!

爽朗的笑声,久违的问候,熟悉的默契,没有一丝拘束和生疏。

二十天的交集,十一年没有联系,感觉和感情却一直都在。

人和人的信任,那是一种怎样的美好?

很多人中学都交过笔友,有人说笔友都是觉得好玩消遣青春的。但是我和素未谋面的笔友联系了二十多年,一直到现在。

我相信所有的美好,也愿意兑现更多的美好。

九

有一次,我的微信公众号给一个年轻的创业团队推送了一篇文章。

对方是学校的毕业生,我不熟悉,也没教过,但确认是真诚和优秀的青年。

有人在后台说,对方肯定在利用我,讽刺我说被人欺骗了都不知道。

我说你有你怀疑的世界,我有我信任的感情,这就是差别。

下一次有学生求我、需要我、让我帮忙,我还是会答应。

我到现在也没学会处处提防别人,我也不想学。

其实,我也不是让你非要跟我一样。

或者,就算我说了你也未必会跟我一样。

我只是坚信这个世界的美好,而不愿永远生活在惶恐之中。

处处提防,你也许会少被骗一两次。

但是,你失去的也是更多可能的美好。

而这些美好,才是我们来到这个世间的意义。

10.
我们来到这个世界的意义

一

今天,我们聊意义。

活着的意义,生命的意义。

我们常说,人生在世不容易。

生不容易,活不容易,生活不容易。

生命一定会遇到种种不幸或者波折,这种波折可以是家庭变故,可以是个人病痛,可以是事业夭折,可以是创业惨败,可以是谤誉加身,可以是千夫所指。当生命遇到挫折,当我们碰到劫难,我们该如何看待?我们应何去何从?

既然不容易,更要有意义。

因为有意义,才有方向,才有目标,才有奔头。

生命的意义和价值又究竟在哪里?

二

15岁的时候,我突然问了自己一个问题,人为什么要活着?

突然发现找不到答案。

我们在青春期的时候,会刻意寻找灰色的概念,来掩饰或者来装饰。因为类似终极追问的话题大约能显示自己的深沉、深度或者深刻,甚至我也为此专门寻找那些自杀的名人来对比和参照,觉得那些有勇气离开的人都挺酷的，比如海子、三毛、梵高、傅雷、海明威、川端康成以及杰克伦敦等。

在苦苦思索找不到答案以后，我选择了求助。

我很认真地问我爸，人为什么要活着？

这个问题显然比较凶猛，我能感受到他的慌乱，因为他开始语无伦次。

他问我，是不是有人在学校欺负我。

我受挫能力还比较强，再说有人欺负我也并不是什么新鲜事儿。

我很认真地说，没有人欺负我，就算有人欺负我，我也会考虑怎么样能让别人不再欺负我，我啥事儿也没有，我就是在琢磨人为什么活着。

他依然很慌乱，因为他不知道我为什么思考这个问题，他更不知道如果这个问题回答不好会有什么问题。

所以他临时组装了各种答案试图证明人生是有意义的：为什么活着啊，因为人必须要活着啊，怎么能不活着呢？你看看这个世界不都是人创造的么？不就是一代又一代的人创造的么？而且人不是单为自己活着啊，要延续后代啊，要承前启后啊，要继往开来啊……

但是再追问几句，为什么人活着就必须要延续后代、传宗接代呢？我活着的意义不应该是跟我自己的快乐痛苦有关么？每一个人活着不应该是跟每一个人有关么？传宗接代就是活着的意义么？动物不也是可以传宗接代么？那人和动物有什么分别？……

我有一脑袋的小问号。

但是，我没问。

我恍然大悟，点头赞同。

他石头落地，一身轻松。

没问，是因为我已经看到了他话语里的慌乱和语无伦次。

于心不忍。

或者那个时候也突然找到了一点点的答案，有人那么在乎你，被需要本身不就是活着的理由么？不就是生命的意义之一种么？

三

有生就有死，但是我们往往忌讳谈死。

因为死亡听起来很抽象很没有安全感，以至于似乎大家都不谈才会更安全一点。

其实死亡距离我们并不遥远，每天都在身边上演和发生。

仔细想想，我们这一路就是不断看着身边有人离开，从出生到小学到现在，一直不停地接受和体会死亡的概念，有的人是飞来横祸遭遇不幸，有的人是飞机失联，有的是火车失事，有的人罹患白血病、肾衰竭等各种病症……

其实这个世界上每天都有人离开，每天都在上演生离死别，只不过那些人没有带走你的情绪和回忆。如果彼此承载了很多感情和故事，大概就有了痛的感觉。

随着我们的长大，身边有些离去的人也逐渐跟我们有交集有关系有感情有寄托，死亡的概念也就越来越真切。

第一次对死亡印象深刻，还是在我大一的时候。

当时一个高中很要好的同学突然离世，没有什么征兆，十八九岁的年龄，如花似玉的青春，就一下子没有了。大家彼此很熟悉，感情也不错，掏心掏肺的鲁莽青春里，陪伴和温暖过彼此的艰难路程。

知道消息的那个下午，一直在难过，或者更多是困惑。想不通人怎么说没就没了，也止不住惶恐，那些关于往昔的细节和回忆在脑海中一幕幕呼啸而过，然后就消失不见。

四

当然我还活得好好的，一直活到现在。

虽然那时没有找到生命的意义,却也没有找到必死的信念和理由,毕竟生活都还正常。

只是,在之后的时间里,我一直在寻找自己存在的价值,寻找我能感受到快乐的最佳方式。

我也求助过很多人,大部分人比我还迷茫,甚至想不通我为什么会思考人生的意义。

其实,不想也挺好,想了最好就要想明白,想明白后的人生才会更加坚强。

也有些人胡乱给了些答案。

比如说,什么是生活,生活就是生下来,活下去!

比如说,生命的真谛就在于拼搏,你的生命就是跟很多细胞竞争的结果,你生下来就已经是个胜利者!

这些答案好像也并不结实。

生下来活下去是被动选择,并不足以让我们鼓起勇气继续享受被动。

出生的胜利只是战胜了比自己更孱弱的同类选手,也并不能说明问题。

这些大概就是心灵鸡汤,正确的废话。

看得时候热血沸腾,万分赞同,看完就忘,继续迷茫。

当然找不到人求助也很正常,毕竟人生是自己的路,也只能靠自己摸索。

而且人生太短,往往也来不及模仿别人,那就要坚定地做我们自己。

有句话叫听说过很多道理,却依然过不好这一生。

甚至我们听说过很多道理,却依然不知道有什么道理。

因为道理都是别人的,而人生是你自己的。

不是你自己的东西,早晚要还给人家。

五

这一路没有停止的,除了追问,还有寻找。

寻找自己生命的意义和存在的价值。

寻找我能感受到人生快乐和人间值得的可能方式。

一路走来也有迷茫,也有困惑,也有挫败,也有痛苦。

因为在青春的时候,在自己能力不足的时候,在自己修炼不够的时候,在自己还比较弱小的时候,在自己有劲使不出的时候,在自己对这个世界还陌生懵懂的时候,我们还看不到自己的力量,还看不到自己的长处,或者也不知道自己有没有长处甚至是不是一无是处,也不知道这世界是不是多我一个不多,少我一个不少,还看不到自己跟世界的连接,还不知道自己能够为这个世界做什么。

其实,现在想来,这所有的试探和挫败也都是有意义的。

一路走来我也越来越确定,人生的意义正在于寻找。

我一直在想,如果说我们来到这个世界是有使命的,这个使命其实就是寻找,寻找自己,寻找自己的可能,寻找可能的自己。

我一直坚信,我们每个人都有着与生俱来的天分与才华,有着与众不同的潜质,有着独一无二的特质。

这些潜质体现为性格,可能是坚韧,可能是敏感,可能是幽默,可能是稳重……

这些潜质体现为能力,可能是组织,可能是协调,可能是表达,可能是观察……

也正是在寻找的过程中,我们在不停地缩小选项,试探各种可能,排除一个又一个不合适的选项,距离最终的答案和精彩也就越来越近。

也正是在这样的试探里,我们对自己的认识会越来越清晰,接受自己的不足、缺点,发现自己的兴趣、爱好,不足可以去改变,爱好可以去培养，短处可以去正视，长处可以去强化。

六

就这样，我一直在找自己，找快乐，找意义。

整个大学我都在不停地摸索和尝试，试探的过程其实充满挫败，也常有深深的自卑。

直到后来我走上了讲台，那一年我23岁，大学毕业。

青岛的一个英语培训学校，给了我一个寻找自己的可能。

我发现我自己如此地享受和迷恋在讲台上的感觉，尤其是学生因为我而获得欢乐和动力的时候，尤其是当学生追着汽车跟我挥手作别的时候，我确信这就是生命的价值，这就是活着的意义。

有了方向，走得也会更踏实，于是我开始有意识地强化、试探和积累。

一路走来，我不断积累经验，增加体验，强化能力，我教过中文，也教过英语，教过中国人，也教过外国人，曾经一对一辅导学生，也曾经面对上千人演讲……

信念的力量无比强大，甚至在我也曾经被挑剔的学生嫌弃和批评讲课不行的时候，我都无比坚信困难和黑暗只是暂时的，这并不是失败，只是暂时的不成功，坚信学生最终会享受跟我一起上课的时光。

所以在也算琳琅满目的职业选择中，我没有去富士康集团，没有去深圳发展银行，没有去江苏广电总台，也没有留在稍显急功近利的培训机构，我选择了大学，到了南航，做了一名学生工作人员。

然后又用了十二年，从管理干部转成专业教师。

讲这些，是想说，其实我们都要这样去探索。

我们都未必知道自己最适合什么，所以才需要我们不断尝试，不断体会。

这个过程充满挫败，充满未知，更充满惊喜。

有了坚定的方向和明确的信仰,我们的生命才可能坚强,才可能在庸庸碌碌的生活洪流中抬起头来,才可能在蝇营狗苟的功名利禄中挺起腰来,才不会被任何看起来强大和不可一世的痛苦和折磨击倒。

七

找完了自己还要找别人。
找自己是为了在世界安顿。
找别人是为了跟世界连接。
马克思说,人的本质,在其现实性上,是一切社会关系的总和。
马斯洛说,人的需要从低级到高级,也有从安全生理到社会交往的需要。
让自己开心也让别人开心。
让自己安顿也让别人安顿。
所以我们生命的意义还连接着父母、同事、朋友,甚至陌生人。
不管是小区还是学校,我总会跟所有的门卫和保安招手问好。
我认识他们么?
原来不认识,现在都认识,或者早晚也会认识。
我很早就发现,当我跟他招手的时候,他也会跟我招手,而且脸上还有微笑。
我也开心,他也开心,甚至他会因为见到我而开心。
让我自己快乐的方式,很重要的一种就是让别人快乐。因为能够让别人快乐,这样的生命就是鲜活的、生动的,因为这样的生命也是被需要的、被信任的和被依赖的。
这样的生命连接越多,幸福就越多。
连接在别人身上的意义,往往通往更加广袤的世界,通往更加幸福的人生,意味着更加高远的格局和更加充足的动力。

八

对于生命和活着，我也有自己的理解。

生命的意义并不在于活着，而在于怎样活着。

我以为生命的价值在于能够付出，能够贡献，能够被承认和被依赖。

我祝愿每一个人都能长命百岁，但是我不认为长命百岁就是幸福。

我也看过临走之前的老人，生命已经失去了光泽，蜷缩成瘦瘦小小的一团，在生命奄奄一息、气若游丝的时候，躺在床上等待生命最后一刻的到来，嘴唇干裂出血，甚至每一次呼吸都要用尽全身的力气，我内心里涌起的是莫大的悲凉。

庄子在老婆去世的时候，没有痛不欲生，反而"鼓盆而歌"，他说其实我们本来也不存在，现在又回归自然，该来就来，该走就走，嚎啕大哭应该是没有看透这些吧？

看到一句话，说我们生下来就开始走向坟墓。

既然我们都会死，何必那么匆匆呢？何必那么草率呢？

人生就是这样，充满精彩，也充满变数，所以，我们应该努力寻找，在你我可以把握的每一天，尽力去达到自己的巅峰，呈现最光彩亮丽的生命。

我们也都不是孤岛，我们彼此相连，我们决定了并决定着这个世界的走向。所以，我们应该从自己开始，从身边开始，在通向信仰的大道上携手前行。

尽早遇见最美的自己，尽早遇见最美的世界，大概就是对我们活着最好的交代。

大概就是我们来到这个世界的意义。

后记：想把我说给你听

一

一晃，我已经四十多岁了。

说起来，我曾经很期待自己早点变老变成熟，这甚至是我很长一段时间的新年宏愿和美好憧憬。

说得美好一点儿，我们是尊老爱幼的，年龄大通常能带来尊重，所以看病要找老中医，求教要找老教授。因为年龄大往往意味着经验丰富、见多识广、值得信任，还意味着辈分高学问大资历深，无论初生牛犊再怎么不怕虎，姜毕竟还是老的辣。

说得现实一点儿，我们是以貌取人的，给你的初步尊重往往取决于你的长相。记得高中时，我和同学一起骑自行车回家，路边有刚放学的小孩子指着我同学大声喊，说那不是我们班那谁谁他爹么。当时我就嫉妒的热泪盈眶，人家在十八岁的年纪，就能被别人当做父辈，简直是光宗耀祖。

二

伟人幼年时，总有些特别之处。

比如孔子，他小时候跟别人不一样，别人玩过家家，他彩排祭祀，《史记》里的说法是"常陈俎豆，设礼容"，这明显不是普通人。

比如刘备，他小时候跟别人不一样。《三国演义》里的说法是，"其家之东南,有一大桑树,高五丈余,遥望之,童童如车盖。玄德幼时,与乡中小儿戏于树下,曰:'我为天子,当乘此车盖。'叔父刘元起奇其言,曰:'此儿非常人也!'"这明显不是普通人。

比如刘邦和项羽,小时候看到秦始皇出行的威武霸气,两个人都有感慨,《史记》里的描述是,一个说"大丈夫当如此也!"另一个直接说"彼可取而代也!"一个比一个猛,这明显都不是普通人。

这样的故事看多了,总是不自觉对号入座,觉得自己说不定也不是普通人,弄不好是真龙转世神龙投胎之类的。再加上我小时候在农村看的最多的就是神神鬼鬼的民间故事,也很容易相信有些神迹会在自己身上出现。

结果,并没有。

我的出生比较普通,也非常平静,自然界也没有予以配合,比如祥云汇聚红光普照等等,统统都没有。

一切都平静得不像样子。

那有没有电闪雷鸣山雨欲来,或者哪怕是黑云压城飞沙走石妖风四起呢?

也没有。

这就比较尴尬了。

三

后来我又发现,伟人物往往长得也有特点。比如汉高祖刘邦长相奇特,高鼻梁,模样像龙,隆准而龙颜;东汉光武帝刘秀,美须眉,大口,隆准,日角;宋武帝刘裕风骨奇特;梁武帝萧衍生而有奇异,两胯骈骨,顶上隆起;秦始皇蜂准,长目,挚鸟膺,豺声……

这些特征比较容易发现,于是,我就开始研究自己的身体。

后来终于发现我右胳膊上隐隐约约能找到七颗痣排成北斗七星的样子,这让我惊喜不已,然后一脸神秘地向家人报告了这个情况,希望他们能对我好一点,毕竟我不是普通人,我只是寄托在这个家庭,他们是负责代管,彼此间最好能再多一些尊重。

结果我爸比较淡定,说那只是证明你胳膊上的痣比较多而已。

及至后来,读《史记》发现刘邦那才厉害,"左股有七十二黑子",顿时觉得颓丧,只能高山仰止。不过当时也隐隐有两个疑惑,一个是七十多个黑痣,这条腿还能看么?另一个是刘邦这么私密的事儿,司马迁是怎么知道的?七八十颗痣,数都要数半天。

想不出来,知难而退,后来也就不想了。

四

难道我就没有特别之处么?

其实也有,我的特别之处,就是特别傻。

我总觉得自己智商不是特别够数,这种时断时续的感觉特别像六脉神剑,也特别像手机信号不好老是卡顿。

有些事儿我至今印象深刻。

农村吃饭的桌子通常都是高高大大的,小孩子爬上去还要颇费些周折。

有一次,我自己在大桌子上玩积木,突然一块积木掉了下去。

如果是你们,会下去捡么?

应该会,不然怎么继续玩。

我不会,因为我好不容易才爬上来,因为一块积木就要爬下去再爬上来?实在不够划算,但是不捡又不能继续摆造型,那怎么办呢?

我认真地思考半天,做一个决定:把所有的积木都推下去。

然后跟自己说:嗯,这下值得去捡了。

然后心满意足下去捡积木⋯⋯

回头想想,自己现在竟然能基本通顺地打这么多字,想想也算是一件奇迹呢。

再后来，我发现自己在很多年前就反复印证和践行一句话：有困难要上，没有困难制造困难也要上。

五

我出生和成长都在北方农村，在那里老老实实长到十八岁。

我十八岁以前基本上没出过县城，所以曾经我以为全世界就是那么大。

那时候没自行车，进一趟县城要走半天，世界也没必要那么大。

生活在农村也是有好处的，就是农村变化节奏慢，所以也就比城里的孩子多体验了一些艰苦的岁月，和城市里生活的长辈倒是有不少共同的回忆，以至于后来我和长辈们说起小时候放羊养猪养兔子，耕地挑水割麦子，他们都哈哈哈哈哈，心里想这小子编起瞎话来一套一套的，但是你别说还像模像样。

回想起来，因为在农村长大，主动或者被动也干过不少农活，在自己家里里外外也能多少帮点忙。

暑假开始就要天天到田间地头割草晒干做家畜冬天吃的草料。我是挺讨厌干这个活的，蹲在地上拿着镰刀割啊割半天，腿也酸脚也麻，而且每次都必须割满一口袋才允许回家。

一开始想的办法就是找那种特别粗壮的草，有的半人高，这种虽然做草料质量很糟糕但是很撑场面，弄上一小捆往袋子里一装，就有半口袋了，再弄点别的草搞得松松垮垮一点也能算一袋。偶尔为之也还好，经常这么干家里就更新了审核程序，到家会先拿掉不适合做草料的，然后剩下的再墩墩结实，然后就原形毕露。

后来，我就想到了团队工作法。我有一个小学的同学叫路翔，性格憨厚老实，关键喜欢跟我一起玩，因为我看的书多一些，知道的故事趣闻和笑话也多一些，就每次都约好一起割草。我就跟他商量，好兄弟不分彼此，我们割了就放一起，最后收工两人平分。这个伎俩并不复杂，也很容易被戳破，只不过他大约是愿意跟我做朋友的，就这么任劳任怨地跟我组成了团队。他速度快就多割些草，当然我也会卖卖力气多讲点故事逗他开心。

应该是小学以后，路翔就没再继续读书，出去打工了。偶尔回老家过年还能跟他见面，只不过也都是握手拥抱的基本礼节，往往没有几句就陷入了巨大的沉默。

后来上初中，学习鲁迅先生的《故乡》，里面有两句"我似乎打了一个寒噤；我就知道，我们之间已经隔了一层可悲的厚障壁了。我也说不出话。""我只觉得我四面有看不见的高墙，将我隔成孤身，使我非常气闷……又大家隔膜起来。"

每次读到这句，我都会想到路翔。

六

我小的时候，家里没有井，更不要说自来水。村子里只有少数人家打了井，街坊邻居一般都是就近到别人家里打水，水是一点一点压上来的，然后用扁担挑回家。

农村孩子不干活，那是要被嘲笑的。我一直瘦瘦小小，实在担不动两桶，就挑两个小半桶，后来时间长了再慢慢增加。后来看有些大一点的孩子都是满桶，自己要折返两趟才能跟人家一样，就憋着劲也开始满满地挑，走几步停下来喘两口，肩膀头没几天就通红破皮。

春耕夏长，秋收冬藏，庄稼地里的活还是挺多的。我参与的主要包括耕地、播种、除草、割麦、收棉花、掰玉米等等。耕地也不是每家都有牛，那就要靠孩子们把绳子勒在肩上犁地，家长在后面扶犁把方向。其实，这么说起来小时候也算是曾经当牛做马了。

人有时候就是突然长大的。

小时候我一直胆小如鼠，好多年都不敢独自走夜路。因为自己看过的神神鬼鬼的民间故事比较多,所以走着夜路就会担心前面会突然窜出个鬼啊怪啊或者吃人的妖精,所以我走夜路永远都是蹦蹦跳跳连带一路狂奔,因为这样就算有妖魔鬼怪也就抓不住我,现在想想,在夜色一路拼命狂奔的那些年我撞过人也撞过树……

有一年麦收,爸爸在外面忙回不来,姐姐高三学业繁重,就我和妈妈两个人完成所有的收割任务。妈妈割麦子,我负责运送到麦场,一天下来,腰酸背痛。还记得当时有街坊邻居看瘦瘦小小的我一趟一趟拉车不容易,路上还会端水给我喝。

有个晚上,电闪雷鸣,眼看就是一场大雨即将袭来。半夜惊醒的我看妈妈劳累了一天睡得挺沉,就自己悄悄爬起来,抓上遮盖的塑料布和捆扎的绳子,在深夜闪电的亮光里狂奔到存放麦子的草场,把厚重的塑料布摊开,爬上扎人的麦垛,四周遮盖严实然后用绳子把塑料布箍好。

收拾完就在瓢泼大雨中看到了风风火火赶来的妈妈……

七

小时候农村没有电,最开始用汽灯,后来是煤油灯,再后来是蜡烛。

后来读《西游记》,看到沙和尚说自己"蟠桃会上,失手打破玻璃盏,贬在流沙河,改头换面,造孽伤生。"我就觉得玻璃盏或者琉璃盏大概就是煤油灯的样子。

其实不光是没有电,小时候其实啥也没有,想想只有一个满是"洋"的世界。

什么都是洋的。

那时候的车子叫"洋车子",那时候用的油叫"洋油",那时候的水泥叫"洋灰",那时候用的铁钉叫"洋钉",那时候用来盛水的盆叫"洋盆",那时候用来洗脸的肥皂叫"洋胰子",那时候的火柴叫"洋火"……

这样的例子可以列举很多很多。

长大后才明白,为啥这些东西前面都有一个"洋"字,那是因为我们连这些最基本的日用品都搞不定,要靠进口要靠洋人。

那时候夸奖人都是带"洋"的,衣服好看那叫"洋气",孩子好看说长得像"洋娃娃"。

其实算算也没多少年,传统的、手工的、原生态的、土法制作的东西开始受到欢迎和喜爱,而生活里那些"洋"字都没有了,看看四周还带个洋字的也就洋葱了吧。

八

学习应该是一条成长的主线,不过这条主线并不明朗,也不明媚,甚至都不明白。

我从小学习就不太好,前面也已经说过智商的事儿。所以一直以来,我在学习上并没有得到很多快乐。

当然,我小学肯定也是考过全班第一的,倒不见得是自己多么努力,主要还是靠同学们的衬托。那时候同学们主要忙着付出时间和精力进行爬树玩泥巴捉蛤蟆等各种素质拓展活动,有些甚至完全是家里农活的顶梁柱,而这些并没有占据我太多时间和精力。

所以,趁大家不注意,偶尔拿过几次第一。

主要限于小学,再后来,拿第一名就非常罕见了。

一方面是因为大家逐渐认识到学习的重要性然后大踏步追赶上来,另一方面是因为我在很早的时候就有一个坚定的信念:并不是考第一名才算优秀。

我曾经非常认真地跟我爸探讨,第一名只有一个,大家都想拿第一名,拿不到的人怎么办?都要伤心都要难过都要不接受?难道只有第一名才叫优秀?第二名就不优秀?第七名就不优秀?

后来，我果然就考了第七名。

九

当然，我初中也考过第一名，在初三的时候，尤其是最后几次摸底考试。

那时候校长和班主任对我都特别好，印象中还带我回家吃过饭。

有一次我们几个熊孩子在楼道里踢足球喧嚣不已，球被教导主任没收，让我们去校长室接受训话。因为那时候考过几次第一，校长对我也很熟悉，那天他满面和善慈眉善目，语气温柔地说锻炼身体也很重要，踢球绝对是好事情，只是以后到操场去踢那就更好了等等。

不可否认，一切都是如此的美好。

就在我拿了几次摸底考试的全校第一之后，我们就去参加中考了。

然后，我落榜了。

中考落榜应该是我生命里第一次感觉到受伤。

当然，我还是跌跌撞撞地进了高中，后来又跌跌撞撞地上了大学。

十

不过经历过的所有这一切，都是有意义的，也会变成财富。

越长大我越坚定地相信，我们来到这个世界上是有任务的。

这个任务就是体验和尝试，然后在体验和尝试的过程中试探自己的可能性和人生的边界，所以不管好的坏的，巅峰的谷底的，所有体验过的，都是经历，都是财富，都是帮助我们认识这个世界的一种方式。

这些体验和财富也会在以后的人生中体现它们的价值。

就好像中考的波折让我知道了世界不只是温情脉脉的，还有指责、打击、调侃甚至羞辱，也让我学会了如何去面对挫败之后的所有情绪和应对外部的世界，感受的每一点一滴，当时只感到痛，而后会感到值。

因为后来我还会面临很多次打击，但不会再像当年的自己那样茫然无措，甚至在我工作以后，这些体验过的都变成了现身说法的财富和案例。

我遇到过因为一门挂科就一蹶不振自暴自弃的学生，我还记得在操场上跟几天没洗头洗脸的他讲我大学时挂科六门的故事，在我动情回忆往事的时候他还忍不住打断我，说没必要编一个故事哄他开心。后来在确定我真的挂过六门以后竟然开始流露出同情的神色，然后小心翼翼地问我到底是怎么做到的……

人生不能假设，也无法重来，其实人生路上的每一块基石都铺就了通往今天的道路，每一段经历都好像一块拼板，或者一块积木，只是刚拿到拼图的时候你不知道有什么用。

我们不能试图只保留好的，我们也不能选择性遗忘。

我们总是需要一些契机来完整地认识自己，尽管有时候会以我们不喜欢的方式出现。

生命有时候阳光普照，也是因为裂缝的存在。

未来我们的生命能够拼成一个什么形状，充满未知，让人神往，这取决于我们有多少阅历，有多少故事，有多少拼板。

十一

写着写着发现回忆录就要整起来了，其实不合适。

据说，如果你老是回忆，就说明你开始老了。

所以，也只能是借这样的时间节点，做一点仪式感的小结。

毕竟，时代的洪流滚滚向前，哪里能让大把的美好时间都消耗在回忆里。

那就先停笔吧,何况那些靠得太近的精彩其实不太好写,因为那些人都在,甚至都在身边,写哪段不写哪段,写谁不写谁,写得好写得不好,都是确切的烦恼。

那就再等等,等到距离产生美,等到身边只留下所有经得起检验的朋友,等到生活只留下经得起回忆的岁月。

十二

四十年真的好快,快得好像刚刚看完了一场电影,还没完全从屏幕上的故事中走出来,一抬头已经是扑面而来的生活。

幸好,昨天的故事也都是全情投入,也就谈不上还有什么遗憾。

晨曦晓行客,子非蓬蒿人。

既然相遇,那就一起前行吧。

往前看看,还有下一部电影。

那是你的,我的,我们的,下一个四十年。

责任编辑：刘敬文

图书在版编目（CIP）数据

问答青春／徐川 著．—北京：人民出版社，2023.11（2025.4 重印）
ISBN 978－7－01－026036－5

I. ①问⋯ II. ①徐⋯ III. ①随笔－作品集－中国－当代
 IV. ①I267.1

中国国家版本馆CIP数据核字（2023）第200325号

问答青春
WENDA QINGCHUN

徐川　著

人民出版社 出版发行
（100706　北京市东城区隆福寺街99号）

中煤（北京）印务有限公司印刷　新华书店经销

2023年11月第1版　2025年4月北京第3次印刷
开本：880毫米×1230毫米 1/32　印张：11.375
字数：306千字
ISBN 978－7－01－026036－5　定价：45.00元

邮购地址 100706　北京市东城区隆福寺街99号
人民东方图书销售中心　电话（010）65250042　65289539

版权所有·侵权必究
凡购买本社图书，如有印制质量问题，我社负责调换。
服务电话：（010）65250042